华北抗日根据地及解放区文艺大系

陈　晋　郑恩兵　主编

《晋察冀日报》
文艺文献全编

文艺史料

第三卷

向　回　梁晓晓　编

河北出版传媒集团
河北教育出版社

图书在版编目（CIP）数据

《晋察冀日报》文艺文献全编. 文艺史料. 第三卷 / 向回，梁晓晓编. —— 石家庄：河北教育出版社，2023.12

（华北抗日根据地及解放区文艺大系 / 陈晋，郑恩兵主编）

ISBN 978-7-5545-7652-6

Ⅰ．①晋… Ⅱ．①向… ②梁… Ⅲ．①文艺-作品综合集-世界-现代②晋察冀抗日根据地-文学史-史料③晋察冀抗日根据地-艺术史-史料 Ⅳ．① I11 ② I209.92

中国国家版本馆 CIP 数据核字（2023）第 064047 号

书　　名	《晋察冀日报》文艺文献全编·文艺史料·第三卷
	JINCHAJI RIBAO WENYI WENXIAN QUANBIAN WENYI SHILIAO DI-SAN JUAN
编　　者	向　回　梁晓晓
责任编辑	张　静
装帧设计	郝　旭
出　　版	河北出版传媒集团
	河北教育出版社　http://www.hbep.com
	（石家庄市联盟路705号，050061）
印　　制	石家庄众旺彩印有限公司
开　　本	787毫米×1092毫米　1/16
印　　张	16.5
字　　数	217千字
版　　次	2023年12月第1版
印　　次	2023年12月第1次印刷
书　　号	ISBN 978-7-5545-7652-6
定　　价	98.00元

版权所有，侵权必究

丛书编委会

顾　问
陈平原　刘跃进　王长华　李　扬

编委会主任
吕新斌

编委会副主任
彭建强　孟庆凯　刘　月

主　编
陈　晋　郑恩兵

副主编
董素山　向　回　汪雅瑛

编　委（按姓氏笔画排序）
马春香　王少军　田浩军　包来军　吉　喆　刘书芳　刘贵廷
关小彬　杨　程　杨春生　宋少净　张　辉　张川平　赵　华
高露洋　郭义强　阎晓宏　梁晓晓

编纂说明

在中国共产党百年发展历程中，文艺始终是党领导人民开展进步事业的有机组成部分，是党在各个历史时期的中心工作的实时反映和重要推动力量。"华北抗日根据地及解放区文艺大系"，是一部全面展示抗日战争和解放战争时期华北地区党的历史创造、奋斗风采和形象建构的大型革命历史文艺文献丛书，对于深入研究华北地区革命文艺史、红色新闻史，弘扬伟大建党精神、梳理中国共产党人精神谱系，是必不可少的第一手资料，是我们在新时代坚定树立文化自信的重要思想资源。

一、编纂缘起

抗日战争及解放战争时期，华北地处各方政治与文化力量激烈博弈的前沿，这种特殊政治、军事、文化、地理环境中产生的革命文艺，具有鲜明的地域性特征，是五四新文化运动以来的革命文艺发展史上的突出标识。

但一直以来，由于史料文献整理不足，对华北抗日根据地及解放区文艺的研究，始终未能深入，其独特的地域性实践价值和蕴含的文化创新意义被严重遮蔽。这些史料文献主要以党报党刊的形式呈现，梳理汇编这些党报党刊中的革命文艺史料，借之以探索华北革命文艺的发展路径、发展方向、创造机制和创新经验，是深入贯彻习近平总书记关于"把红色资源利用好、把红色传统发扬好、把红色基因传承好"，"用好红色资源、赓续红色血脉"等系列重要讲话精神的有力举措，也是新时代文艺研究者不可推卸的责任。

2017年6月左右，我们去中国社科院文学所拜访时任所长刘跃进先生，协商合作研究事宜，寻求中国社科院文学所的帮助。请教过程中，刘先生建议我们结合地方特色，做好地方红色文艺文献的搜集整理与编纂出版工作。经过一段时间筹备，2017年底，我们以"河北红色经典系列丛书"为名，正式申报"2018年度河北省省级宣传文化发展专项资金"项目并成功立项，旨在通过选定刊行河北红色经典作品、梳理汇编河北红色经典研究资料、系统阐述河北红色经典发展历史等基础性工作，打造一个集大成式的河北红色经典文献资料库。

项目最初设计共二十四卷，包括六大板块：《河北红色经典史》一卷、《河北红色文艺作品选》六卷、《河北红色经典作家作品索引》三卷、《河北红色经典研究资料汇编》四卷、《〈晋察冀日报〉副刊文学作品全编》六卷、《晋冀鲁豫抗日根据地文艺作品及〈新华日报〉太行版文艺作品汇编》四卷。但在项目实施过程中，我们充分吸收专家意见，认为网络时代和大数据背景下的科研活动有了很大变化，《河北红色经典作家作品索引》与《河北红色经典研究资料汇编》的编纂工作，在当前学术生态中价值不大，并予以取消。同时，在项目实施过程中我们发现，《晋察冀日报》《人民日报》等党报除刊发大量文艺作品外，还有大量记录边区文艺工作者行迹，反映边区戏剧、音乐、文学、美术、舞蹈、曲艺活动与报刊书籍出版发行等各方面情况的文艺史料，以及体现我党文艺方向、方针变化的政策文件与重要领导讲话，是华北地域党和人民对敌作战的重要宣传武器，更是飘扬在华北地区军民心中一面旗帜。这些史料是华北地域革命文艺发生、发展与壮大的真实记录，对我们正确认识革命文艺的特点与历史地位有重要的决定性作用。

为此，我们精心整理了《〈晋察冀日报〉文艺文献全编》《晋冀鲁豫〈人民日报〉文艺文献全编》《〈晋察冀画报〉文艺文献全编》《晋察冀日报社人物志》（共五十一卷），同时收入全国抗战时期和解放战争时期与河北地域相关且被广大群众所喜爱并广泛传唱的红色文艺作品，结集为《河北红色文艺作品选》（共六卷），至此形成丛书目前的五大板块，而且将名称由"河北红色经典系列丛书"改为"华北抗日根据地及解放区文艺大系"，方便以后在此基础上做进一步拓展。

二、地域范围及文艺特质

华北抗日根据地包括当时山东、河北、山西、察哈尔、绥远、热河全部及豫北、苏北、皖北部分地区，分晋绥、晋察冀、晋冀豫、冀鲁豫、山东五大块。1941年，冀鲁豫合并到晋冀豫，称晋冀鲁豫。其中晋察冀抗日根据地作为开辟最早、地域最大、人口最众的模范抗日根据地，是华北抗日根据地的坚强堡垒，牵制和抗击了三分之一以上的华北日军和二分之一的伪军。

在河北及其邻省周边地区开辟与创建华北抗日根据地，是红军长征到达陕北之后党中央迅速做出的重大战略决策。这些根据地地处对日武装斗争最前线，不仅打开了抗战的新局面，成为华北敌后抗战的主战场，而且进行了新民主主义社会的实践探索，对解放战争的历史进程产生了巨大影响，成为我党开辟东北解放区的前进基地和逐鹿中原的战略后方。随着抗日根据地的开辟，延安文艺工作团、西北战地服务团、东北促进纵队干部队、八路军总政治部前线记者团等大批文艺工作者，随同党政干部一道陆续抵达华北，东北、平津的青年学生也纷纷冒着生命危险来到边区。他们一手拿枪，一手拿笔，深入农村与抗战前线，切身体会工农兵的生活，深刻了解工农兵的需求，从而根本上克服了艺术至上主义思想倾向。所以，华北抗日根据地及解放区文艺，既响应了伟大的民族抗战对文学艺术提出的时代要求，亦充分兼顾到广大人民群众的接受习惯和欣赏水平，真实地反映了华北人民火热的战斗与生产生活。很多作者本身就是农民、战士或基层工作者，他们把自己的经历和熟悉的人和事，通过小说、戏剧、诗歌、报告文学、歌曲、绘画、舞蹈等文艺样式记录下来，语言通俗平实，富有生活气息。由于产生于特定时代、特定区域而又适应特定需要，故而无论是题材、语言还是风格，在体现革命大众文艺共性的同时，又具有强烈的华北地域特性。

华北抗日根据地及解放区文艺的繁荣发展，是专业文艺工作者与工农兵群众共同创造的结果。人民群众不仅是革命文艺运动的主导主体、推进主体、受益主体，还是一切成败得失的评判主体。华北抗日根据地及解放区文艺，归根结底，是"以人民为中心"的文艺。

三、学术价值

今天的河北在抗日战争、解放战争时期是晋察冀、晋冀鲁豫两大根据地的中心区域，有着悠久的革命历史传统和丰厚的红色文化底蕴。据不完全统计，抗日战争和解放战争期间，仅晋察冀边区专区以上就办有报刊四百余种，编印图书五百余万册。如果将这种统计扩大到环绕河北的整个华北抗日根据地及解放区，时间扩展至从中国共产党成立到中华人民共和国成立，数据更为可观。这些红色图书、报刊的出版发行，团结了一大批来自全国各地的著名革命文艺家和专业文艺工作者，其中有大量文艺相关信息，是研究近现代中国革命文艺的重要史料。但因受当时物质条件及复杂局势影响，它们传播范围有限，保存困难，如今已普遍出现老化或损毁现象，面临着消失、断层的危险。

　　长期以来，由于对抢救、整理和利用红色文艺文献的意义认识不足，现行的科研评价、出版机制亦难以有效刺激科研工作者积极从事老旧报刊等红色文艺文献的系统整理，大量有待整理的红色文艺文献尚未进入学界的视野。特别是华北抗日根据地及解放区的文艺文献，有很多甚至还是学术盲区。如《冀中导报》《救国报》《边政导报》《冀南日报》《团结报》《前进报》《新察哈尔报》《冀热察导报》等各类党报，以及《冀热辽画报》《冀中画报》《北方文化》《五十年代》《新长城》《新群众》《诗建设》《诗战线》等期刊，虽有部分学者对其办报（刊）历程、思想以及传播等方面予以研究，但均无系统的文艺文献整理本。"华北抗日根据地及解放区文艺大系"整理的《晋察冀日报》、晋冀鲁豫《人民日报》、《晋察冀画报》，是当时华北抗日根据地及解放区党报党刊的典型代表，是党的理论和实践同文艺结合的主要媒介和载体，是华北革命文艺重要的传播平台。这些报刊，既客观记录了华北革命文艺的传播与发展，也完整展现了华北革命文艺的特殊使命与风格特征，具有极其重要的史料价值。在此基础上，我们还会将视角延伸到《晋绥日报》《新华日报·太行版》《新华日报·太岳版》等党报，不断地充实这套大型文献史料丛书，以此来系统建构华北抗日根据地及解放区的"文艺史料学"。

四、丛书特色

这套丛书的编纂，主要以抗日战争及解放战争期间华北境内各根据地、解放区出版、发行、制作之图书、期刊、报纸等红色文献中的文艺资料为内容。编纂特色主要包括：

（一）抢救珍贵历史文献，弘扬伟大建党精神。

华北抗日根据地及解放区的红色文献发行于条件艰苦的战争年代，数量少，印制质量粗糙，历经岁月的洗礼，留存下来的品相完好者已经很少，有些到今天已成孤本。这些文献作为特定历史时期和区域的产物，见证了中国共产党领导华北人民争取民族独立和人民解放的伟大历程，反映了华北近代社会的巨大变化，蕴含着珍贵的史料价值和鉴往知来的现实意义，是中国共产党领导的文艺事业、新闻出版事业与意识形态建设发展的历史见证。它们诠释了党的初心和使命，蕴含着坚定的理想信念与崇高的革命精神，到今天仍然具有强大的感染力与说服力，是陶冶情操、磨炼意志，走好新时代长征路的有效精神资源。抢救性搜集、整理与研究这些珍贵历史文献，有利于增强党政干部政治信仰，弘扬伟大建党精神和践行社会主义核心价值观。

（二）文艺与党史密切融合，拓展革命文艺与党史研究的新视野。

革命文艺作品的创作、发表和传播，和党的历史任务和奋斗实践是分不开的。在艰苦卓绝的革命岁月，奋斗前行的中国共产党始终强调，既要拿"枪杆子"，也要拿"笔杆子"。革命的文艺工作者，一手拿枪，一手拿笔，深入农村与抗战前线，以人民大众易于接受和欣赏的形式，宣传党的政策，推行党的方针，为中国共产党顺利完成不同历史阶段的中心任务和伟大使命发挥了独特而重要的作用。本套丛书收入的文献史料，主要是抗日战争与解放战争时期党报党刊中的文艺作品与文艺史料，它们鲜明生动地体现了党的历史，党领导人民争取民族独立、人民解放的奋斗历程和精神面貌，从而为学界从文艺角度研究党史和从党史角度研究文艺提供了有力支撑。

（三）作品汇编与史料梳理并行，还原革命文艺的历史场域。

"华北抗日根据地及解放区文艺大系"的编纂，全面辑录华北抗日根据地及解放区党报党刊上刊登的诗歌、小说、戏剧、报告文学、散文、歌曲、版画等文艺作品，并系统梳理当时文艺发生、发展、传播以及社会各界文艺活动的各类消息和报导，同时选编了大量的河北红色文艺作品作为补充。这种文艺史料与文艺作品的配合整理，还原了革命文艺的历史场域，有利于构建对革命文艺的科学认识。

五、丛书内容

（一）《〈晋察冀日报〉文艺文献全编》共三十八卷：

诗歌三卷

戏剧一卷

小说二卷

文艺评论三卷

文艺史料九卷

外国文艺二卷

散文报告文学十七卷

歌曲版画一卷

（二）《晋冀鲁豫〈人民日报〉文艺文献全编》共十一卷：

诗歌一卷

戏剧、小说、文艺评论一卷

散文报告文学五卷

文艺史料四卷

（三）《〈晋察冀画报〉文艺文献全编》一卷

（四）《晋察冀日报社人物志》一卷

（五）《河北红色文艺作品选》共六卷：

诗歌一卷

戏剧一卷

散文一卷

小说三卷

六、编纂体例

（一）整套丛书题材丰富、门类众多，在体裁上不做强行统一。

（二）丛书中所录作品均为当年报刊发表的原文。为确保丛书的文献性、学术性、专业性和资料性，丛书编辑加工的总原则为保持文献原貌，内容上不做改动。

（三）文字的使用

1. 丛书中文字的使用以2013年教育部、国家语言文字工作委员会公布的《通用规范汉字表》为准。

2. 丛书中的古体字、通假字、俗体字，以及所涉及姓名字号、职官地理等专用字，均予保留。

3. 丛书原文字迹模糊残损，但仍可辨认或可依上下文校正，以字外加方框"口"表示；原文缺字或无法辨识，且无法校补，每字以一个方框"口"表示；如无法统计所缺字数，则以"☒"表示。

4. 丛书中数字的使用，保持原貌。

（四）标点符号及其他符号的使用

1. 丛书在不改变原文意义的情况下，将旧式标点改作现行标点符号。

2. 丛书原文中出现代表文字的符号，如"×""△""○""▲"等，保持原貌。

3. 丛书原文中的着重号、专名号等不再保留。

（五）其他

1. 丛书原文中的注释，保持原貌；编者亦出部分注释，供读者参考。

2. 因为原始文献本身产生于战争年代，保存不易，漫漶不清处较多，丛书疏误之处在所难免，希望专家读者批评指正。

七、鸣谢

本套丛书得以顺利面世，要特别感谢中共河北省委宣传部、河北省社会科学院、河北教育出版社的资金支持，以及北京大学陈平原教授、中国社科院文学所刘跃进研究员、南开大学文学院李扬教授、河北师范大学文学院王长华教授等，为丛书编纂提供了多方面的学术支撑；晋察冀日报社老报人及报史研究会诸位老师，中国社科院文学所现代室、中国丁玲研究会、中国现代文学馆各位专家，也在丛书编纂过程中提出了许多建设性意见；院内外的数十位年轻科研工作者，在原文录入和校对方面付出了艰辛劳动，确保了项目的顺利进行。在此一并致谢。

把艺术交给大众（代序）
——祝贺"华北抗日根据地及解放区文艺大系"结集问世

中国社会科学院　刘跃进

由河北省社会科学院文学研究所编纂、河北教育出版社出版的"华北抗日根据地及解放区文艺大系"结集问世，值得庆贺。

文艺是时代前进的号角。1937年7月7日，卢沟桥事变爆发，全面抗战由此而起。广大的爱国知识分子和青年学生，表现出同仇敌忾的民族气节，走出书斋，走出校园，用知识，用智慧，用不屈的精神力量唤醒民众，用实际行动担负起抗日救亡的历史重任。在此后的岁月里，延安文艺和华北抗日根据地及解放区文艺，是中国共产党领导下的两大主体，双峰并峙，展示着那个时代的风貌，引领了那个时代的风气。

随着抗日根据地的开辟，延安文艺工作团、西北战地服务团、东北促进纵队干部队、八路军总政治部前线记者团等大批文艺工作者，随同党政干部一道陆续抵达华北，东北、平津的青年学生也纷纷冒着生命危险来到边区。他们一方面积极创作大量街头剧、活报剧、街头诗、墙头小说、木刻版画、歌曲、舞蹈等革命文艺，开展抗日救亡宣传运动；一方面也通过开办文艺干训班，开展各行业、各阶层甚至全民的文艺创作与评选活动，吸引工农兵群众加入文艺队伍，掀起了"晋察冀一周""冀中一日"等具有深化性质的群众写作运动，以及"创造模范村剧团""穷人乐"等群众戏剧运动，为晋察冀文艺史添上了浓墨重彩的一笔。

说到这里，我想起 2009 年参加《北平学生移动剧团团体日记》捐赠仪式的一段往事。从 1937 年到 1938 年，在中国抗战史上唯一以大学生组成的"北平学生移动剧团"在长达一年半的时间里，历尽艰难，转辗于国民党第五战区的各个战场，演出话剧，创办报纸，宣传抗日，鼓舞斗志，谱写出响彻云霄的时代赞歌。移动剧团的成员每人一周轮流记述，用日记形式记录了那段不平凡的岁月，《北平学生移动剧团团体日记》就是这部历史的记录。它不是写给个人看的私密记录，也不是为将来面世扬名。作者完全出于一种历史责任，真实客观地记录了那段鲜为人知的历史，体现出强烈的史家意识。日记封面上有这样一段题记，"北平学生移动剧团·愿我永恒·中华民国二十七年二月二十三日始·璧华"。孤立地看这部日记，也许没有什么轰轰烈烈的战斗业绩，也没有什么感人肺腑的情感纠结。客观、平实是它的本色，正是这种本色，为那个历史年代留下一段真实。"北平学生移动剧团"的抗日活动，是文艺工作者投身抗日洪流中的一个历史缩影。

随着抗战的胜利，察哈尔省会张家口解放，晋察冀文协、晋察冀剧协、晋察冀音协、晋察冀美协、晋察冀通讯社、晋察冀边区剧社、晋察冀日报社、晋察冀画报社等文化团体随中共晋察冀中央局和军区领导先后开赴华北根据地，一大批文艺工作者也随之来到华北，开展丰富多彩的文艺活动。他们坚持毛泽东《在延安文艺座谈会上的讲话》中指出的方向，一手拿枪，一手拿笔，深入农村与抗战前线，既为切身体会工农兵的生活，也为深刻了解工农兵的需求，从而在根本上克服了自身相当普遍和严重的艺术至上主义思想倾向，为工农兵而创作，为工农兵所利用，以人民大众易于接受和欣赏的形式，普遍写人民大众的生产战斗故事。譬如左翼作家邵子南，于1938年10月随西战团到晋察冀，主持战地社日常工作，主编《诗建设》；1943年整风运动后，他到阜平任小学教员，在反"扫荡"中与群众、民兵一起转移、战斗，还直接在五丈湾跟随李勇的游击组对日寇展开地雷战；1944年5月随团回延安，在鲁艺任教，后调陕甘宁文协搞专业创作，开始大量创作反映晋察冀边区生活的小说。他以亲身体验为基础创作的短篇小说《李勇大摆地雷阵》（后改为《地雷阵》），运用阜平农民群众的语言，以口语化方式讲述了爆炸英雄李勇的抗日故事，明显吸取了民间说唱文学的优点，特别是在白话叙述中还插入不少快板式的韵白，更适合群众的喜好，因而在当时广为流传，家喻户晓，起到了很大的宣传鼓动作用。其他作品，如《荷花淀》《太阳照在桑干河上》《漳河水》《赶车传》《王九诉苦》《孟祥英翻身》《新儿女英雄传》《白求恩大夫》《我的两家房东》《穷人乐》《李殿冰》《戎冠秀》《没有共产党就没有中国》《团结就是力量》《没有土地的人们》《白毛女》等，都是成功的文艺典范，在现代中国文学史上占据比较重要的位置。

在华北抗日根据地及解放区的文艺创作成果中，还有数以万计的文艺作品和极具研究价值的文艺史料刊发在根据地及解放区所办的报刊上。很多作者，本身就是农民、战士或基层工作者。他们把自己的经历和熟悉的人和事，通过小说、戏剧、诗歌、报告文学、歌曲、绘画、舞蹈等文艺样式记录下来，语言通俗，富有生活气息。人民既是历史的创造者，也是历史的见证者；既是历史的"剧中人"，也是历史的"剧作者"。让故事中的人物自己编词、自己表演的创作方式，很好地反映出人民的心声，并让人民群众从生动活泼的艺术作品中得到教育，这确实是一个成功的尝试。

配合党的中心工作，"把艺术交给大众"，通过文艺唤醒大众，这已成为华北文艺工作者的自觉意识。他们积极响应伟大的民族抗战对文学艺术提出的时代要求，充分兼顾到广大人民群众的接受习惯和欣赏水平，创作了大量的作品，真实地反映了燕赵儿女火热的战斗与生产生活，起到了良好的宣传教育与鼓动激励效果。刘萧无编排新闻报道剧《李殿冰》，编剧与演员一起住到李殿冰家里，以便于熟悉主人公的生活，搜集真实生动的群众语言，还模仿他们的动作，理解他们的心理，甚至还让主人公李殿冰等直接参与剧本的修改和编排。描写群众的生活，邀请群众参与创作，这是当时文艺工作者走群众路线的生动体现。该剧演出后获得当地老百姓的极大赞赏，鲁中实验剧团还专门学习该剧的创作方法，创编了三幕五场话剧《过关》。艾思奇《前方文艺运动的新范例》更是誉其开创了前方文艺的新范例。抗敌剧社的《王老三减租小唱》、冀中火线剧社的话剧《我们的母亲》，也都具有这种特色。

这些文艺作品，可能略显仓促，有的甚至急就于战火中，所以在素材提炼、人物形象塑造以及语言的使用、细节的刻画等方面还有很多不足。但是，这不是一般意义上的创作，而是燕赵大地为争取民族独立、人民解放的集体记忆和行动号角，是中国革命事业的重要组成部分。华北抗日根据地及解放区的文艺，有很多这样未经沉淀的纪实作品，不管其艺术性如何，但在发动群众、组织群众、铸就抗击日寇和国民党反动派铜墙铁壁方面，发挥了无可替代的作用。20世纪五六十年代，河北地区涌现出大量的红色经典，便是华北抗日根据地及解放区文艺的传承和发展。

2017年6月，河北省社科院文学所郑恩兵所长来京与我们协商合作研究事宜。我根据所了解的信息，建议他们结合地方特色，做好地方红色文艺文献的搜集整理与编纂出版工作。"华北抗日根据地及解放区文艺大系"就是那次商讨的成果。全书由五个部分组成：第一部分为《晋察冀日报》文艺文献全编，第二部分为晋冀鲁豫《人民日报》文艺文献全编，第三部分为《晋察冀画报》文艺文献全编，第四部分为晋察冀日报社人物志，第五部分为河北红色文艺作品选。全书收录各种文体的作品六千余种，包括小说、诗歌、文艺评论、戏剧、报告文学、散文、文艺通讯、美术、书法和音乐、文艺史料，还有文艺信息、文艺广告，基本涵盖了华北抗日根据地及解放区的文艺创作情况，具有很高的研究价值。

时值中华人民共和国成立七十五周年之际，我们有机会阅读这部皇皇五十余册的"华北抗日根据地及解放区文艺大系"，更加深切地感受到新中国的建立真是来之不易，她是无数条战线的可歌可泣的人们不懈奋斗的结果。在这样一个特殊的日子里，我们感念当年那些有名无名的作者，感谢参与整理工作的学者，当然，更要感激我们这个伟大的时代。

目 录

回顾一九四一年　展望一九四二年边区文艺	1
为"创造模范村剧团"而斗争	6
北岳文救召开联席会	11
抗大二分校举行文艺工作者座谈会	12
给投稿同志们的信	12
日本朋友的表演	13
边区文化俱乐部改组为"创作之家"	15
本刊启事（《老百姓》副刊第86期）	16
抗敌剧社庆祝成立四周年	16
晋冀豫文化界举行盛大座谈会	17
井陉文救将举行知识分子座谈会	18
怎样提高和巩固村剧团	18
致"文艺小组"	21
晋西北举行生产展览大会	22
晋冀豫文化界座谈会盛况空前	23
广泛开展旧历新年的文化娱乐工作	23
三专区文艺界成立乡村文艺社	25
用秧歌舞活跃目前宣传工作	26
北岳区文救会大批编印宣传品	28
我们的文艺小组	29
延安大学成立语文研究会	30
边区文化供应社开始营业	31
中共中央出版局拟订本年度出版计划	31

北岳区文救会决定建立区中心剧团 …… 32

军区全体子弟兵热烈进行创作活动 …… 34

文化消息 …… 34

边区文联关于一九四二年文化工作方针与任务告
边区文化界书 …… 35

边区文、音、美、剧四协会出版四大艺术杂志 …… 38

行唐文化合作社改组为"文化书店" …… 38

重庆《新华日报》二月一日起恢复一大张 …… 39

要闻简载 …… 39

冀中八路军中摄影工作大开展 …… 40

宣传指南 …… 40

北岳区文救纪念成立三周年 …… 46

本报奉命特别声明：敌区散发之《建设报》是日寇
办的！ …… 46

文救号召会员积极宣传、生产 …… 47

平山温塘村剧团宣传成绩很好 …… 47

阜平文救布置新工作 …… 48

敌伪血爪统治下　南京蒙罩着愁云惨雾 …… 48

军区抗敌剧社深入建屏游击区宣传 …… 50

简讯 …… 50

中国木刻界致书苏联木刻工作者 …… 51

禁用简笔字 …… 51

五专区文救会将试办县图书馆并进行民间艺人调查 …… 54

滹沱河畔欢送新战士 …… 54

晋西北的新文化 …… 55

北岳文救定于"五四"举行二次代表会 …… 58

平山举行文娱大检阅 59

北岳妇女热烈纪念"三八" 晚上提灯游行出演
《解放舞》 59

编后（《晋察冀艺术》副刊第32期） 60

柳亚子等由港脱险 陕甘宁文委会致电祝贺 61

陕甘宁成立文化工作委员会 62

文化界消息 62

文化供应社举行茶话会 63

生活教育社十五周年 64

龙华文救会建立模范剧团 67

编后（《晋察冀艺术》副刊第34期） 67

怎样办党报 67

冀中正式成立文协筹委会 72

日寇封闭北平图书馆 73

文联暨鲁迅奖金委员会公布入选作品 73

晋冀鲁豫边区政府设立文化奖金 75

边区文联召开部队文艺座谈会 75

日人反战同盟支部出演《活路》等名剧 76

边区文联为纪念"五四"宣言 76

艺术节宣传要点 79

西战团"轻骑队"到游击区工作归来 81

冀中文建会决定正式改组各级组织 81

晋西北文化界召开反"党八股"座谈会 82

文艺晚会 82

太行区各地隆重纪念"五四" 86

晋冀豫成立文风检查委员会 87

本刊满百期后的希望（《老百姓》副刊第100期） 87

艺术节大会隆重热烈 …… 89
女作家萧红在港病逝 …… 90
陕甘宁音协与作曲者协会设立聂耳创作奖金 …… 91
乡村文化军的行进 …… 91
文救决议：粉碎敌寇"思想战" 加强乡村文化建设
…… 92
大后方进步文化遭受摧残 …… 93
军区抗敌剧社到敌占区工作回来 …… 94
北岳区文救年半以来工作成绩小统计 …… 95
北岳文救定于教师节成立各县教联会 …… 95
北岳文救布置整顿文风工作 …… 96
陕甘宁文化工作委员会决定全面开展边区文化运动
…… 97
边区文联和各协会干部重新学习"三风"文件 …… 98
陕甘宁文委会成立临时工作委员会 实行文化人战时动员
…… 99
我们的敬礼 …… 100
兴奋和喜悦 …… 101
军区政治部晋察冀画报社成立 …… 103
边区文联工作队深入敌占区活动 …… 103
边区鲁迅文艺奖金委员会扩大给奖范围 …… 104
出版消息 …… 105
小消息 …… 105
文联常委会决定成立文化界整风委员会 …… 105
延安剧作者决定从事小型创作 …… 106
联大文艺工作团向各兄弟团体提出六项意见 …… 107
边区新文字协会成立 …… 107

新文字协会工作纲领···108
新文字协会第一次常会决议···109
晋察冀边区新文字协会章程···110
鲁迅文艺奖金第一季获奖作品·······································111
联大妇女文艺创作会号召开展边区妇女文艺运动·················112
文艺消息···112
军区政治部征求创作子弟兵军歌····································113
军区政治部正式公布部队首次创作运动结果·······················113
征募图书启示··116
聂耳逝世七周年　延安音乐界举行纪念····························116
改为旬刊的几句话（《子弟兵》副刊第56期）·····················117
军区政治部召开文艺工作会议······································118
鲁迅文艺奖金二季获奖作品公布····································119
北岳区学联主办的学生征文揭晓····································119
鲁艺文学院开始党风学习···121
"九一"中国记者节··122
音协、文协共同成立边区歌曲创作会·······························122
文化界整顿文风委员会　编印《整顿文风参考资料》
··123
纪念中国音乐家聂耳　音协举行盛大音乐会·······················124
边区文化界整风委员会决定加强整顿文风领导····················124
延安新闻界热烈纪念记者节··125
华北新华日报社讨论建立新文风问题·······························126
边府干部努力整风学习　现已开始学习文风·······················127
鲁迅奖金再度悬奖···127
"山社"主编大型艺术杂志《山》将于最近创刊····················128
冲锋剧社深入敌占区出演···128

青记延安分会工作活跃 … 129
抗大总校的教育成绩展览会 … 130
阜平妇女的文化生活 … 130
鲁艺文学院党风学习造成空前热潮 … 132
中韩文协开成立大会 … 132
中苏文化协会举行苏联问题讲演 … 133
边区新文字协会研究北方话新文字方案 … 133
太行区日人反战同盟支部国际剧团工作活跃 … 134
全国美术展览会将在陪都举行 … 135
我们在"爱护村"演出 … 135
抗敌剧社的孩子们 … 137
桂林剧坛活跃 … 140
边区新闻界成立记者俱乐部 … 141
晋西北设鲁艺分院 … 141
华中敌后文化界动态 … 142
延安《新文字报》革新内容 … 143
敌寇奴化统治下的北平出版物 … 144
发刊词（《北岳学习》副刊第1期） … 146
延安青年艺术剧院的党风学习 … 147
照例的话 … 148
征稿简约 … 149
编后记（《鼓》副刊第2期） … 149
"晋察冀子弟兵军歌"举行评判 … 150
开展大众文化运动　延安成立大众俱乐部 … 151
最近华北敌伪宣传活动 … 151
延安鲁艺的党风检查 … 154
边区文协动态 … 155

边区文联召开二次常委会	156
阜平文救动员在乡艺人开展新年创作运动	157
边区文协总结今年文艺工作	158
开展乡村文艺创作运动　文联发起新年征文	159
重庆中苏文协举行苏联照片展览	160
美摄制科学影片赠送我国	160
文联鲁迅研究会讨论今后工作	161
北岳区文救会布置旧历年文化娱乐	161
五专区各地军民热烈庆祝反攻年	162
五专区召开通讯工作座谈会	163
旅延华侨救国会召开新年同乐会	163
子弟兵文艺活动剪影	164
大后方的文化劳军运动	165
太南召开敌占区知识分子座谈会	167
边府指示各署县建立乡村文化俱乐部	168
七月剧社在晋东北	169
重庆中苏文协等十七团体欢送傅大使赴苏履新	172
庆祝废除不平等条约　延安将举行盛会	173
本刊期望于部队同志的《子弟兵》	174
边区各地准备春节优抗劳军并布置文化娱乐工作	175
重庆、长沙新闻界动态	177
燕赵诗社成立经过	178
边区首届参议会展览室巡礼	181
军区聂、萧两首长欢宴全体参议员	183
延安文化界筹备纪念红军节	184
边区参议会中文艺工作者的活动	184
文联、各协驻会干部举行党风学习测验	186

重庆展览苏联雕刻作品 …… 186

太行区展开群众文化运动 …… 187

延安文艺工作者纷纷出发　到群众中去参加实际工作
　　…… 187

苏联艺术、科学、工业斯大林奖金揭晓 …… 188

中共中央文委开会讨论戏剧运动方向问题 …… 190

陕甘宁边区剧运即将进入新阶段 …… 191

《晋察冀画报》第三期出版预告 …… 193

本报启事 …… 193

鲁艺同学大批下乡 …… 194

泰山区部队展开文化运动 …… 195

致谢 …… 195

鲁迅文艺奖金委员会评选结果揭晓 …… 195

晋西民剧研究会讨论新剧运问题 …… 198

完县征文结束 …… 199

晋察冀画报社：成立自然科学研究会　发明铅皮制版
　　印刷法 …… 199

冀鲁豫文联等抗议敌寇屠杀知识分子 …… 200

平山各完小墙报竞赛结束 …… 201

文联驻会干部帮助抗属春耕 …… 201

对本报的几点意见 …… 202

空前辉耀的乡村文艺 …… 203

三分区民运部成立文艺小组 …… 207

中共西北局宣传部及文委指示各地剧团改进工作
　　…… 208

延安平剧研究院根据党中央文委指示　检讨过去，
　　确定新方向 …… 209

苏联影片大批运渝 ………………………………………… 210
延安新华书店一年发行书、报达百万份 ………………… 211
冀东军分区组织科长雷烨同志壮烈殉国 ………………… 211
教部、剧教二队公演名剧 ………………………………… 212
苏联战时文化动态 ………………………………………… 212
鲁中文艺界联系实际反省工作 …………………………… 214
北岳区区党委召开党的文艺工作者会议 ………………… 215
文联二代大会中"抗敌"演出《开渠放水》 …………… 218
美展及音乐晚会为大会生色不少 ………………………… 218
文联举行二代大会 ………………………………………… 219
晋察冀北岳区各界抗日救国会联合会第一次代表
　　大会宣言 ……………………………………………… 225
农民社会的文化建设 ……………………………………… 228
林迈可先生在文联二次代表大会讲话 …………………… 230
边区朝鲜义勇军深入敌占区宣传 ………………………… 231
英文《晋察冀杂志》出版 ………………………………… 232
文艺工作者纷纷下乡 ……………………………………… 233
晋西北文艺工作者深入群众斗争已获初步成绩 ………… 234

回顾一九四一年　展望一九四二年边区文艺

沙可夫

一

在一九四一年临终时，如果我们把过去一年的晋察冀边区文艺回顾一下的话，一般的一定会感觉到：它着实向前进了一步。的确，和边区其他建设事业一样，显著的成绩摆在我们面前，谁也不能否认的，吾《晋察冀日报》副刊《艺术》与文化艺术综合刊物《五十年代》的发刊，《巡按》《复活》《带枪的人》等名剧的上演，"七七"第二届艺术节的举行，五四"民族形式问题"座谈会的召开，以及最近文联为了反对敌寇第三期治安强化运动与开展军民誓约运动发起的文艺创作运动征文结果，已选出了不少比较通俗的歌曲、剧本、短篇小说与连环画等，编成小册子分别付印出版等等——这都是一年来边区文艺工作者努力的成果，值得我们欣幸的。

当然，这些敌后文艺战线上所获得的胜利不应也不能"冲昏"我们的头脑，因为这离我们所希望达到的地步还很远，这里"回顾"带有检讨的性质。仅仅列举出一些成绩，歌功颂德一番，对于我们的事业是没有多大帮助的，重要的还是发扬自我批评，把我们一年来在文艺工作上做得不够、注意不到的地方，缺点、弱点，甚至错误，都揭发出来，作为今后工作上的借鉴，以求改进而取得更大的胜利。

二

今年正月间，在庆祝边区政府成立三周年纪念的连续演出《母亲》《婚事》《日出》等剧以后，发生了所谓"演大戏"问题。剧协当时曾召开了一个座谈会，提出了这个问题，希望边区戏剧工作者注意防止"演大戏"的倾向。

不错，"演大戏"本身并没有什么坏处，相反的，只有好处。因为从中外名剧的演出中不但可以在剧作、演技等上面提高边区的戏剧工作者，而且也提高了观众鉴赏与其他方面的水准。

那么，为什么在这里会成为问题而被提出呢？这是因为"大戏"不通俗，不能普及。如果个别剧团老是"演大戏"，或大家都大演其"大戏"，甚至有些剧团或剧人非演大戏不过瘾，那么，这势必大大影响边区戏剧大众化的工作，使戏剧活动限止于狭小的圈子里而脱离了广大群众。这样的"演大戏"的倾向当然是不可容许的。过去一年间边区戏剧上这种倾向虽并不严重，但不可否认或多或少是有一些的，而亟应加以克服。今天来说，基本上这种倾向已经克服了。

这里所谓要克服"演大戏"的倾向，不是说根本不要再演大戏，而是说，我们应以更大力量给戏剧深入群众的工作，给产生大量反映边区斗争与生活的大众化的剧本。我们要使边区戏剧的提高与普及两方面工作密切结合起来。这也就是今后我们在戏剧上努力的方向。

三

秧歌舞问题曾在今年边区文坛上热闹过一时，并由此而引起了关于"民族形式问题"的热烈讨论。这些问题的讨论使边区文艺的理论与实践更进一步联系起来，确实是一大收获。

但是，秧歌舞问题的讨论似乎还不够彻底。虽然，除个别例外，大家一致认为秧歌舞绝不是"不值一文"，更不是"有害无益"，而是边区群众艺术活动重要表现之一。它本身有些缺点，应加以改造，使之发展。可是怎样改造？如何发展？关于这一点始终还没有一个统一的正确的意见。

秧歌舞本质上是一种群众的集体的土风舞，它不能发展成为歌舞剧或舞剧，是可想而知的事。当然，新创造的歌舞剧或舞剧可以吸收秧歌舞的成分，但前者并不是后者的发展。正系今天，我们在快板剧或活报中加上秧歌舞而称之为"秧歌快板剧"或"秧歌活报"，但这只是两者的混合物，而不是秧歌舞新的发展。那么秧歌舞的发展究竟成为什么呢？我们的回答：还是"舞"，而不是"剧"！不过，这新的秧歌舞将成为更丰富、有力，更新鲜活泼，民众更喜见乐舞的东西。

文艺上新的民族形式的创造，我们讲得多、做得少，当然这是长期艰巨的工作，不是一蹴而就；但我们应有大胆尝试、热烈追求的精神，并实事求是地去做才行。

四

中共中央文委与军委总政治部于今年（一九四一年）一二月间，在军政杂志上发表了关于开展部队文艺工作的指示信，这对边区部队文艺工作起了很大的推动作用。这一年来，我们看到边区部队中文艺工作更被重视而活跃起来了。同时，我们也看到文艺还不能深入到连队中去，军区与分区剧社忙于所谓"应付干部晚会"，而忽视了开展连队的文艺工作以及剧社本身的提高，这种现象多少还是存在着的。此外，部队中某些军政干部还是把文艺工作看成简单的文化娱乐，不够予以重视，这些不能不说是边区部队文艺工作上的缺点。不成问题，这些缺点是能够克服的，因为中央文委与总政的指示一定会在边区部队中逐步实现的。

再来看看边区乡村艺术运动这一年来发展的情形。

剧协曾发动了一次建立模范村剧团运动，获得了些成绩。今年旧历新年，村剧团在某些地区显得很活跃，但它的发展是不平衡的，同时活跃的时间延续得不久。今年春季联大文工团继西战团之后开办乡艺训练班，也有些成绩，但村剧团的提高还是很有限，因为干部与材料的缺乏始终是开展乡村艺术运动上未曾很好解决的一大问题。

因此，今后边区文联与各协会应加倍努力于乡村艺术干部的培养与提高，以及大量文艺食粮的供给。我们一定要使乡村艺术在一九四二年蓬蓬勃勃开展起来。

五

如果要指出一九四一年边区文艺创作最大的收获，那就是《冀中一日》，这是一部群众的文艺集体创作，这充分表现了边区群众文化政治水准的提高与大众文艺的生长。此外，在这一年中文艺各部门都有个别比较优秀的作品产生。但一般说，作品的质量上还是不够高，这里主要的表现在许多作者不能把握以至生动地反映现实。这显然是由于作者生活的体验不够，对于社会生活的认识差，所以作品就显得空虚贫乏、不真实、不生动。这里也可以说，是主观主义在文艺创作上的表现。

最大的缺陷是创作与批评的脱节。创作得不到批评的指导，有时就会迷失方向，并无从随时纠正可能发生的偏向与弱点。过去边区不是完全没有文艺批评，在个别团体内部与某些会议上，很零碎地、口头上进行了对于个别作品的批评，而在我们的刊物上很少看到批评的文字。总之，文艺批评在边区还没有引起大家的注意，更没有成为整个边区文艺活动中重要的一部分。这是需要我们今后在这方面尽最大的努力。

同时，为了提高创作的质量，除使创作与批评密切结合外，每个作者应不断丰富自己的生活体验，加强善于观察、把握与反映现实的锻炼。我们希望，一九四二年将是边区文艺创作丰收的一年。眼看着新春佳节快要来临了，大家准备好一切吧！

六

战争的火焰已延烧到世界的每个角落，人类正经历着最大的厄运，正义与非正义、民主与法西斯间的斗争到了最高度的尖锐化，同时，光明与胜利的前途更宽阔地展开在我们面前了。

在这样一个伟大的新的战争与革命时代里，每个文艺工作者应坚持在自己的岗位上，为完成文艺的政治任务，为建设新民主主义的文艺而奋斗。今天，我们应根据中共中央关于太平洋战争发表的文件上的指示，利用我们的文艺武器，展开对敌伪宣传攻势。边区文艺工作者及其团体应面向游击区与落后区，把我们的文艺活动从巩固与进步地区扩展到落后区与游击区去。

对这过去一年的边区文艺工作，我们必须进行严格的检讨与总结，同时根据《解放日报》上发表的关于反对主观主义与加强调查研究工作的文件精神来检查我们的工作。缺点与错误在文艺工作上也是不可避免的，我们要把它揭发出来，并深刻认识这些缺点与错误而努力加以克服。只有这样，边区文艺才能更快地向前迈进。

在过去的一九四一年中边区新文艺运动，可以说打下了一个初步的结实的基础。在新的一九四二年中，我们应在这个基础上做出更多更大的成绩来，我们一定要实现使边区不但是民主抗日模范根据地,而且成为新文化、新文艺的堡垒。我们有实现这一任务的充分的客观条件,同时我们也相信主观上也有足够的力量。在迎接新的一九四二年时,我们预祝边区新文艺新的胜利。

一九四一年除夕前

(《晋察冀日报》1942 年 1 月 7 日)

为"创造模范村剧团"而斗争

剧协

我们向全边区的村剧团提出一个号召,这一号召是,"创造模范村剧团"。

"创造模范村剧团",在一九四一年新年时,我们曾向大家这样提出过,很多地方,像完县、唐县、易县、曲阳、阜平、平山、灵寿、行唐等也曾为这一工作而努力过。但为什么一九四二年新年又要来"创造模范村剧团",怎样"创造",什么样村剧团才算得上"模范",这一定是大家希望知道的事。

一、"创造模范村剧团"新的意义

拿全国来说,并没有很多地方有村剧团,村剧团的产生,以及乡村艺术运动的蓬勃生长,是要在一定政治、经济条件下面才会实现的,这个一定的条件就是新民主主义的政治和经济,所以咱们晋察冀边区,以及一切进步的民主抗日根据地就有了这一文化艺术上的建设。

那么,村剧团的作用在哪里呢?毛泽东同志在《新民主主义论》里说得好:一定的文化(当作观念形态的文化)是一定社会的政治和经济的反映，又给予伟大影响于一定社会的政治经济。（着重点是我们加上的。）这就是说，村剧团的任务很大，村剧团的工作做得好不好，对于我们建设新的社会有很大关系。

所以我们说，我们要把村剧团工作搞好，使得我们村剧团真的能担负起这种任务。那么，我们就要求村剧团更多的进步、提高和巩固，我们要求村剧团必须有切切实实的工作。没有这些，一切是会空的。

从一九四一年到一九四二年，从我们提出了"创造模范村剧团"到现在，把一九四一年新年戏剧运动热潮以后来总结一下，北岳区和冀中区各都有一千五百个村剧团以上，这是个惊人的数目字的发展。同志们别笑我们说得刻薄，"数目字的发展"，但是事实是这样的，谁又能否认呢？检查一下，全边区三千个村剧团里，像样的有几个？工作好的有几个？组织健全巩固的有几个？在艺术上真正不断进步的有几个？要是算一算，恐怕不到一百个吧！

那么，一九四一年"创造模范村剧团"的收获在哪里呢？——那就是它初步地提高了和活跃了村剧团，初步地建设了乡村艺术运动。

我们说，村剧团的建设工作是一个长久的事。咱们边区打一九四〇年才有了村剧团，两年来咱们的成绩还不算坏，但这就是说啦，长久的建设要是在基础上做得不好，那就像房子的地基打得不牢固一样，要塌台的。所以，我们在一九四一年要大家"创造模范村剧团"，一九四二年又要号召大家"创造模范村剧团"，道理就是这样。

那么，这两次"创造模范村剧团"究竟有些什么不同呢？一九四二年重新提出来有没有新的意义呢？

有！

第一，很明显，从一九四一年到一九四二年，我们边区进步了，进步在更加巩固、更加有战斗经验、更加健壮,而且对艺术和文化有进一步的认识和爱护,村剧团的运动又多了一年工作的历史。这是说,要是我们一九四一年曾以"固定组织、经常工作、不断进步"为口号而提出的话,一九四二年我们应该以"健全组织、经常工作、不断进步"的口号来代替它了。也是说,要是一九四一年相对的还是发展村剧团的话,一九四二年基本上应该是村剧团的巩固。同志们,这是最浅近不过的道理。

第二,我们说还要"创造",我们是说,一九四一年"创造"得不够好,不够多。但我们又看到,一九四一年收获的果实里,半生半熟的却不少,那么,一九四二年就是这些生的果子成长的时机。这一年里,我们要在果子上施很多肥,加点力量,所以我们还要"创造"!

另一说,"村剧团"该长成一个什么样的东西,就和今天的大剧团一模一样吗?不会的,它一定是另一样,但现成的模型给你描摹着做也是没有的,于是我们的村剧团还要创造,这是"建设的创造"。

又一说,"艺术"本身是一种创造,艺术没有创造就像人没有灵魂,□创造是一个永久的东西,所以我们村剧团还要创造。

当然,我们要附加一句:"创造"不是要大家"标新立异"。

至于我们提出的模范又是什么呢?

我们是说,村剧团运动里,量的发展已经大大地够了,但质的提高却差得很。我们要求大家提高、大家巩固,但是谁抢先呢?一九四一年里我们看到一些模范的村剧团,但我们的标准定得低,一九四二年我们把标准定得高一些,看谁跑得快。同志们,这里有革命竞赛的意义。

同时,我们也是说:村剧团究竟怎样建设呢?那么大家看看榜样吧,大家应该向"模范"的去看齐。当然,"模范"的也不用急,等大家进步了,"模范"的也应该进步,于是大家都提高了一步。

"创造模范村剧团"所以在一九四二年又成了一句行动的口号,就是这样的。

二、从哪里着手呢?

从这看吧,看看我们的村剧团,他们在做些什么?

有人说:"他们配合中心工作!"

有人说:"他们在宣传。"

有人说:"他们在搞幕布、搞汽油、搞布景,他们要想赶上抗敌剧社、西战团、火线剧社。"

有人说:"他们的组织庞大,不切实际。"

有人说:"他们平时不排戏、不唱歌,演出时临时突击。"

有人说:"他们在艺术上没有进步。"

甚至有人说:"他们在进行坏的活动。"

这些都对,全边区的村剧团都可以归并到某一类里去!

就从这里着手吧,把好的一方面发扬起来,坏的就淘汰下去。

村剧团能配合中心工作,向群众进行宣传是好的,村剧团的同志们对于艺术的热情是好的。

但村剧团的组织庞大是不好的,坏分子混进去,也是不好的。

村剧团花钱铺张,在这方面模仿大剧团是不好的。

不要求进步,是不好的,把村剧团看成宣传宣传、配合一下中心工作,不在艺术的进步本身打算是不好的。

三、所以,有了!

只有这样的村剧团,才能成为模范:

（一）组织健全，机构简练，不让一个坏分子混进村剧团里来。

（二）能配合中心工作，积极向群众宣传，而且建立平时工作，经常和定期地进行排戏、唱歌、画画等。

（三）材料上自力更生，能大胆创作，不怕困难，克服困难。

（四）经济上不铺张，不浪费。

（五）对艺术有最高度热忱，不断要求在艺术本身上提高和进步。

也就是说，一个模范的村剧团首先须具备这样三个条件，"健全组织，经常工作，不断进步"！

四、这是桩艰巨和长期的工作

应该认识到，它并不是容易完成的事。

也许你能做到一条，也许你能做到几条，也许你都能表面做到，而都不踏实，也许你新年里做到了，而一九四二年这全年里却做不到。

新艺术的建设，是一桩长期和艰巨的工作，村剧团的工作就是这样，我们是要为今天打算，而又同时为了明天打算的，我们要求"创造模范村剧团"的精神是贯彻在整个一九四二年里的。

但是，尽管工作怎样艰巨，在晋察冀人民面前总要低头的，而况我们还具有这些有利条件：

（一）边区文联在边区文化运动上的领导，剧协、音协、文协、美协、各大剧团、文艺团体、艺术工作者对于村剧团的指导和理论材料的供给。

（二）北岳区、冀中区、冀北区各文救会、文□会在村剧团实际工作中的组织和领导。

（三）两年来我们村剧团的工作成绩，和全边区党政军民对于村剧团的重视及对于文化艺术的爱护。

（四）两年来在各种长期、短期训练班里，培养出了超过三千个村剧团的干部。

鼓起我们的勇气吧，克服困难，战胜困难！

动员我们的力量吧！全边区乡村艺术运动的组织工作者们，村剧团的优秀干部们，村剧团团员们，为"创造模范村剧团"而斗争！

一九四二年一月一日

（《晋察冀日报》1942年1月7日）

北岳文救召开联席会

讨论加强文化对敌斗争诸问题

岗契

【本报讯】北岳区文救会于上月二十五日召开专区主任联席会，到会干部十余人。总结了半年来的文救工作，并报告与讨论今后工作的新方针与新任务。其中特指出：文救今后的工作方针，是更进一步地巩固与扩大文化统一战线，团结广大的文化人和知识分子，和敌伪展开尖锐的文化斗争。并做如下的具体决定：（一）大规模地对敌开展宣传攻势。（二）革新下层组织，改变工作方式，使各级组织更加要战斗化，加强文化战线中心的领导作用。特别是对于今后怎样彻底地克服过去的一套行政领导方式，而代替文化运动上的组织领导的问题，讨论得更为详细。

（《晋察冀日报》1942年1月8日）

抗大二分校举行文艺工作者座谈会

□

【本报讯】抗大二分校文艺工作者于七日上午举行联欢座谈会。并有该校政治部干教科李副科长做关于文艺问题的报告,后由徐明等同志相继发言,对今后分校文艺工作、通讯工作,多所讨论,这对分校今后文艺工作的开展实有很大作用。

(《晋察冀日报》1942年1月10日)

给投稿同志们的信

编者

最近,我们收到大家的来稿是更多了。这说明同志们对本刊的爱护,和对本刊的实际帮助。对所有稿件,我们已经尽量地刊载;有些不能采用的,也已经分别回信,并提出了我们的意见。为了改进本刊内容,使投稿同志们今后的来稿更加适合本刊的要求,在这里再把我们的意见和希望和大家谈一下。

第一,本刊内容除对政治形势的评论分析、政策法令的解释和科学常识的介绍以外,更主要的是,在于反映边区人民的实际斗争和群众的意见与要求。但大家对于这方面的来稿还不多,而最多的是一些内容很一般的故事和歌谣,对具体的多方面的实际问题反映得不够。一般都很少注意到村子里群众日常生活上的具体问题,而这些稿件正是我们最需要的。

第二,来稿很多是文艺创作,有些故事也偏于文艺的描写,可是

本刊不是一个文艺刊物，对这些稿件的尽量容纳就比较困难。虽然我们也需要故事和歌谣，但最好是明白朴素地写下来，要老百姓容易看得懂、听得懂。因此那些欧化的写法就要避免。

第三，我们希望来稿在文字方面还要力求通俗，这里主要靠我们善于使用大众的语汇，但同时也要避免或少用那些狭隘的地方性的土话。另外，还有一些作者喜欢使用旧文言的语汇，也是不合本刊要求的。

第四，我们希望作者的文章还要力求简洁，以后来稿均以不超过一千字为限。

第五，我们极希望一些初学写作的读者们大胆地给我们写稿，写出大家对边区各方面、各种问题的意见。本刊的习作栏正是为了帮助大家学习写文章而设的。

最后，特别希望大家随时提出对本刊的意见，以便改进本刊内容，使它真正成为边区老百姓的通俗读物。

(《晋察冀日报》1942 年 1 月 13 日，《老百姓》副刊第 85 期)

日本朋友的表演

——新年文化娱乐片断

章旗

"反战，到八路军去！"

今天晚会，首先是日本反战同盟支部演出。

头一个节目是樱花舞，人都穿得花花绿绿的，奏着乐，跳呀唱呀的。这是东洋味的日本舞，有生以来没见过，倒觉得新鲜有趣。可是我看不出更大的意义来。

第二个是戏剧，名叫《前□》，可像真的咧，是表演日军反战的。我虽然不懂日本话，单是看动作也可以明白。

日本兵真苦，大官打骂小官，小官打骂士兵，老兵还欺侮新兵。咱们八路军怎么样呢，官兵一致，没有打骂制度，大家都团结友爱。

受着军阀压迫的日本兵是亲近八路军的，他们送我们饼干，我们送他们烧酒，多亲密呀！我想将来大家都会变成朋友的，像现在我们跟支部盟员一样。

太平洋战争爆发了，他们起来反对，军阀却欺骗、压制他们，还要把他们杀死。可是觉悟了的日本士兵不再受奴役了，他们掉转枪口，瞄准日本军阀，举起了红旗，高呼着："反战，到八路军去！"

野 球 比 赛

真是土包子开洋荤，今天看了在华日人反战同盟晋察冀支部的日本人打棒球。

在赛球之前，一个代表先讲了话，他说在八路军的帮助下，他们认识了真理，走上了光明的大路。他们组织了反战同盟，和中国人民站在一起，为消灭法西斯战争、彻底解放一切被奴役的民族而斗争。今天为了庆祝新年与八路同志联欢，特此表演棒球，作为献礼。

他们很郑重地行了开球礼。于是大棍子、皮手套、白球儿就活动起来了。你攻呀，我守呀，打得很起劲，态度严肃认真，我觉得这是值得学习的。

看不出门道来，反正他们打得险、接得稳时，我们就喝彩。

摄影科的同志还给他们照相呢。

（《晋察冀日报》1942 年 1 月 18 日，《子弟兵》副刊第 28 期）

欢迎文化人、艺术家来边区

边区文化俱乐部改组为"创作之家"

各协联合举行茶话会

茵

【文联讯】为提高干部文化、艺术水平，加强工作效率，文联特于日前召开全体干部会议，文联、各协、文化俱乐部工作干部全体出席参加。首由文联罗东同志传达关于文联内部组织、工作、生活、学习等项新的决定，其要点：（一）边区文化俱乐部即日起改组为"创作之家"，直属文联秘书处。欢迎边区内外文化人、艺术家来"创作之家"，从事创作。（二）文联、各协驻会干部，实行集体办公制，并切实保证七小时工作制。（三）由一九四二年一月开始，文联各协干部，每日实行三小时学习制。（四）今后应切实注意减少不必要的会议时间，同时，亦不要求严格的组织生活（但工作、生活、学习制度仍要切实遵守），对于从事创作的文化人、艺术家，亦应尽可能给予生活上的优待。继由文联主任沙可夫同志讲话。

最后，由到会干部进行讨论，对于文联各项新决定和沙可夫同志的指示，均表热烈拥护，并誓以更大的工作学习成绩迎接一九四二年。大会获得圆满结束。

【又讯】边区各协特于本月五日联合召开文艺工作者茶话会。到会有各地文学家、艺术家、诗人等百余人。盛况空前。茶话会正式开始时，由文、音、美、剧分别进行。在文协茶话会上，由沙可夫同志提出开展边区文艺批评的号召，并获得全体到会文艺工作者的一致拥护。茶话会结束后，继续进行音乐演奏会，节目至为精彩，至夜间尽欢而散。

（《晋察冀日报》1942年1月20日）

本 刊 启 事（《老百姓》副刊第86期）

编者

我们希望投稿的同志们，能注意下面几件事：

一、文字力求通俗，内容要明了，有中心。

二、稿子要短，最好六七百字，至多不要超过千字。

三、字要写清楚，并留出删改的空子。后面写上通信处。

最后，我们希望大家多写村子里发生的实际问题和群众的意见、群众的要求。

（《晋察冀日报》1942年1月20日）

抗敌剧社庆祝成立四周年

朱副主任亲临指导

【本报讯】上月十一日为军区抗敌剧社成立四周年纪念，该社因处于行军中，特移至上月三十日至元旦举行。到会有军区各部科首长、文联音协西战团代表，和该社同志百余人。朱副主任亲莅报告目前形势与我们的任务。大会除总结四年来的工作外，还举行营火晚会，十分精彩生动。现为鼓励社员开展艺术创作，各部分工作已有科学的分工云。

（《晋察冀日报》1942年1月21日）

晋冀豫文化界举行盛大座谈会

——青年反法西斯委员会正式成立

【华北新华社晋冀豫十九日电】十八集团军一二九师政治部与中共晋冀豫区党委，于本月十六日在漳河之滨某地联合召开全区文化人座谈会。到二十个文化团体代表和军政民机关团体代表以及本区文坛健将、新闻记者、作家、新旧艺人等四百二十人，附近敌占区内文化人士、士绅名流十八人，亦冲过敌寇重重封锁线赶来参加。大会充分表示敌后文化人之团结精神。一二九师政委对本区文化工作提出几点希望：（一）文化工作者应服从每一个具体的政治任务；（二）广泛发挥文化工作的批判性；（三）认真动员根据地和敌占区一切新旧老小文化人、知识分子到抗日文化战线上来；（四）文化工作要为广大群众服务；（五）每个文化工作者要做一个村庄的调查工作者，来丰富作品的内容。与大会同时举行者，尚有抗战以来出版物展览、鲁艺木刻展览、鲁艺美术展览、日本宣传展览等，颇感美观。

【新华社晋冀豫十七日电】晋冀豫区各界青年反法西斯大会通过组织本区各界青年反法西斯委员会，号召根据地与敌占区青年加强团结，粉碎敌寇挑拨离间的阴谋等议案多件。并选出青联、学联、青抗先纵队部、抗大、青年记者学会、日本觉醒同盟、朝鲜青联、一二九师青年队等共同组成各界青年反法西斯委员会。此外，又决议通电国民政府，提出三项要求。

（《晋察冀日报》1942 年 1 月 23 日）

井陉文救将举行知识分子座谈会

并设立一流动图书馆

朋

【井陉讯】县文救会在"更进一步地巩固与扩大文化统一战线,广泛地团结文化人、知识分子(包括一切反日、反法西斯的外国人),发挥文化统一战线的力量"的新方针下,并为更有力地配合宣传攻势,拟于最近举行知识分子座谈会。大会内容,除有系统地介绍边区的建设情形外,并着重于时事讨论(太平洋战争与中国抗战诸问题)与今后新文化运动在敌占区、游击区的推展诸问题,现正在积极筹备中。同时为了切实帮助他们学习,有计划地供给与调剂文化食粮,特组织一个小型的流动图书馆(定名为"井陉县文救流动图书馆"),计划在最近开始工作。

(《晋察冀日报》1942年1月24日)

怎样提高和巩固村剧团

——一个村剧团的来信

(上略)当我们看到剧协的"创造模范村剧团"号召以后,我们召开了一个全体大会,讨论和决议了如何响应和执行这个号召,而且我们现在已经这样做着。

我们觉得这个号召是非常正确的,同时"健全组织,经常工作,不断进步",确实是今天我们顶重要的任务,而且我们是做得到的。现在把我们的经验教训和今后的做法向你们谈一谈:

去年剧协号召时,我们做了一下,在新年里顶热闹。正月十四我们到县里参加比赛，那时候活跃极了，但一过新年，我们的工作就消沉下去。我们检讨了一下，主要原因有：（一）我们没有坚持工作的决心，到春天地里工作一忙，剧团就不搞了，夏天、秋天一直没有恢复。（二）我们的组织是有了，但不健全，干部不大负责任，临时要演戏，大家就凑合一下，不演就算了。参加剧团的有些成分不很好，光捣乱、讲怪话，派他们角色论长论短，嫌多嫌小。（三）自己写不出剧本（我们剧团里有一个高小毕业的团员和一个小学老师，但他们都推说不会写剧）。（四）我们从来不学习一般戏剧常识，人家这样做，我们就这样做，所以老看不见进步。

我们今后怎样做呢？

（一）我们决定把组织形式改变一下。

现在我们的组织形式是：

```
                      ┌ 文艺队
           团  长     │ 音乐队
全体大会——           ┤
           指导员     │ 美术队
                      └ 戏剧队
```

我们的组织形式要求比较简单，愿意演戏的，参加戏剧队，也可以参加其他的队（但只要他有功夫），我们的团长兼导演、指导员管我们的生活，加强我们的领导，组织原则是民主集中制。

我们要清理组织，团员都经过介绍，把坏分子都清洗出去，多吸收青年妇女参加，同时注意正确的男女关系。

（二）我们规定每天晚上有一个半小时的活动时间，全体团员一定要到。时间的分配，半小时唱歌、一小时排戏和戏剧学习。参加美术队和文艺队的同志，每星期至少要交两篇稿子和两张画，其他如写标语等工作，由团长分配。我们又估计到春天、夏天农忙时抽不出这样多时间来，但我们决定要坚持工作，到那时候每天工作学习半小时。逢单是戏剧活动（排戏或学习），逢双是唱歌，这是我们有信心的，我们的团长指导员也向大家说过，"遵照大家决议，坚决地执行"。

（三）我们规定一般戏剧常识的学习，每星期一次，讨论的是原来西战团在乡艺训练班的讲义，其他的，也每星期一次。

（四）我们发扬上过几年学的同志练习和学习创作，我们都知道写剧本很难，但也是可以学的，所以特别希望刘铁根（一个小学毕业生，现在是村青救会主任）和小学杨老师在这方面多努力。其他能写简单文章的，每半个月交一个剧本，由团长负责送到县里或附近大剧团请他们修改。

（五）我们决定不再买幕布（这次秋季反"扫荡"时，我们的幕布损失了），演戏时，可以借门窗或干脆不用，找一些天然布景。汽灯也不用了，改点满堂红，有时在白天演，同时我们想编些街头剧本。

（六）我们剧团要建立民主的、团结的、生气勃勃的作风，坚持经常工作和进步。

以上是我们简单的决议和做法，我们觉得这完全是做得到的。为了提高和巩固，一个村剧团必须这样努力才对。但我们希望大家帮助我们，多供给材料，并且我们愿意向全边区村剧团挑战，响应剧协号召，为"创造模范村剧团"而斗争。

编者注：这是×县北李庄村剧团的来信，因为他谈的问题很实际，所以发表它以供各村剧团参考。

（《晋察冀日报》1942年1月24日，《晋察冀艺术》副刊第28期）

致"文艺小组"

见

情形不同了。

我们的文艺小组应该打碎旧的一套来创造新的工作了。

一般说，文艺小组在过去工作得很少（除晋察冀日报社文艺小组、完县文艺小组、文协直属小组、军区政治部文艺小组这些而外）。对文艺的学习也好像是假的……

他们常常苦诉，没有领导，没有时间，没有材料。

他们常常愿望，最好文协派人领导他们（文协只能领导他的会员们所组织的小组，一般的文艺小组，他只能站在领导的地位），帮助他们。

他们似乎把一切委置于客观条件。

把自己的独立作战性、主动性抛开了。

但是，这是对的吗？譬如游击小组说他们没有枪、没有手榴弹……就无法活动，这是对的吗？

——文艺小组是文艺工作的各个堡垒。在边区说来，它是部队和乡村中广大的初学文艺者、文艺青年、通讯员等斗争最先锋的阵地。这里他们能够开辟许多工作：

一、文艺墙报的编辑；

二、街头诗的写作，小故事的朗读，民谣和农村传说的搜集；

三、通讯的研究和创作；

四、小型文艺座谈会的举行（对个别文艺问题的讨论）；

……

边区文协关于文艺小组的工作，曾经提到"集体创作"（就是共同创作一件东西，例如部队上要反映一个战斗，可以召集很多战士把他们每一个人的见闻、经验写出来……），也是好办法。

工作却是很多能做的，要做好呵！

这些工作只要自己有决心、热情、勇气和周密的计划就可以开始了，不一定有什么人直接帮助，整天指挥。有，当然好，不过哪里有这么多的人呢。事实上，文艺小组组长他首先是担负直接领导的责任的人。

亲爱的文艺小组们，让我重复一句话：情形不同了，不必等待什么，用你们自己的手创造工作吧！如果说没有纸张进行出版工作，那么我们就要把手伸到墙壁上用灰炭开始写作吧；而且还可以用你们的嘴，在群众面前，在各个斗争的前线上，你们可以朗读你们的作品呀……

——这就是工作。这工作将是很伟大的工作！

一九四二年一月

（《晋察冀日报》1942年1月24日，《晋察冀艺术》副刊第28期）

晋西北举行生产展览大会

【华北新华社】晋西北工农之生产品展览暨劳动英雄检阅大会，于十三日在兴县正式开幕。大会举行三日，到会劳动英雄男女共八十三人，城内商家悬灯结彩以示欢迎，会中排列工、农、矿业生产品一千余种。前往参观之群众每日往来不绝，行署特致函劳动英雄，对彼等之积极生产□以奖励。

（《晋察冀日报》1942年1月25日）

"全华北文化人在对敌斗争上团结起来!"

晋冀豫文化界座谈会盛况空前

王部长、杨献珍、徐懋庸均有演讲

【华北新华社晋冀豫二十二日电】富有历史意义的全区文化人座谈会,已于十九日胜利结束,大会历时四日,代表陆续增至五百余人,盛况空前。会中主要会议为,文化工作暨文艺工作两大座谈,到会各敌占区文化人均争先发言,并一致要求根据地能经常供给敌占区同胞以大批文化食粮,当由何南同志代表主席团作圆满之解答。在文艺座谈会上发言者尤为踊跃。同时就建设新民主主义文艺问题、民族形式问题与政治任务配合问题等展开热烈论争,且延续至两日之久。会中并有十八集团军野战政治部王部长报告对敌宣传战问题,抗大徐懋庸同志报告文化工作上的对敌斗争问题。最后由杨献珍同志发言,指出过去文化工作者皆脱离现实、脱离民众,希望今后发扬为群众服务的精神,加强批评,加强调查研究。在结语中并希望全华北文化同人在对敌斗争上团结起来。

(《晋察冀日报》1942 年 1 月 25 日)

广泛开展旧历新年的文化娱乐工作

由于多少年的传统和习俗,中国各地对于旧历年总是感到有兴味,即在我们边区,一般父老兄弟姐妹们,对于过旧历年的心情,也还是很高。人们辛勤了一个整年,常常是在旧历新年的几天里,稍为休息几天,做些活动,我们也应该利用这一个机会进行正当的文化娱乐工作。一方面可借以提高边区人民的政治文化水平，另一方面，可以有效地克服与防止赌博、酗酒、殴打等等旧社会的恶习和不正当的娱乐。

正当着太平洋大战已经爆发，苏联红军对德实行着胜利的战略反攻，国际法西斯阵线与反法西斯阵线营垒分明，太平洋上反日、反法西斯的统一战线已经建立，国际形势对我更加有利，我们坚持敌后抗战的斗争更加激烈、艰苦、残酷，而抗战最后胜利更加接近的时候。在这旧历新年中，如何使边区广大人民更深刻地认识坚持敌后抗战的伟大艰苦的事业，百倍提高与坚定胜利信心，发扬民族意识，提高民族气节，提高对敌战斗情绪，提高生产建设的热忱，加强全边区人民患难与共的亲密团结，准备继续与垂死挣扎的日本法西斯强盗进行最顽强持久的战斗，坚决完成一九四二年抗战任务，促进全国大规模战略反攻的早日实现，所有这一切，都需要我们在目前做深入而广泛的宣传与鼓动。我们正宜抓紧旧历新年的有利时机，积极广泛地开展文化娱乐工作，使我们在政治上的动员、思想上的充分准备工作，通过各种艺术的形式而深入全边区广大的群众中去。

开展旧历新年中的文化娱乐工作，中心的问题在于如何组织与领导这一工作。根据今年新历过年时的文化娱乐工作情形以及进行所有其他工作的经验教训，都充分证明：没有坚强的组织与领导，是不会把一个带有广大群众性的工作做得很好的。新年中的文化娱乐工作的组织和领导的责任，究应谁属呢？举凡政权机关、群众团体，特别是区村级的政权与群众团体、村剧团、冬学和小学的教师，部队中的剧社、宣传队、民运组以及俱乐部的娱乐委员，都有责任自动地出来组织、领导与帮助自己力所能及的地区里面的群众在新年中的文化娱乐工作；应该把开展旧历新年中的文化娱乐工作，当作目前的政治任务之一。我们只有足够地正确地认识了这一工作的重要意义，而能从组织上去推动和领导这一工作，才会使这一工作开展起来。

我们还应该提到在开展旧历新年的文化娱乐工作中应该注意的几个问题：

首先，关于新年的文化娱乐工作的形式问题。为了使群众易于接受我们宣传教育的内容，应该采取民间喜闻乐见的一些形式，如书写对联、张贴年画、扭秧歌、踩高跷，以至演剧、唱各种小调、练国术等等。

其次，在新年文化娱乐工作的内容上，应富有教育的意义，密切地联系目前形势和我们的任务。特别是目前我们边区一些中心工作，如实行志愿兵的义务兵役制、村选、节约生产等等。

再次，关于新年文化娱乐材料的问题。一方面，可利用边区文联、军区政治部及各剧团，在今年新历年时编印的一些材料；另一方面，希望边区文救以及各协再编印些新的材料，供给旧历新年时采用。

最后，我们应反对和克服对旧历新年的文化娱乐工作可能发生的两种不正确的认识和偏向：一种是轻视这一工作，认为不必要怎样花费精力、时间去进行组织和领导这一工作；另一种是过分地注重形式，一味铺张，而影响和放弃了其他的各种经常工作。

(《晋察冀日报》1942年1月30日)

三专区文艺界成立乡村文艺社

崔哲

【三专区讯】三专区文艺工作者为了巩固与扩大三专区的文艺界抗日统一战线，团结一切抗日文艺工作者与文艺爱好者，开展三专区新民主主义的文艺运动，特于本月八日在专区举行乡村文艺社成立大会。全专区党政军民的文艺工作者与爱好者,都齐聚一堂,热烈讨论各有关问题。通过简章后,并决定今后具体工作为:(一)吸收会员,建立各县文艺小组。(二)出版乡村文艺。(三)扩大宣传,团结游击区文艺人才与帮助敌占区文艺工作者与爱好者到抗战中来。最后,大会选举执委九人、常委五人,并推钱丹辉为主任,于六洲副主任,崔哲组织,罗宗藩宣传,魏巍编审。

(《晋察冀日报》1942年1月30日)

用秧歌舞活跃目前宣传工作

苏醒

摆在我们面前的,有三大宣传工作——开展宣传攻势、军民誓约运动和新年文化娱乐。为活跃这三大宣传以造成广泛的群众热潮,在文艺战线上当然需要各种组织和形式,但根据目前的客观条件,我们觉得秧歌舞应起主要作用。但这问题似乎还没有引起最大的注意,因此我们在这里提出:

一、希望剧作者大量地创作秧歌舞的脚本(如印刷条件困难时,可寄交北岳文救出版)。

二、希望各大剧社大量演出秧歌舞,以为乡村宣传队(或秧歌舞队)的示范,掀起他们的热情与活跃。

三、希望各机关、团体、学校,小学教师多加帮助,如帮助组织秧歌舞队,发动群众演出,供给脚本,帮助导演。

我们根据过去经验,为使秧歌舞发挥更大的宣传作用,并克服它的某些弱点,特提出几点,供大家参考。

(一)把秧歌舞变成一种综合性的艺术形式,一切快板、唱歌、技术表演、个人表演、讲演、街头剧……都可以适当地插进去。譬如：扭扭以后，唱几个歌，或说段快板（个人说也好，问答方式也好），或讲讲话、喊口号等等，这样来多方面表现目前的誓约运动和宣传攻势的内容，但反对没有一点内容和意义的光扭扭的现象。

（二）用秧歌舞形式表现一个故事（某些村剧团已或多或少做到这一点），故事内容应注意秧歌舞的特点。如：它是舞蹈的、户外的、群众性的，所以一切室内的场面，话剧那样复杂的内容，是不适合的。这，主题要单纯，题材要是户外的，表现方法有点近乎活报，非常尖锐、突出，并注意集体与个人的统一。因为是舞蹈，有节拍，所以对话最好合乎节拍，有韵，能采用快板、唱歌的方式，对话更好。

（三）秧歌舞的表现要现实化。甲、取消脸上青一块、红一块的化装。没有必要的鲜艳的服装和红红绿绿的手绢，代以能表现人物或动作的现实的化装、服装和必需的道具，在化装与服装上注意典型化；表现人物特点，如一个顽固老头子，不论在化装和服装上都要表现他的特点。乙、表情（包括步伐、舞法、手的动作和脸上表情）要尽量表现自己扮演的角色。步伐不单是轻快，而且要刚健，节奏鲜明，表现人物特征，如老头子的迟缓、吃力，青年的壮健。一般地，不妨试试把全身重心不放在脚尖上，而放在整个脚上。双手不单是前后摆动，而且可以做有意义的、较复杂的动作，像敌人的凶横，失败时的狼狈，汉奸的谄媚、狡诈、无耻。总之，要用步伐、舞法、手的动作和脸部表情，以及角色间的联系表演（如在行进时，汉奸用一些小动作表现对敌的谄媚等等）来帮助表现各个人物。丙、"自白"可以用，但避免无意义的自己嘲弄自己的"自白"。如汉奸说："我的名字叫'混蛋'，一生专爱大洋钱。"这一类的话，每个人的话尽量合乎他的身份、思想、习惯。丁、音乐应和话剧或歌剧中的音响效果一样，以增□氛、加强人物的表演为目的。锣鼓点变化要多些，不单是"噔、噔、七噔七"，随着人物表演的需要，配置适合的锣鼓点。

以上各点，在环境优越的村剧团都或多或少地做到了，现在我们提出来，希望引起最大的注意，量力去做，向这方向努力。

宣传攻势和誓约运动的宣传已开始了，让每个村庄的秧歌舞都汹涌澎湃地搞起来，让它由于本身的改造而收到更大的宣传效果，使它在目前的广泛宣传里造成热潮，起更大的作用。

(《晋察冀日报》1942年1月31日)

北岳区文救会大批编印宣传品

散发民间，深入宣传教育

郭巩

【北岳区讯】北岳区文救会自去年十月至今为配合各种中心工作，曾先后出版许多宣传品，编出冬学教材共三种（内有《开展军民誓约运动》，由《晋察冀日报》连载）。并大批编印歌子、剧本、小故事，共有如下数目：（一）关于开展军民誓约运动，剧本二十四种共印一四八〇份；歌子二十种，共印一二〇〇份；小故事三本，共印一八〇份。（二）关于实现"志愿义务兵役制"，剧本五种，共印三〇〇份；歌子三种，共印一八〇份；快板一种，共印六〇份。（三）关于对敌宣传方面，文字宣传材料五种，共印三〇〇份；时事材料八种，共印四八〇份；街头小说十种，共印六〇〇份；敌国材料六种，共印三六〇份；标语口号四一种，共印三〇〇〇份。这些材料业已全部发下，并传入村庄。歌子大部已流行于乡村，剧本亦大部都已演出，小故事、街头小说亦在民间流行云。

(《晋察冀日报》1942年2月4日)

我们的文艺小组

萧江

我们的文艺小组从成立到现在,已半年多了,检讨起来,有优点,自然也有缺点。记得去年五月晚旬接到军区关于部队文艺工作决定的指示以后,我们便开始了文艺小组的建设工作。后方机关与团成立小组,营成立分组。到六月底,全分区共成立了十个小组,十二个分组,使部队文艺工作具备了初步基础和□利开展的保证。

随着组织的形成,工作、会议等制度也慢慢建立起来了。会,两周召开一次,讨论小组工作(出墙报、写稿子,举行座谈等问题);或对自己作品做专门深入的检讨,并规定每半月交一次稿,由分区转送各报纸、机关发表。

据不完全统计,从去年五月来截至本年一月初,各小组交到分区文艺作品三百五十余篇,其中尤以分直小组成绩为最佳。

这些作品里面,由于写作技术较差,好的作品自然不会多。但他们都用着真诚、恳挚的态度去写,在作品里面流露着丰富而忠实的感情,渲染着生动而壮丽的色彩。如郑文沭、曹永林等几个热心于写作的同志,就是很好的榜样。

在高涨的创作潮流中,为着适应工作需要,《火线文艺》终于去年七月间出版了,给广大的文艺组员很大兴奋,并解决了部分的创作上和理论上的问题,好像一面鲜明的旗子,在全体组员奋斗途径上起着领导作用。去秋反"扫荡"时,因着环境关系,《火线文艺》不能单独出版,只好在《火线报》上辟出一角,零星登载一些文艺作品。直到现在,《火线文艺》共出版了三期(副刊不在内)。

此外,每个小组都有着自己作品的发表园地——墙报——不管作品好坏，只要没有原则错误，一律都予以登载出来。这不但是一个锻炼写作的好机会，而且更加鼓舞了大家的写作热忱，同时也是一个巩固组织的有力武器。

在分区四周年纪念和元旦前夕，分直小组出版的两次大墙报都是值得赞扬的，不但有着反映部队战斗生活的丰富内容，而且密切地配合了目前的政治中心，如在二十多篇作品里面三分之二以上是反映军民誓约和反封锁斗争故事的。

至于会议方面，除了一般的讨论会外，其他如茶话、研究、座谈等还少举行，即便举行，内容也不怎么充实。但在本年一月初分直小组所召开的茶话会，除去一般工作的讨论外，还进行了讲故事、说笑话的座谈，情绪极为热烈，像如此会议的召集，在文艺小组还是第一次呢！

虽然如此，但在整个文艺小组的工作上还保留着很多缺点，如文艺小组活动范围不够广泛，工作方式太单纯，且有时流于形式化。其次由于阅读刊物及研究资料的贫乏，使研究工作的深入性很差，写作能力提高上受了很大限制。再就文艺小组本身，力量也还太单薄，所以发展组织、扩大组织也是目前工作的一个中心。总之，我们只要坚决纠正过去一切缺点，在原有基础上继续努力，干下去！将来一定会有一番新的成就，文艺这武器也将会被我们运用得和机枪一样锋利！

(《晋察冀日报》1942年2月4日，《晋察冀艺术》副刊第29期)

延安大学成立语文研究会

吴玉章同志主讲文字学

【新华社延安一日电】延安大学语文研究会定于二月九日正式成立，并于同日上午十一时由该校校长吴玉章同志开始第一次主讲文字学。现已发出启事征求会员，凡对中国语文有相当修养，愿意参加研究者，均可于二月六日以前至该校报名，领取研究办法及吴校长所编《文字学讲授大纲》，届时听讲。闻连日前往报名参加者甚为踊跃云。

（《晋察冀日报》1942年2月5日）

边区文化供应社开始营业

出版杂志、书籍多种

右

【本报特讯】边区文化供应社（文联领导下的）于今年一月一日开始营业。目前该社正在出版边区文、音、剧协主编的《晋察冀文艺》《晋察冀音乐》和《晋察冀戏剧》。此外，最近该社亦将出版一些在开展文化工作、艺术工作上所迫切需要的材料，第一批准备出版的有：陕甘宁边区新文字协会景林编的《新文字讲话》，苏联伊佐托夫著、沈起予译的《文学修养的基础》，《五十代年丛书》（五十年代社编，在选辑中）和一些艺术上的名著。

（《晋察冀日报》1942年2月5日）

中共中央出版局拟订本年度出版计划

总额达四千万字

【新华社延安三日电】中共中央出版局已拟订本年度出版计划，全部出版字数四千万字左右，突破近年来之记录。据中央出版局负责人谈：去年年底，中共中央为加强与统一出版发行事业，决议成立中央出版局，统一管理印刷、出版、发行工作，及指导各地有关出版事宜。本局奉令成立后，即接收新华书店与中央印刷厂，并向延安各编审机关索取本年度之出版计划，现已由各机关汇送来局，七千万字左右。因目前印厂生产力有限，本局依轻重急缓加以调整，缩减为四千万字左右，此项数目亦为近年来之新纪录。本年度出版计划中心为出版小学教科书，及干部教科书与时事读物，至理论书籍、大众化读物、文艺书籍等亦均酌配字数，报章、杂志本年内拟不再扩大与增出，以便保证必要书籍之出版。此项计划已于日前经中共中央批准，已在实施中。至本年度发行方法将改为实物配给制，具体办法正与有关机关商洽规定中。闻中央印刷厂闻悉该项计划后，全体工友极为兴奋，排字房、纸版房、印刷部及其他部门，日来均极忙碌，赶印各种书籍。现在印刷与装订中者，有《中国通史》上册（再版）、《晋察冀法令汇编》、《辩证唯物论与历史唯物论基本问题》（二册），小学教科书多种，《列宁选集》数卷，及《世界文学名著选》等；正在排校中者将有《中国通史》中册、《西洋哲学史》、《季米特洛夫传》、《中级国文选》，及小学教科书等。振华纸厂工友亦在建设厅保证供给出版局三千令纸张的号召下积极工作。虽在冬季，但生产未曾减少，预计今年边区出版事业当有新的开展。

（《晋察冀日报》1942年2月7日）

北岳区文救会决定建立区中心剧团

于三月以前完成

【本报特讯】北岳区文救会于日前特召开会议，讨论关于建立区中心剧团问题。并做了详尽之决定，其要点如下：

（一）检讨了去年建设村剧团的缺点，认为今后一个区只有一个或三个剧团，对抗战勤务、经费、材料、干部等问题都容易解决。

（二）建立区中心剧团的条件是："健全的组织，相当高的艺术水准，有计划的工作和学习。"在健全的组织上，要短小精干，切实合理。保证没有坏分子，尽量吸收村里一切文艺力量参加。必须男女青壮年、儿童都有。

在相当高的艺术水准上，要能演话剧、戏剧、活报、街头剧，克服文明戏倾向。旧形式的剧可以用，但均必须适当改进。要有适当的设备，要朴素，切忌铺张。

在有计划的工作和学习上，学习艺术、练歌、排演，有工作和学习制度，开讨论会、检讨会等。

（三）区中心剧团对外的具体工作是：健全和提高全区的剧团和宣传队。配合政治任务、中心工作、纪念节日等，演出、宣传，配合武装深入游击区敌占区去。

（四）区中心剧团的建立，在原则上，应选择过去有基础和条件很好的村子或选择过去较好的剧团为对象，没有条件的区不勉强建立，条件好的区最多不超过三个。具备一般村剧团条件者，要很好帮助它进步，绝不是有了区中心剧团后，就可以忽视其他剧团。但如果不具备一个村剧团的条件，就组成宣传队、歌咏队、子弟班、雅乐队等，不过不要秧歌小唱队等烦琐名目。

在步骤上：二月半到二月底，各区找好对象，计划与配备干部，整理或建立组织。三月初以前，建立完成，这时可进行些宣传工作，如开成立大会演出，向全区宣传，写通讯等。过去已初步建立的区，可将成立的时间提早，但整理组织仍应切实做。建立时，由宣教联席会负责，区文救联络员帮助。

（《晋察冀日报》1942年2月8日）

军区全体子弟兵热烈进行创作活动

最近军区收到作品百余篇　优秀者将予奖品以资鼓励

文

【本报讯】晋察冀军区政治部为了更广泛开展部队文艺工作，发扬部队指战员在文艺工作上的创作热忱，锻炼与提高写作能力，曾于一九四一年初号召部队热烈开展文艺创作运动，并掀起了创作热潮，只一个分区的文艺小组创作即三百五十篇之多。日前军区为更进一步发展此项工作，重新规定以民族气节、志愿义务兵役制和部队最现实的生活战斗等各方面的反映为内容来创作，并将于三月底前结束。现军区部队各文艺工作者、文艺爱好者与战士们，都为这运动而热烈地从事创作活动，最近军区已经收到文学、剧本、歌曲、图书、木刻等稿件百余篇，内有战士作品不少。部队文艺工作，已经引起每个战士的注意与爱好。又闻，此次创作运动的作品，经该审查委员会审阅后之较优秀作品，军区酌发奖品以资鼓励，并刊印出版云。

（《晋察冀日报》1942年2月10日）

文 化 消 息

右

【本报讯】边区文联暨鲁迅文艺奖金委员会已于日前将应征中奖者奖金发出，并号召各位文艺工作者与爱好者继续努力创作。

【又讯】一专区山代崞文救办事处业已成立，并委江伯良为主任。五专区于日前将平山铁血剧社改组为专区性的剧社。

【又讯】望都文救在粉碎敌寇"治安强化运动"中，曾创造了许多小型歌谣，在反"封锁"斗争中起了很大的作用。

（《晋察冀日报》1942年2月10日）

边区文联关于一九四二年文化工作方针与任务告边区文化界书

一九四一年的告终与一九四二年的来临，正当着太平洋战争爆发，国际、国内形势发生了新的巨大变化：国际侵略与反侵略阵线的划分更加判明了，法西斯与反法西斯集团间的斗争更加尖锐了；而前者必败与后者必胜的局面，也已经确定了。这一新的形势给我们提出了新的课题：团结一切抗日民主国家，建立太平洋反日统一战线，并动员全国力量积极打击敌人，迅速准备大规模的战略反攻，这就是目前我们最重大的中心任务。在文化战线上首先也是要为了完成这一任务而☐。

晋察冀边区艰苦奋斗，坚持敌后抗战也将近五个年头了，自去年秋季粉碎了空前残酷的敌人大规模"扫荡"以后，变得更坚强了。但敌寇为了配合其南进冒险行为，对我敌后抗日根据地不会放松，而必加紧"扫荡"、掠夺与封锁。因此，我们必须继续不断克服困难，粉碎敌人一切新的"扫荡"企图，积极出击、破路、平沟，击破敌人对我经济封锁、掠夺的阴谋毒计。同时，敌人发动南进，为了解决其物质上的困难，对其占领区域必更加紧搜刮、压迫，而使沦陷敌手的同胞更无生路。至于被敌阀驱使的敌伪军，鉴于战争日益扩大，归家无日，必更将厌战动摇。在这一具体情况下，摆在我们面前又一个重大任务，就是对敌举行宣传攻势，瓦解敌伪军，瓦解伪政权，争取沦陷区同胞归向祖国。《解放日报》元旦献辞中指出，今年将是敌我争夺沦陷区斗争最激烈的一年。很显然的，今年我们的文化工作，应面向沦陷区：首先应对敌伪展开思想的斗争，揭穿敌人一切欺骗宣传与汉奸理论，培养与启发一切中国同胞的民族意识与民族气节。我们要团结与争取全边区以及沦陷区文化人与广大青年知识分子，为打倒日本法西斯，为建设新民主主义共和国、创造新民主主义文化而共同努力。

文化的提高有赖于文化各部门的发展。过去边区在文学、艺术、社会科学等方面比较活跃，而自然科学等学术研究进行得差一些。去年虽曾有人发起组织各种学会、研究会，但始终没有正式成立，开始工作。这是过去边区文化工作上一大缺陷。因此，今年我们要在这方面更多努力，使文化的各部门都得到充分的发展，以提高文化；同时我们要提倡自由思想、自由研究、自由讨论的风气，不断提高与培养干部，使边区文化向新民主主义道路上更大踏步前进。

普及文化与提高文化是相互关联而结合着的两方面工作，不能有所偏，更不能顾此失彼。我们要把边区文化提到更高的水准，一定要把文化普及到广大群众中去，从提高群众的文化水准来提高整个边区文化。这是一定的道路。过去我们在普及文化上有了很大的成绩，如乡村文艺运动与冬学运动等等，但达到的，还离我们所希望的程度很远。社会教育的开展与文盲的扫除尚有待于我们大大的努力，我们要使文化更加深入到乡村、连队、工厂里去。今年我们一定在这方面做出更大的成绩来。

在地区上说，边区文化工作的开展是不平衡的。譬如，北岳、冀中比较开展，而平西、平北等冀北地区就比较落后。即在北岳区来说□□东北与雁北就比较落后一些，因此突击文化落后区，成为今天刻不容缓的工作之一。我们应在文化干部与文化食粮的供给上，尽量设法帮助平西等地，务使这些地区也成为新民主主义文化的根据地。同时，我们也不要忘了巩固与发展既得的文化阵地。

过去我们注意与努力不够，因而落在其他抗日根据地后面的，是新文字的推行工作。我们认为，推行新文字，今天已经不是要不要的问题，而是如何切实地积极地去做的问题。今年我们在这方面应急起直追，向其他抗日根据地看齐。首先把新文字协会成立起来，团结一切新文字工作者，准备材料，举办新文字实验区。同时，我们应首先在各团体、机关干部中提高研究新文字，逐渐消灭新文字文盲，使今后在边区普遍推行新文字得到一个初步的基础，这是完全必要的。边区新文字推行工作需要我们予以更大的注意与努力。

一九四一年中，我们在文艺上曾有极大的收获。在这方面，最使我们感到缺陷的，是文艺创作在质与量上都还不能满足实际的需要。这里当然有许多客观与主观原因，但其中重要原因之一，可说是文艺批评远落在文艺创作后面。边区文艺批评确实太不开展了，这不得不影响创作，使创作得不到指导与鼓励。因此除边区文艺作家更充实自己的生活体验，加强政治与艺术素养外，必须开展文艺批评，使今年边区文艺创作大大地提高一步。

文化工作是离不开出版工作的，也可以说，后者是前者重要工作之一。过去我们的出版工作，因边区物质上的困难，尤其是在敌人加紧封锁边区的条件下，受到很大的限制。今后我们在这方面，除了积极设法克服出版一切物质上的困难外，应使出版物大量地、合理地供应各地，满足各地需要。我们对于出版供应工作应予以重视，各地应普遍成立文化书店、供应社一类组织，以开展边区出版供应工作。

为了完成以上文化工作的任务，我们必须克服主观主义在文化工作上的一切表现。反对主观主义的斗争，是思想革命的斗争，这在文化上表现得特别鲜明。我们要严格检查，在边区的理论工作上、文艺创作上等等有无主观主义、形式主义的毛病，并将其根源揭发出来，而设法加以克服。为了使反对主观主义的斗争进行得更彻底，我们必须切实加强调查研究工作，因主观主义是从脱离实际、不了解实际，也就是说没有调查研究而产生的。每个边区文化团体与文化工作者，在一九四二年的开始，应即完成检查工作，并在今后实际工作中，不断克服可能发生的一切主观主义毛病。

全边区文化工作同志们，一九四二年我们肩负的任务是非常重大的，我们要以最大的努力来完成这些任务。我们相信，一九四二年在文化战线上，和其他各条战线上一样，将获得辉煌而伟大的胜利。

(《晋察冀日报》1942年2月11日)

边区文、音、美、剧四协会出版四大艺术杂志

水林

【本报讯】晋察冀边区文、音、美、剧四协会，为更进一步地开展晋察冀边区艺术运动与提高边区艺术工作者在理论上、创作上，获得更多的指导，并加强边区艺术界的团结，自今年一月起出版四大艺术杂志，即：《晋察冀文艺》（已出版）、《晋察冀音乐》（已出版）、《晋察冀美术》（编辑中）、《晋察冀戏剧》（即将出版）。以上四大杂志皆为月刊，内容除理论指导外，并载有艺术创作、名作介绍、译文、当前艺运短论等。四大艺术杂志的出版，将使晋察冀边区的艺术运动更向前推进一步。

(《晋察冀日报》1942年2月18日)

行唐文化合作社改组为"文化书店"

张清

【行唐讯】行唐文化合作社由于工作发展的要求，特改组为文化书

店,并由股东代表会决定今后工作方针如下:一、大量供给文化食粮和文化用具。二、掌握出版事业,大量翻印与出版刊物、书籍。三、开展文化生产事业,开展造纸及其他文化用具之生产。四、团结知识分子,组织读书社,提高知识分子与乡村文化人的政治理论与文化水平。

(《晋察冀日报》1942年2月18日)

重庆《新华日报》二月一日起恢复一大张

各界人士闻之极为兴奋

【新华社重庆十四日电】风行全国、深受国人普遍爱戴之《新华日报》,自改为半版后,全国各界人士均引为抗战宣传中一大损失,纷纷要求恢复大张。新华日报馆为适应全国同胞之要求,并加紧抗战宣传,以准备反攻,迎接抗战胜利,已于二月一日起恢复一大张,各界人士闻之极兴奋云。

(《晋察冀日报》1942年2月19日)

要闻简载

边区文协编辑的《墙头小说集》已出版,共集了十三位作者的二十九篇作品。

二专区于本月五日召开军、政、民第三次联席会议,热烈讨论志愿义务兵役制及反对敌寇抓捕青年诸问题。(导政)

冀中各县热烈准备开展旧年的传统文化娱乐工作,尽量动员农村艺术人才,自旧年一月十五日后,开始各村之演剧比赛,并利用旧形式大量创作各种宣传材料。

(《晋察冀日报》1942年2月19日)

冀中八路军中摄影工作大开展

【新华社冀中分社十七日电】冀中八路军三纵队摄影工作，开展年余，收获颇大。配合全面工作，在敌占区、近敌区及根据地内进行展览并将照片发至国内外，鼓励了冀中军民。此工作之开展，由全体摄影干部艰苦奋斗，克服一切困难而建立起来。如八分区摄影员刘毅奎同志，在天津河东南王大村反合击战斗中，在猛烈炮火下拍摄，身负伤数处；七分区摄影组长李乃同志，过平汉路时带镁光机搜集材料，因发生战斗，右手负伤，知觉迷失，相机失去，部队离原地已远，李乃同志却只身返回，在伤痛中捡回镁光机；三纵队摄影干事王汉君同志，在青×战役中，随同战士冲杀拍摄。此种英勇行动，使摄影工作有宝贵材料，并给全体指战员极大的兴奋鼓励。

(《晋察冀日报》1942年2月20日)

宣 传 指 南

中共中央宣传部编

中共中央宣传部顷出版之《宣传指南》，内容虽合共不足四千字，但对目前宣传工作中之弱点的揭发与矫正，却是一针见血。在中共中央宣传部召开的干部会议上，毛泽东同志对这个小册子曾详为解说，并要求人人加以熟读。内容全文现经新华社播出，特刊载于此，希读者详细阅读并深刻加以研究。

——编者

一、列宁是怎样进行宣传的？

《联共党史》莫斯科版一九—二一页

一八九三年末，列宁移居彼得堡。列宁在彼得堡最初的一些发言，就在彼得堡马克思主义小组参加者中间刻上强烈的印象——非常精通马克思学说的知识，善于把马克思主义应用于当时俄国经济、政治环境的才能，确信工人事业胜利的热烈的牢不可破的信念，卓越的组织天才——所有这一切，就使列宁成了彼得堡马克思主义者们所公认的领导者。

列宁受到那些在他所指导的小组里听讲的先进工人们热烈的爱戴。

工人巴布石金当回忆列宁在工人小组里上课情形时，说："我们所听的演讲，是带有很活泼的、很有兴味的性质；我们大家都十分满意这些演讲，我们讲师的智慧是经常令我们赞叹佩服的。"

彼得堡的"为工人阶级解放而斗争协会"，在列宁领导之下破天荒第一次在俄国开始实行，把社会主义与工人运动融合起来。当在某一个工厂里爆发罢工时，"斗争协会"——它是经过自己小组参加者而很熟悉企业里的情形的——立刻就以印发传单、印发社会主义的宣言来响应。在这些传单里，曾揭露厂主盘、剥虐待工人的事实，曾解释工人应如何为自己的利益而斗争，曾写着工人们的要求。这些传单把关于资本主义机体上的腐烂症结，关于工人们的穷困生活，关于工人们异常困苦的每日由十二小时至十四小时的劳动，关于工人们的毫无权利的地位等等真情实况，揭露无余。同时在这些传单里，提出相当的政治要求。一八九四年末，列宁在工人巴布石金参加之下，写了第一个这样的鼓动传单和《告彼得堡塞棉尼可夫工厂罢工工人书》。

一八九五年秋天，列宁写了发给托尔通工厂罢工的男女工人的传单，这个工厂是属于英国工厂主们的，他们获得了亿万的利润。在这里，工作日是延长十四小时以上，而每个织布工人每月所领得的工资却不过七个卢布。罢工的结果，是工人获得胜利了。在很短时间中，"斗争协会"就印发了几十种这样的告各工厂工人的传单和宣言。每一个这样的传单，都大大提高了工人们的精神。工人们看见了，社会主义者是在帮助他们，拥护他们。

二、季米特洛夫论宣传的群众化

《季氏文选》一〇七——一三二页

我们需要组织群众来实行我们的决议，仅仅我们的思想上和政治上的影响，是不够的。我们现在的基本特点是什么？一、就是工人运动自发论的立场，我们应当铲除这种立场。我们应当记得：如果没有百折不回长期的耐烦的、往往似乎没有什么效果的组织工作，群众是不会飘流到共产主义的岸边来的。而为了善于组织群众，我们就要学会列宁、斯大林的领导艺术，以便把我们的决议不但变成为共产党员所了解的东西，而且变成为极广大的劳动群众所了解的东西。应当学会与群众说话，说话时所用的语言不是书本上的公式，而是为群众事业而斗争的战士的语言。这种战士的每一句话、每一息思想，都要反映出成千百万群众的思想和情绪……如果我们没有学会说群众懂得的话，那么广大群众是不会领会我们的决议的。我们还绝对不是时常都会用简单的语气、具体的口吻，用群众懂得的譬喻来和群众说话；我们还没有能够抛掉那些背得烂□的老生常谈的抽象公式。实在的，他们只要看看我们的传单、报纸、决议和提纲，就可以看到这些刊物和文件是写得如何深奥呵！甚至于连我们党的负责人员都难懂，更用不着说普通工人了。

同志们！如果想一想工人们，尤其是在法西斯蒂的国家里，在散布和阅读这些传单的时候，有牺牲自己的生命的危险，那么，我们就能更加明了在我们起草这些传单的时候，必须使用为群众所懂得的文字，以便使得散布和阅读这些传单时，所遭受的牺牲不至于成为徒然无意的玩意。

我们的口头宣传和鼓动也是一样。在这里，应当老实不客气地说：法西斯蒂往往比我们的许多同志还要灵活些、聪明些。

比方我现在记起希特勒上台执政以前，在柏林举行的一次失业工人大会，当时著名骗子和投机大家斯克略列克兄弟的案子，已经审问了几个月，再三迟延着。在这次失业工人大会上发言的国社党的演说家，利用这案子来达到自己笼络人心的目的。他历数斯克兄弟的欺诈取财、贿赂收买以及其他种种罪恶后，便着重说道："他们的案子已经迟延好几个月，德国人民因为审判这件案子，已经花费了几十万马克的金钱，像斯克略列克这一类的匪徒，是应当立刻枪毙的。而在审判时所花费的金钱，应当发给失业工人。"话还没有说完，听众鼓掌的声音已经震动整个会场了！

当时有一个共产党员站起来要求说话，大会主席最初没有许可，然而到会的人却愿意听一听共产党员的意见，要求让他说话。结果大会主席只得许可共产党员说话。当这个共产党员走上讲台的时候，所有到会的人都聚精会神起来，要听一听共产党的演说中说些什么话。但是他说了些什么呢？他劈头就说：同志们！共产国际执委的全会刚才完结，全会指出拯救工人阶级的道路！同志们！全会在你们面前指示的最主要的任务，就是"夺取工人阶级的多数"（笑声）。全会认为，应当使失业工人的运动"政治化"（笑声）。全会号召把失业工人运动提到更高的阶段（笑声）。这个演说者往下所说的话，也是这一套，他大概是认为"解释"全会的真正的决议。

这一种演说能不能够夺得失业工人呢？起初准备把失业工人政治化，其次革命化，然后再动员他们，以便把他们的运动提到更高的阶

段，这能不能够使他们满意呢？（笑声，鼓掌）

我当时亦在会场屋角里很痛心地看见到会的失业工人，起初本来是很想听听共产党员的讲话，以便从共产党员的说话中得到指示，他们究竟应当怎么办。可是当他们听见我们这位演说者的说话以后，他们便开始打起呵欠来，显然感到失望。无怪乎当主席用粗鲁态度停止我们的演说者的发言的时候，在到会的人中间没有一个表示反对……

可惜，这并不是我们的鼓动工作中独一无二的例子，这一种事情不仅在德国有过同志们这样去鼓动，这就是鼓动他人来反对自己，说得客气一点，也不过是小孩子的鼓动方法。永远抛弃这些鼓动方法的时候，已经到了。

在我做报告的时候，主席库西宁同志从大会场上收到写给我的一封信，这封信是值得注意的。我现在把这封信读给你们听，这封信上写道："我请你在说话的时候，提到一个问题，就是共产国际将来的一切决议案，都应当用很通俗的文字写出来，以便不但受过训练的共产党员懂得，而且无论哪一个毫无训练的劳动者读到共产国际的材料时，立刻就懂得共产党员愿意什么。共产主义给人类以什么好处？在我们党内有些上层分子，忘记了这件事情，应当使他们记起这件事情，而且应当使他们很牢固地记起这件事情。共产主义的鼓动，也应当以通俗易解的语言来进行！"

这封信的作者是什么人？我不很清楚，但是我毫不怀疑，这封信是表示了千百万工人的意思和愿望。很多同志认为高深的话，群众不懂的公式和提纲越是弄得多，则他们的宣传和鼓动也愈好。他们忘记了，正是现代工人阶级的伟大领袖和理论家列宁和斯大林在说话和写东西的时候，总是用广大群众最了解的语言和文字。

我们每一个人都应当切实领会下面一条粗浅的规则，把这条规则当作法律，当作布尔什维克的法律。

当你写东西、做演说的时候，无论何时，总要注意使每个普通工

人都懂得、都相信你的号召、都决心跟着你走,应当时刻注意你究竟为什么人写东西、向什么人说话!(鼓掌)

三、鲁迅论写作要怎样才会好?
——答《北斗》杂志问

《鲁迅全集》卷四 三五三—三五四页

编辑先生:来信的问题是要请美国作家和中国上海教授们做的,他们满肚子是"小说法程"和"小说作法",我虽然做过二十来篇短篇小说,但是向来没有"宿见",正如我虽然会说中国话,却不会写《中国语法入门》一样。不过,盛情难却,所以只得将自己所经验的琐事写一点在下面。一、留心各样的事情,多看看,不看到一点就写;二、写不出的时候,不硬写;三、模特儿不用一个,写的人看得多了,凑合起来的;四、写好后至少看两遍,竭力将可有可无的字、句移删去,毫不可惜,宁可将小说的材料缩成缩写,绝不将缩写材料拉成小说;五、看外国的短篇小说,几乎是东欧及北欧作品,也看日本作品;六、不生造除自己之外谁也不懂的形容词之类;七、不相信"小说作法"之类的话;八、不相信中国的所谓"批评家"之类的话,而看看可靠的外国批评家的评论。现在所能说的,如此而已。此复,即请编安。

四、六中全会论宣传的民族化

《论新阶段》一〇二—一〇三页

共产党员是国际主义的马克思主义者,但马克思主义必须通过民族形式才能实现,没有抽象的马克思主义,只有具体的马克思主义。所谓具体的马克思主义,就是通过民族形式的马克思主义,就是把马克思主义应用到中国具体环境的具体斗争中去,而不是抽象地应用它。成为伟大中华民族之一部分,而与这个民族血肉相连的共产党员,离开中国特点来谈马克思主义,只是抽象的空洞的马克思主义。因此,马克思主义的中国化,使之在每一表现中带着中国的特性,即是说,按照中国的特点去应用它,成为全党亟待了解,并亟待解决的问题。洋八股必须废止,空洞抽象的调头必须少唱,教条主义必须休息,而代之以新鲜活泼的,为中国老百姓所喜闻乐见的中国作风与中国气派。把国际主义的内容与民族形式分离开来,是一点也不懂国际主义的人们的干法,我们则要把两者紧密地结合起来。在这个问题上,我们队伍里存在着的一些严重的缺点,是应该认真除掉的。(新华社延安十四日电)

(《晋察冀日报》1942年2月21日)

北岳区文救纪念成立三周年

肖沉

【本报讯】北岳区文救于本月十六日晚召开成立三周年纪念大会,到会有各团体代表、五专区文救会主任等。会上,先由该会叶副主任简略报告北岳文救发展经过,继有各团体代表讲话。大会进行至深夜始散。

(《晋察冀日报》1942年2月21日)

本报奉命特别声明:
敌区散发之《建设报》是日寇办的!

最近在我边区周围敌占区游击区中发现有以所谓"建设先锋队"

的名义散发着的一种小报,名叫《建设报》,居然假充共产党人的面目,以托派的口吻,捏造无稽□□,无耻中伤,大肆挑拨国共关系,挑拨中国共产党与人民的关系,挑拨共产党与其军队间的关系,挑拨共产党及其军队内部的干部之间的关系。本报奉命特别声明:该《建设报》系日寇特务机关所办的,正因为是日寇所办,我们对于该报之一切无耻造谣也就完全用不着加以驳斥了。至于敌寇所以要办这样的小报的理由,那就非常简单:因为敌寇知道它自己的面目实在太丑了,所以要扮出这一副假脸,企图来骗人!

(《晋察冀日报》1942年2月24日)

文救号召会员积极宣传、生产

肖沉

【北岳文救讯】北岳文救为了使各级干部及全体会员深刻地认识与了解今年春耕的严重意义,动员各种力量配合春耕工作,特号召:(一)动员大家踊跃参加各种文化组织(剧团等),成为宣传战线上的有力支柱。(二)文救会员和一切乡村文化工作者要以最高度的积极性参加生产,从劳动中创造文化并锻炼自己。

(《晋察冀日报》1942年2月24日)

平山温塘村剧团宣传成绩很好

巩

【平山讯】平山温塘村剧团已成立有一年多了,在最近的五个月中,成绩是很可观的:(一)自己创造剧本十个,出演过十个剧。

（二）自己创造歌子二个，会唱歌子五十多个。（三）写标语五百余条。（四）配合中心工作到外村演剧十次，跳秧歌舞一百三十次。

（《晋察冀日报》1942年2月25日）

阜平文救布置新工作

巴克

【阜平讯】本县文救会于本月十日召开委员会，对一九四二年的工作，重要的决定有如下几点：

一、加强会员组织教育，开展时事学习，号召会员学习政策、学习军事。

二、分期举办乡艺训练班，培养大批乡艺干部。

三、建立文艺小组，活跃通讯工作。

四、巩固扩大文化统一战线，经常召开座谈会。

五、作风上要切实朴素，深入踏实。

六、建立阜平乡村书店。

七、加强调查研究。

八、加强文化与政治任务的配合。

（《晋察冀日报》1942年2月25日）

敌伪血爪统治下　南京蒙罩着愁云惨雾

物价十倍飞涨　食盐极度恐慌　伪《新民报》透露出黑暗事实

【本报特讯】在敌伪统治下，人民生活痛苦难言。在去年十一月十七日的伪《新民报》上，就曾登载一段以"南京物价飞涨"为题的唱词，是一位昆曲研究者由南京赴沪途中编成而做长嘘浩叹。其原文介绍如下：

一 段 昆 曲

……现只愁物价高抬十倍不止限（改快板），说来令人心胆寒，租房一间三十五元不算贱，比较现时，价尚廉，四十一元一袋面（目下涨到六十三元了），南洋煤球，百斤十七元（目下又涨到十九元了），买只肥鸡十六元半，吃一斤猪肉，没有五块七毛，不能解馋，菜蔬五六毛钱一斤，两角起码，一丁点。白糖一块四（今两块出头了），带皮的核桃，每斤一块七毛钱（现今两元四了），一只河蟹，两元一角，现一斤四枚，八块多钱，各样的东西以此推及，看将来尚未贵到极端（不出所料），吾人进款数有限，涨价可无限，以我们这两口半，每月间没有二百七八怎过关？

如此后生活再高，不能往下干。那期间，我只好偃旗息鼓，背锅夹甑，脑勺子冲南，还回了故乡……"

伪 报 透 露

十二月六日伪《新民报》又登载了一段《南京食盐缺乏》的新闻。开头就说："谁也不能否认，盐是在人家开门七件事之中，也算一种重要的用品，同时更不能否认，在现在来源缺乏，社会上闹着盐荒，再加上盐商的居奇，竟会造成拿钱无处买盐的现象。"最后一段结论："南京的盐荒已经相当严重。比如早晨各盐□卖盐的时候，也是挤得你喊我叫，有时挤到中午，还是一点也没有买到，那时才是有苦难说呢！"这些事实都是在汉奸汪逆伪政府的"首都"里发生的，至于在敌占区里，那，这种事真是多倒不足为奇了。特别在太平洋战争爆发后，敌占区人民差不多整天地喊着："物价又高涨了！"他们日深一日地陷入饥荒与痛苦中。

(《晋察冀日报》1942年2月26日)

军区抗敌剧社深入建屏游击区宣传

现已全部胜利归来

可

【本报讯】军区政治部抗敌剧社为响应军区及文联关于面向敌占区、游击区对敌伪展开宣传攻势的号召,乃于本月×日前往建屏县一带游击区工作,于旧年前后十日间,曾公演过十三次,并直入敌堡垒近关举行晚会三次。敌占区同胞□□鼓舞,欢欣异常。现在他们已全部胜利归来云。

(《晋察冀日报》1942年2月27日)

简　　讯

也牧

五专区前卫出版社近特编著《新文字检字》(字典)一种,已上版付印,约在一月底可与读者见面。并正计划翻印《不走正路的安得伦》《第四十一》《死敌》等苏联文学名著,及《世界报告文学名著选》等。

(《晋察冀日报》1942年2月27日)

中国木刻界致书苏联木刻工作者

望多交换经验　共同击溃敌人

【新华社延安十九日电】（迟到）中国木刻作者李桦、卢鸿基、铁耕、陈烟桥、郑中铁、马达、沃渣、廖冰元、力群、新波、古元等二百五十余人，向苏联木刻工作者致书，略称："你们也和我们一样，为了保卫祖国和人类光明，为了民主和平而艰苦奋斗的苏联木刻家，和你们祖国的人民一起卷入这战斗的洪流里，在伟大领袖斯大林同志领导之下，不断地打击敌人。我们中国木刻作者向你们表示无限的敬意与钦佩。在一九三五年，我们曾得到你们数百幅版画，在那些作品中，我们吸收了很多技术与新作风。曾经过战斗中的磨炼，我们把民族固有的木刻作风，和这些外来的新作风融合成一新的民族的现实主义的作风，使我们稍稍有一点成绩，但和你们相距仍很远。现将我们的作品送给你们，请你们批评，同时也希望你们不惜把作品送给我们，这期望是定能实现的。望你们飞跃地发展和进步，尤其学得你们从新的战斗中得来的经验，我们相信你们可以把强敌扑灭在你们广大的土地上。同时，我们也就在另一战场上加倍打击敌人。"

（《晋察冀日报》1942年2月28日）

禁用简笔字

抗战以前，国内文化界即有提倡所谓手头字，即简笔字的使用，以代替若干笔画过于繁杂的楷书。提倡者当然也有其理由，因为从来沿用的汉字，很多笔画过于繁杂，缮写比较困难，而民间流行的字体，不少笔画较简，比较容易缮写。如商铺记账，一刻数十起，常用的字体有笔画过多、缮写费时的，就多用简笔，日久成为习惯，流行同业之中，大家都很熟识，不以为怪，反觉方便，这的确也是事实。我国方块字既多难写、难学的，一般文化水平低下者有此一部分熟识常用的简笔字，那么为了写作的通俗普及起见，吸收与使用这一部分的简笔字，当然也觉得是应该的，于是简笔字就逐渐推广使用了起来。抗战以来，由于广泛的群众宣传工作的开展，简笔字的使用范围更迅速地推广了，从墙头标语口号直到文书函件，简笔字到处可见。本来只有少数有限的简笔字，一直发展到大量无限的简笔字，几至于无字不简，人人都可以主观随意地滥写简字，别出心裁，不啻钩心斗角，自以为是。再加以一部分人喜爱自创"艺术化"的字体，于是"简笔字"加上"艺术化"，就造出了不可胜数的大批怪体奇字，充满各种宣传品、文件、小册子之中，弄得读者莫名所以，误会百出，因字害意，达到了极端严重的地步，完全失去了文字所以表达思想、代替语言的作用！

今天流行的简笔字在我边区党政军民各方面的工作上以及对群众的宣传教育上都已经引起了极恶劣的影响，这是大家深深体验到的。那些任凭主观自构、毫无标准的简笔字，出现在军事、政治的各种文件报告中，往往造成工作上的损失与错误，那是显而易见的事实。一个地名，一个番号，一个人名，一件事物的名称与专门术语，写成怪字，叫人不懂，再三猜度，最后还不免错解，其贻误时机，是何等的严重，小则为一宗工作执行上的错误，大则为整个政治的或战斗行动的重大损失。同样，这种怪体简字在宣传教育上不但不能补救汉字的缺点，文盲依然是文盲，始终看不懂且不说，而反使许多识字的群众以至有高级文化水平者也变成了半文盲或文盲，望文亦难思义，以致误解或曲解了宣传教育的内容，陷于政治认识上的模棱与错误，那简直是不能宽恕的罪恶！有不少地方的墙壁上写着那些"艺术化"简笔字的标语，过往行人，无论文盲与非文盲，一样是认不得。这不过是很小的一例而已，这些字，"艺术化"诚然是很"艺术化"了，但是写的人似乎是只顾自己欣赏的满足，而下定决心不叫别人看得懂，真不知是何用心！？

总而言之，现行简笔字之风是不可长，任其流行下去，未尝不是祸国殃民。最近晋察冀军区颁发训令，禁止使用简笔字及所谓"艺术字"，我们完全赞成，积极拥护。我们坚决主张禁用简笔字，并号召全边区党、政、军、民、学校、机关、团体全体工作者，一致群起反对简笔字，消灭简笔字！

我们预先声明：反对与禁用简笔字，绝不是反动复古，绝不是替方块汉字维持"正统"地盘。中国文字之改革有其正当道路，简笔字只是畸形的方块汉字，对文字之改革并无实际裨益，而今天它实际上却已成了败事有余、成事不足、欺人害世的妖怪，不除此妖怪，大祸不止！真正赞助文字改革的人，必不至为简笔怪字呼冤与辩护！

军区训令规定一切参谋人员、政工人员及文书人员不许用简字，一切文件、宣传品与教材一律禁用简笔字或所谓"艺术字"，因写简字而致工作执行上发生错误时，不仅缮写人员应受处分，而该属部队与机关首长同负重责。我们希望其他政民机关、学校、团体，亦具此同一精神，严厉禁止与取缔误事害人的简笔字及一切所谓"艺术化"的怪字在工作上的使用，使我们的工作不致因文字妖怪的作乱而遭受无谓的损失与严重的错误！

（《晋察冀日报》1942年3月4日）

五专区文救会将试办县图书馆并进行民间艺人调查

亚男

【五专区讯】专区文救办事处于上月二十一日召开各县文救会主任及乡村书店经理扩大干部会,对今后工作重要决定有:在灵寿、行唐、平山、井陉等县试办图书馆,三月底前完成民间艺人的调查工作,训练与培养大批的乡艺干部,及建立区中心剧团等。

(《晋察冀日报》1942 年 3 月 5 日)

滹沱河畔欢送新战士

千万弟兄高举火把送行

亚男

在平山的一个靠近滹沱河的村子里,刚参加了志愿义务兵的新战士们,有的骑着马,有的骑着小毛驴,被人们欢送着入伍。一位老太太,因为送自己的儿子入伍,被村里的人用轿抬着,也跟着新战士来到欢送大会上。会上,在锣鼓的欢声中,升起了那面鲜丽庄严的国旗。

会场刚静下来的时候,预备兵的代表在台上向新战士献词,他说:"亲爱的入伍的同志们!抗日的热情在鼓荡着你们,你们为了民族的生存与解放,更为了自己的幸福,勇敢地挺身入伍,争取了模范。……我们预备兵也绝不愿落后,一定要向你们学习,我们郑重地声明:我们在未入伍前,要加紧政治、军事学习——只要政府一号召,我们便马上入伍!"

人群中激起了一阵鼓掌声。

随后便是一位青年站在台上讲话，他的声音异常的洪亮和坚定有力：

"我叫刘孟元，我是共产党员，共产党是最忠实于中华民族解放事业的，我现在首先入伍！"

于是台下呼喊着：

"拥护中国共产党！"

"我们要向共产党员学习！"

欢呼声过后，台上又出现了三个人，一个父亲，一个母亲，还有一个就是他们的儿子魏三牛。他们三人向台前的群众弯腰鞠躬，会场空气顿时更加严肃起来。那个模范的父亲魏连云向台下说："当志愿义务兵，是每个人的义务，我们老了，我愿意送我三牛去当兵！"三牛的母亲摸摸三牛的肩膀，说："我生了三个儿子，那两个大的都当了子弟兵，这回聂司令号召志愿义务兵，我愿意把三儿也送来。"

台下顿时喊出了"模范父母最光荣！""向模范父母学习！"的呼声……

大会仍在热烈的情况下进行着，当新战士会餐的时候，文化娱乐的大庆祝也开始了，秧歌舞、霸王鞭、小唱、快板，各村的送行的人们都尽情表演着。

晚上又举行火把与提灯游艺，高唱欢送新战士的歌曲，村的剧团也展开了大比赛。

二月十八日

（《晋察冀日报》1942年3月5日）

晋西北的新文化

□秋

文化上，晋西北过去是一片空旷的荒原，寂寞凄凉的漠野，如今经过新政权的培植，青年工作者们的耕种，才开放出朵朵艳丽的花苞。

当在新政权成立不久，去年的红五月，晋西北的文化工作者，晋西北心脏的兴县，"五四"节起举行着对晋西北文化具有划时代意义的大会，晋西的剧协成立了、文协成立了，相继成立的还有青记、美协、音协、教协等文化团体。"晋西北文化界救国联合会"是一面战斗的、晋西北一切知识分子团结的旗帜。

文化工作从散漫、零乱的状态，逐渐统一了行进的步伐，走向统一的有组织的新路。不久，各地重要地区都成立了文联分会，而在部队和乡村中，分别成立、组织了通讯网、文艺小组和更普遍的读者会。所有的文化工作者结成一条坚强的战线，高举着的旗帜上标明着"新民主主义"。

去年九月十八日，铅印《抗战日报》的创刊和发行，是晋西北文化运动□的一件大事情。一年来，本着他们发刊词中"坚持抗战到底""坚持团结到底""建设晋西北"的三大任务，做了巨大的教育民众、指导根据地和散布抗日种子的工作。不久后创刊的她的兄弟报《晋西大众报》，以其文字通俗、编排新颖的特处，获得广大农民的爱护，而且逐渐变成了他们在生活日程中不可缺少的部分。

新闻工作在晋西北表现了特殊的活跃，一二〇师又出版了铅印的《战斗报》。各地出版的油印报，有《洪涛报》（五专署）、《战声报》（五军分区）、《战线报》（二分区）、《晋城报》（暂一师）、《抗院生活》（抗战学院）、《团结报》（八专署）、《黄河战报》（八分区）、《工卫报》（工卫队）、《反"扫荡"》（四分区）、《前线报》（四纵队）、《战火报》（三分区）……过去晋西北有民革分社，其后成立的有国际新闻社晋西北通讯站，今春起新华社晋西北分社也开始了电讯发稿。战斗通讯社的"战斗通讯"稿，抗战日报社的"晋西通讯"

稿，都发过好多次。青年新闻工作者团结在青年记者学会中，新闻学术研究兴趣很浓厚，《抗战日报》出版有专门性的《通讯生活》，最近又在积极筹划第一届的新闻研究班。

延安的较大杂志在这里都翻印出版，此间又相继出版有铅印的《中国青年（晋西版）》、《行政导报》（行署）、《战斗月刊》（一一〇师）、《大众画报》（美协分会）、《西北文艺》（文协分会）等月刊，和油印刊物《晋西群众》（晋西抗联）、《晋西音乐》（音协）、《晋西戏剧》（剧协）、《习作》（文协）、《文化导报》（文联）……

一年来，以设备不周全的吕梁印刷厂，制出巨量的文化食粮，输送到各个文化战线上。除了上列的报纸和刊物，他们又翻印过很多报刊和书籍，吕梁文化出版社编行的各种□图、小册子和《宪政运动》《新晋西北》《抗战》等整套（八册至十册）的小丛书。

新华书店晋西分店，在各重要的地区成立十一个大小支店与分店，他们经售着几十种报纸、杂志，一百多种大后方战地出版的书籍。在太原区和汾离公路沿线，这些纸弹散发到沦陷区，一直到敌据点。为着转运的安全和迅速，他们还成立了自己的通讯站。

在教育战线上也展开了宽广的工作，抗战学院、青年干部□□□抗大七分校、第一中学相继成立了，各专区分别成立中校与师范。此外，连续开办了各种贸易工作的、建设的、教育的、银行的训练班，国民教育也开展着。仅在斗争尖锐的□□□□□级小校即达二十七处，内有二十五处是去年增加的，学生共一千〇七人（新增九二七人），教员□□〇人（新增一〇一人）；初小五百六十八处，一千〇二十一个教员，拥有学生四万八千一百四十八人，（去年增加初小二百七十一处）。另外，还成立了大众图书馆、民革室、读报小组。民众夜校有二五五处，识字班有一千〇三十五个。离石一县的儿童剧团,就有二十二个。

七月一日,文协晋西分会出版了它的机关刊物《西北文艺》,推进着晋西文艺运动更加活跃了。太原区,晋西文联设了百元奖金征文,晋西青救则发起了八月创作运动。朴实而认真的文艺运动正展开。

晋西北的新文化运动是有缺点的,最严重的就是,文化干部的缺乏,虽然如此而成立"文化队"和定期的训练班,但还是不够的。由于政府的努力培植与文化工作者的奋力耕种,晋西北新文化将会更向前开展的。

(《晋察冀日报》1942年3月7日)

北岳文救定于"五四"举行二次代表会

并要求全体干部调查乡村文化

肖沉

【本报讯】北岳文救特决定于五四新文化运动节时,召开第二次代表大会。其大会主要内容:(一)总结北岳区乡村文化运动,及三年来文救工作。(二)明确规定文救会的性质、任务、工作范围。(三)整顿并健全各级领导机关。(四)加强研究,切实解决一些重要问题。(五)选举下届执行委员。(六)并讨论团结知识分子、扩大文化统一战线、游击区的文化工作与提高乡村文化质量诸问题。现正积极筹备中。

【又讯】北岳文救常委会特于日前决定对乡村文化运动进行全面深入的调查研究工作,以求得了解具体情况,确定今后工作方针,并要求全体干部均参加这一调查研究工作。专区与县级干部选择一具备各种条件的典型村庄为对象,至少以半月的时间,每日抽暇进行深入的调查研究工作。在游击区里,至少要以三五天的时间来专做调查某个村庄工作。北岳文救并已编印《乡村文化调查大纲》,使全体干部更能顺利进行这一工作云。

(《晋察冀日报》1942年3月10日)

平山举行文娱大检阅

并进行建立区中心剧团

岗契

【文救讯】旧历年节前后,平山全县举行了文化娱乐大检阅。一月初五前后,各区即举行了文化娱乐的初次检阅,并发动优胜的宣传队、村剧团到附近动员青壮年报名入伍。元宵前后,各区更配合新战士入伍大会,举行隆重的检阅。检阅的节目,除反法西斯的内容外,并宣传新兵役制。在表演的节目上他们所采用的材料,除县文救印发的十一种材料外,大部分为村剧团自己创作出来的。现各区已先后检阅完竣,正进行整顿村剧团、建立区中心剧团的工作。

(《晋察冀日报》1942年3月11日)

北岳妇女热烈纪念"三八"
晚上提灯游行出演《解放舞》

号召妇女团结　反对法西斯

洪琳

【本报讯】北岳区妇女为纪念"三八"及北岳区妇救成立四周年

纪念日，特于八日举行纪念大会。到会万余人，首由主席向大会作如下号召：纪念"三八"，全北岳区妇女要广泛团结起来，推动全国和全世界妇女，并肩在不同的战区进行反法西斯运动，加紧春耕，增加生产，并号召开展清洁卫生运动，消灭与防止春瘟的发生。后即由×分区代表演讲，略谓：中共关心妇女的解放，如同关心工农之解放一样，故在中共委员会下设妇委，经常研究并指导妇女运动。目前我们最大敌人是日本，因此我们妇女要团结起来，反对法西斯，大家要努力春耕，参加政权工作，学习文化。讲话结束后，大会即致电全国全世界妇女，号召团结起来，反对法西斯！晚上进行提灯大会，并有村剧社出演《解放舞》《不拖尾巴》和《武装保卫春耕》等剧。

(《晋察冀日报》1942年3月12日)

编　　后（《晋察冀艺术》副刊第 32 期）

本刊以后预备设一个问答栏，负责解答一些艺术上的问题，希望读者们注意，并提来问题。

本刊的外稿还不算多，文化工作者们！艺术工作者们！应该用热力来推动"艺术"。

《晋察冀美术》最近即出版，本期有丁里的《沃渣底木刻及其他》、方用的《追论烈士塔的考案》等文章，约两万多字，内容极为精炼充实。

平西的《挺进报》副刊《文艺》，已出至五期。

冀中区的《文艺习作》第三期已出版。对于冀中的文艺活动这里介绍得还不够，冀中区方面的来稿也不多，我们希望能收到一些冀中的来稿，也望读者写出对冀中出版物的批评来。

本刊第二十七期街头诗《谁死了妈妈》，系《谁杀死了妈妈》之误。附此更正。

（《晋察冀日报》1942年3月14日）

柳亚子等由港脱险
陕甘宁文委会致电祝贺

【新华社延安十二日电】香港文化界诸先生脱险后，延安各界甚为欣慰。陕甘宁边区政府文化工作委员会，顷特电致柳亚子等诸先生慰问。原电如下：

柳亚子先生转香港脱险诸先生公鉴：

慨自敌寇南侵，太平洋战争爆发，港地首遭袭击，华南文化中心顿成战场，一切文化建设悉被摧毁，闻之令人发指。在延文化界诸同志对诸公之安全行趾，忧虑特深，终日翘首企望，冀希得一消息以舒眷展。迄至近日，始悉诸公安然脱险，返抵自由祖国，并悉当香港垂危之际，诸君犹坚立文化岗位，协助同盟友人共御顽敌，正气大义之精神，使吾侪欢欣兴奋难以言状。兹后尚希善自珍重，再接再厉，为击败日寇，争取反法西斯主义胜利，建设新文化而奋斗。谨此电慰并祝健康！

陕甘宁边区政府文化工作委员会叩
十一日

（《晋察冀日报》1942年3月18日）

陕甘宁成立文化工作委员会

全国文化界名流汇集边区

【新华社延安十二日电】陕甘宁边区政府文化工作委员会成立后，现已开始工作。该会主任委员吴玉章称，边区文委之成立乃新民主主义文化的具体实践，愿与全国文化界恳切携手，建设新文化，争取抗战及反法西斯的最后胜利。边府顷特公布该会工作纲领，谓该会代表边区政府，根据新民主主义政纲，领导开展边区的文化运动，励行学术思想与文化之自由，群策群力，建立科学化、民族化、大众化的文化基础。一方面要普及，一方面要提高，使其相生相长，相辅相依，同时并进。按，该会委员多为全国文化界知名人士，多系从后方各地汇集边区，故边区文委之成立对于边区文化运动之开展殊为各方所重视云。

(《晋察冀日报》1942年3月18日)

文化界消息

林

出版两丛刊。边区文协、剧协为加强边区广大艺术工作者的理论修养与创作能力，特编辑文艺小丛刊两种、戏剧小丛书一套，已于最近约请边区文艺界、戏剧界富有工作经验者分头执笔。文艺小丛刊分《文学修养》与《怎样写作》两种，前一种计有六册，后一种计有十册，均于三月底编成。戏剧小丛书为专门供给乡村与部队戏剧工作干部之阅读物，共计八册，并将由文化供应社出版。

组织读者会。边区文、音、美、剧四协会，于上月二十二日联合号召各会员组织《晋察冀文艺》《晋察冀音乐》《晋察冀美术》《晋察冀戏剧》四大杂志之"读者会"。闻各协会员正在积极进行组织云。

女文艺者座谈会。边区文联为团结晋察冀女文艺工作者，特在"三八"节的后二天（十日）在联大文艺学院举行女文艺工作者座谈会。首由边区文联余素奇同志致开会辞，继由来宾罗东、田间、鲁藜、李直、赵询等同志讲话。各个女文艺工作者皆踊跃发言，坦白地谈出女文艺工作者的优缺点，并讨论今后努力之方向。

（《晋察冀日报》1942年3月20日）

文化供应社举行茶话会

【本报讯】边区文化供应社成立将及两月，在文联领导下，工作有□很大的进步，出版了《晋察冀文艺》《晋察冀音乐》《晋察冀戏剧》的创刊号和墙头小说集、宣传歌集等刊物。该社为更进一步地开展工作，特于上月二十日在文联召开茶话会，并举行油印刊物的展览，到会者有文联主任沙可夫及边区文化工作者三十余人。对该社出版刊物的内容、出版发行及其他的文化供应工作上，均有讨论。闻该社出版的文、音、剧三杂志的第二期与《晋察冀美术》创刊号及各种新书，有的已出版，有的在印刷中。（照）

【本报讯】三专区文救在联大文工团的帮助下，召开一短期（一星期）训练班，受训者三十二名，均为各村剧团团员，闻已于十日结束。时间虽短，但在演剧、歌咏方面，已获有显著进步。（丁原）

（《晋察冀日报》1942年3月24日）

生活教育社十五周年

徐特立

　　生活教育社所提倡的生活教育与小先生制，是实际的，同时又是革命的。因为他是实际的、与生活打成一片的，就看不出有什么惊奇处。自好新喜异者看来，生活即教育的理论和实际都值不得我们注重。因为生活即教育，不过是美国实利主义的教育，是杜威的再版。这种估计只有离开中国的实际和离开边区的实际，而泛论学理或有片面的真理，如果把生活即教育看作是对中国的对症下药，那么就值得我们特别尊重该社的实际精神和革命精神。因为中国不独国民党的复古教育离开生活太远，而我们的"教条主义"和"党八股"，其理论和原则既非从综合实际的经验得来，而教育的目的也只是为教育而教育、为学习而学习，没有针对着我们的需要和可能的条件。换一句话来谈，就是与我们生活无关、工作无关，所学非所用，而用非所学。无目的的学习，无计划的学习。过去存在，现在还是存在。常有同一个人曾经进过抗大，又进过陕公，还进过马列学院和党校，经常地住学校。生活教育社是教、学、做合一。我们某些同志经常住学校，尤其是无目的地住学校是不对的。我们总务科的同志自己轻视总务工作，而旁人也以事务工作人员轻之，不知道总务工作需要有经济、财政和组织的学识，至少也需要了解会计制度；但是，我们的总务工作人员只是做而不学。在延安的女同志大部分是中学生，但是保姆一职却无人担任。由于偏重于空洞的学理，而忽视本身的职业，以致托儿所不能建立，致使每一个女同志都要自己育儿，结果每一个女同志都成为保姆了。

我们需要有远大的、慷慨激昂的、不顾一切牺牲的精神，献身于革命的事业，但如果没有美国的实际精神，必然会成为革命的夸大狂，必然会见远而不见近。我们最高的领导者毛泽东同志所著的《论持久战》《论新阶段》及其他一切文件，都是经过数易稿完成的，且常是自己亲手校对。生活教育社的创造者陶行知先生，他所主张的教、学、做合一，就字面看来只有三个，但是经过长的研究，只完成教、学合一二字，越数年又加上一个"做"字。他们的脚踏实地不自夸大的实际精神，据斯大林说，这种实际精神却是美国式的，同时也就是列宁工作作风之一方面。我们某些干部，尤其好自夸大的干部，高视阔步，轻视资产阶级的一切，并其实际精神而轻之，对于实事求是者或指为狭隘的经验，或识之为事务主义，不知不觉自己已成为官僚主义。因此，缺乏实事求是的精神和对于自己业务的忠实，某些干部手所做的和心所要求的常不一致，因而不安心工作。其要求学习是一回事，自己的业务又另是一回事，学与做分开，以致学问无实际而不能深入，工作无学识来帮助，也成为蛮干或敷衍，自己的前途的损失固大，而对于革命的损失也并不小。生活教育社所提倡的教、学、做合一，似乎是针对着这类同志而发。但该社成立于十五年前，而我们的教条主义也不是今天才有，而且不是独有的东西，虽在苏联也免不掉。所以斯大林也提倡美国的实际精神，我们应该知道新社会是从旧社会产生的，我们的教条主义有它的历史根源，假使我们不从每一个问题、每一个工作中去检查，那么我们反对教条主义的决定将使他的本身也会变成教条，只供人们背诵而已。因此，我们反教条主义主要的是行动问题。生活即教育是以生活为教育的目的，所以他的教育不是无的放矢。生活即教育，从综合人类历史的经验而得出教育的原理，所以他不是从冥想中产生出来，生活教育的刊物是它的理论,而晓庄师范及山海工学团①是它的实际,所以"生活即教育"不只是原理,且有方法,有行动。陶行知原名知行,一旦发现了自己的错误,竟把自己的名字倒转,其革命的精神值得我们学习。列宁的工作作风是俄国的革命精神与美国的实际精神,陶行知却有中国革命的精神。共产国际估计中国共产党是最有战斗力的一个党,但这样的一个党还有"教条主义",还有"主观主义"和"党八股",由此我们知道这是人类的一个大弱点。尤其是小资产阶级中的知识分子,常以书本当事实,以自己的理想当事实,以念马克思的书籍当自己的理论,以引证马克思主义的条文来解释自己主观的意见,当客观的真理,实际上是马克思主义的修正派。今日我们纪念生活教育社,希望生活教育社诸君在我们边区发挥晓庄师范的精神、山海工学团的精神,而不是只念陶行知的著作。如果只在书本上去找教育,我们也还有马克思主义的书籍可念,因为只是原理必不够,当有具体的实际例子做对象才不会脱离生活。在边区的学者,边区即他们的生活环境,应该在此实现生活教育。

《解放日报》

(《晋察冀日报》1942年3月27日)

---

① 山海工学团原作"上海工作团",据1945年3月15日《解放日报》改,下同。按,山海工学团是人民教育家陶行知践行"生活即教育、社会即学校、教学做合一"等理论的新型教育形式,1932年10月1日于上海宝山大场附近正式开学。其命名有两层意思:一是因为地处宝山、上海之间,二是"九一八"事变后日本侵占我东北地区,山海关危急,取名"山海"有共赴国难之意。抗日战争爆发后,山海工学团被迫停办。

龙华文救会建立模范剧团

洪水

【龙华讯】县文救协同教育科于一月二十日建立了模范剧团。演员都是从各剧团抽选出来，生活紧张，在十余天中，即演出《一个区长》《硬骨头》《这个与那个》等剧，其次演出了不少的儿童舞。一月三十日，为了开展游击区工作，曾到游击地带进行宣传，博得民众称赞不已。

（《晋察冀日报》1942年4月3日）

编　　后（《晋察冀艺术》副刊第34期）

（一）这次誓约运动中，西北战地服务团少年艺术队，在灵寿、平山一带三十多个村子写了街头诗二百至三百首，而且都用了描边的美术字。

（二）诗会的刊物《诗》已决定与《诗建设》合并，由诗会与战地社合编。

（《晋察冀日报》1942年4月3日）

怎样办党报

一、中共中央宣传部为改造党报的通知

（甲）报纸是党的宣传、鼓动工作最有力的工具，每天与数十万

的群众联系并影响他们，因此，把报纸办好是党的一个中心工作。各地方党部应当对自己的报纸加以极大注意，尤应根据毛泽东同志整顿"三风"的号召来检查和改造报纸。

（乙）报纸的主要任务，就是要宣传党的政策，贯彻党的政策，反映党的工作，反映群众生活。要这样做，才是名副其实的党报。如果报纸只是或者以极大篇幅为国内外通讯社登载消息，那么这样的报纸是党性不强，不过为别人的通讯社充当义务的宣传员而已。这样的报纸是不能完成党的任务的。如果各地党报犯有这样的毛病，须立即加以改正。

（丙）要使各地的党报成为真正的党报，就必须加强编辑部的工作。各地高级党的领导机关，必须亲自注意报纸的编辑工作，要使党报编辑部与党的领导机关的政治生活联成一气，要把党的政策、党的工作、抗日战争、当地群众运动和生活，经常在党报上反映，并须登在显著的重要的地位。要有与党的生活、与群众生活密切联系的通讯员或特约撰稿员，要规定党政军民各方面的负责人，经常为党报撰稿。

（丁）党报要成为战斗性的党报，就要有适当的、正确的自我批评，表扬工作中的优点、批评工作中的错误，经过报纸来指导各方面的工作。在党报上，可以允许各种不同的观点的论争，可以容许一切非党人士站在善意的立场上对我们各方面工作的批评或建议言论发表；另一方面，要有对于敌人的思想批评。

（戊）各地党报的文字应力求通俗简洁，不但使一般干部容易看懂，而且使稍有文化的群众也可以看。通俗简洁的标准，就是要使那些识字不多而稍有政治常识的人们听了别人读报后，也能够懂得其意思。（中宣部）

三月十六日

二、列宁论党报

"报纸的作用,还不仅限于传布思想、限于政治教育和吸收政治上的同盟者,报纸不仅是集体的宣传者和集体的鼓动者,而且还是集体的组织者。"(列宁《做什么》)

"在它(指《火星报》——注)里面,应当把很大的篇幅给予理论问题,就是社会民主主义理论的一般问题及其采用于俄国的实际问题。"(《列宁全集》)

"我们主要的不在于揭露'琐事',而在于揭露工厂生活的巨大的标本式的缺点。这种揭露,要根据特别明显的例子,要能够引起全体工人与运动的一切领导者的兴味,能够真正充实他们的知识,扩大他们的眼界,开始激动新的区域、新的产业工人阶层。"(列宁《做什么》)

"要真正很好地有趣味地来描写城市的事情,就必须熟悉这些事情,而不是仅仅从书本上去知道这些事情……要在报纸上(不是在通俗的小册子上)叙述城市的和国家的事务,就需要社会主义的作家、社会主义的记者的大本营,社会民主党人采访员的队伍……就需要'在职务上应该无处不到和通联一切的人们的队伍'。"(同上)

三、联共党史论《真理报》

在彼得堡出版的布尔塞维克日报——《真理报》,成了布尔塞维克党运用来巩固自己的组织和争取群众影响的强有力的武器。一九一二年五月五日(俄历四月二十二日),该报第一期出版了,这在工人看来,是一个真正的节日,为纪念《真理报》之诞生起见,曾规定五月五日为工人出版节日。

工人们认为《真理报》是工人自己的报纸,对它抱有很大的信任,并细心听从它的呼声。每一份《真理报》,都是彼此传阅,供给数十个读者,养成他们的阶级觉悟,教导他们、组织他们、号召他们进行斗争。

在每期《真理报》上,都发表数十篇工人通讯。在这些通讯中,会描写着工人生活、描写着残酷剥削、描写着资本家及其经理以及工头们欺压工人和侮辱工人的种种事实。《真理报》会写到各工厂和工业部门工人的需要和要求,并叙述工人为本身要求而奋斗的情形。对于每次政治事件,对于每个胜利或失败,工人总是把书信、祝词或抗议等等送到《真理报》上发表,以表示他们的回应。《真理报》同时还会有系统地记载农民生活、农民饥饿苦况,农奴主、地主剥削农民的情形,以及因实施斯托雷平的"改良"而发生的富农庄主抢夺农民优良土地的事实。

《真理报》会是为党性、为重新建立群众的工人的革命党而奋斗的中坚。《真理报》有极多工人通讯员,仅在一年当中,在该报上发表了一万一千余通讯。然《真理报》之与工人群众发生联系,不仅只用信件和通讯办法,还有很多很多工人每天从企业里来到编辑部。党的颇大一部分组织工作,都会集中在《真理报》编辑部。领导机关和地方党支部代表的会面,往往是在这里进行的。关于工厂里的党工作的消息,往往是由这里接收的。彼得堡党委员会以及党中央委员会的指令,往往是从这里传达下去的。

随着《真理报》而长大的,有革命无产阶级的整辈人,站在《真理报》后面的是百十万的工人。在革命高涨年份(一九一二年至一九一四年)已奠定了群众的布尔塞维克的坚固的基础。而这个基础,无论沙皇政府在帝国主义大战时期中的任何追究,都是未能把它破坏的。

"一九一二年的《真理报》,为布尔塞维克主义在一九一七年的

胜利奠定了基础。"（斯大林，联共党史中译本莫斯科版一百七十八至一百八十三页）

四、联共党八次大会关于报纸的决定（一九一九年三月）

甲、国内战争时期，党的工作的一般薄弱，最有害地影响了党报和苏维埃报纸的状况，差不多一切我们的党的和苏维埃的期刊之一般缺点——脱离地方的，而不少甚至脱离一般的政治生活。省的党报和苏维埃报纸，差不多完全不报道地方生活，而一般问题的材料选择得极不确当，发表着冗长乏味的文章，而不以简短清楚的语言写的文章去反映一般生活和当地生活的最重要问题，有时整整几页印着文件，而不以简单明了的语言叙述其中最重要之处；发表着各机关的指令决议的全文，而不从这些材料中去编成地方生活的生动的社会记事。

乙、所有这些缺点，在很大程度上，是由于党的最好的著作的力量去做国家工作了，而报纸在大多数情形下落于很少经验的工作人员手中。

丙、大会认为，地方组织应立即采取方法来健全党报和苏维埃报纸。大会促使同志们记着：报纸是宣传、鼓动组织的最有力的工具，不可替代的、影响最广大群众的手段。

丁、为着改善党和苏维埃的报纸，必须：（一）指定最负责、最有经验的党的工作人员担任辑编，他们必须实际地在报馆中工作；（二）党委应该给报纸编辑部以一般的指令和指示，可是不要干涉编辑部的日常工作琐事；（三）军事检查应严格限于作战问题和作战组织性问题的范围内。

戊、党和苏维埃报纸最重要任务之一——揭露在职人员和机关之各种罪行，为指出党和苏维埃组织的错误和缺点，所有这些必须以严正的实事求是和同志的语调中出□。

被报纸上说到其行动的人员和机关，必须在最短时期内在同一报纸上加以实事求是地更正，或指明关于缺点与错误之更正。如果没有这种更正和承认，革命法庭即控诉被指明的人员和机关。

己、省报应注意其极大的群众读者，因此，它第一，应该生动和通俗地报道；第二，应在报上反映工农和红军士兵的生活，报纸应对军队生活（包括前线和后方）、党的生活，以及妇女运动与青年运动加以极大的注意。

庚、中央机关报应该特别注意党的建设问题，它应该经常使全党知道整个党的生活指导、各省报纸等等。

辛、大会认为，没有很好的报纸，就不能有健全的坚强的党和苏维埃建设。大会向一切党的组织提议：选拔最坚定努力和忠实的工作人员来为报纸服务。（新华社延安二日电）

（《晋察冀日报》1942年4月7日）

冀中正式成立文协筹委会

【华北新华社冀中九日电】冀中文协筹委会于上月六日正式成立，选出王林、路一、沈云、梁斌等为筹备委员。筹委会的工作规定，除起草冀中文协的组织简章、发表宣言、办理会员征收登记、编辑文艺丛书及刊物外，应尽力开展创作运动，设立文艺奖金，以掀起全区创作的热潮。

（《晋察冀日报》1942年4月11日）

日寇封闭北平图书馆

【华北新华社冀鲁豫电】据北平来人谈：名驰世界之国立北平图书馆已于日前被敌封闭。文化古史中硕果仅存之民族文化已惨遭践踏，成为人类文化史上不可洗掉之污点。该馆藏书五十万册，每月购书费达二百万元，国内各学士多曾受该馆陶冶。北平沦陷后，该馆虽受种种压迫，而显门前冷落之象；但由于该馆经费系由庚款支持，敌寇之笼络无效，敌占区知识文人故尚未散。现日寇公然摧践，该馆已暂时落于日寇之魔手。

（《晋察冀日报》1942年4月12日）

文联暨鲁迅奖金委员会公布入选作品

【本报讯】边区文联暨鲁迅文艺奖金委员会前，为粉碎敌人第三次"治安强化运动"和开展军民誓约运动，悬奖征求艺术作品，第一批业于本报揭晓，现第二批亦已评阅完毕，收到应征的作品五十余件。入选作品及作者姓名列下：

文学作品——烈士传

乙等一篇：《老石的经历》（康濯）。

音乐作品——歌曲

乙等：《誓死不投降》（方冰、萧何），《军民公约歌》（力夫），《遵守军民公约》（红羽歌），《最后生路》（也平、金戈），《服从抗日政府》（也平、张海），《反封锁》（刘笳、徐曙），《拿出自我牺牲的决心》（也平、金戈）。

美术作品——连环画

甲等：《不投降的小姑娘》（孙逊），《五勇士的故事》（曹振峰）。

乙等：《王二虎回家》（陈如），《一个老英雄的故事》（莎原）。

招贴画

乙等：《军民誓约》（李又人）。

布画

甲等：《民兵》（辛莽）。

乙等：《五壮士》（杜芬）。

木刻

乙等：《国民之母》（秦兆阳）。

建 筑 设 计

乙等：《抗战烈士纪念碑》（李黑）。

戏剧作品——独幕话剧

乙等：《好儿子》（胡朋），《金城的故事》（王久辰），《悔悟》（田景天）。

相 声 剧

甲等：《喜信》（贺赤、张煌）。

（《晋察冀日报》1942年4月15日）

晋冀鲁豫边区政府设立文化奖金

【新华社晋冀鲁豫十日电】边区政府为开展边区文化运动，决定设立文化奖金，每年暂定为一万五千元（太行区七千元、冀南区四千五百元、太岳区三千五百元），其奖励对象为浅近的科学及通俗的文艺作品，各种专门问题之调查研究，儿童读物及民众识字课本，并奖励文化干部及大众文化工作者。闻边区教育厅及冀南、太岳两行署，将分别聘请文化机关及文化界名流，共同组织文化奖金评议委员会，负责评议工作，规定凡参加竞选之作品及优秀干部之推荐，须于每年八月底前送请评议，每年鲁迅逝世纪念日（十月十九日）发奖。

(《晋察冀日报》1942年4月16日)

边区文联召开部队文艺座谈会

沈重

【本报特讯】三月二十七日，边区文联召集部队文艺工作座谈会。出席者有文联沙可夫、周巍峙、陈山，及抗战、冲锋、冀中文工团，抗敌剧社，联大文工团各协会诸负责同志二十余人。此会之目的是，在于了解部队剧团和部队文艺工作之开展情形，部队文艺工作过去和现在所有的缺点和困难，特别着重自八路军总政治部发出指示信后部队对文艺工作发展前途之新认识，与反对主观主义、整顿文风在部队中的斗争情形。主席沙可夫同志并号召大家实事求是，对现在部队中所存有的缺憾要尽量说出，以期改进。在会上，各部队剧团报告了本剧团过去和现在的工作情形、困难、缺点和特点，在部队里的地位，和总政部对文艺工作发表指示后的改进情形。其他出席诸同志亦相继发言。文联所需要了解的部队文艺工作之真实情形,亦因是而充分得到。对部队文艺工作之推进,此次会上都有许多讨论。

(《晋察冀日报》1942年4月18日)

日人反战同盟支部出演《活路》等名剧

水林

【本报讯】晋察冀日人反战同盟支部,于本月六日,一行二十余人赴××等地演戏,经时六天,主持晚会达四次,演出《前哨》《樱花舞》《活路》等精彩节目。尤其在×地士绅座谈会上演出之节目,更得到会之游击区各士绅好评。当该部路经×庄时,千余赶集的群众亦纷纷要求召开晚会,是日到达观众两千余人,十里以外之村民也纷往观剧。该部各盟员演技熟练、逼真,所至之处,极为党政军民所欢迎。对该部此种精神,皆感无比兴奋。

(《晋察冀日报》1942年4月24日)

边区文联为纪念"五四"宣言

将政治和人民结合,将文化和人民结合。

这是五四运动初期阵地上最大的呼声。它和反帝的浪潮连在一起,成为一种群众性的政治运动。

这种民族的民主的人民思想,伴随着文化战线上反帝反封建的激烈斗争,是五四运动的主要特点。

这个运动为共产主义知识分子、革命的小资产阶级与资产阶级的知识分子的统一战线所领导,开始时还没有工农大众参加,后来才成为全国范围的革命运动。当时和它敌对的，是一个老大□中国顽固如石头，旧文化的堡垒层层，旧中国的外线，更有许多尖的刺。于是它的建设是那样艰苦，也所以那样伟大。它不是"枪"，然而是另一种形式的枪，在为广大人民战斗。它是中国新的历史时期的飓风和引线，这种引线在飓风中一旦燃烧起来，那埋藏在人民心里的几千年来的反抗的炸药，便立刻爆发了。

因而五四运动是中国广大人民的觉醒过程，也是革命发展的转折点，它在思想上与干部上准备了一九二一中共的成立。它在文化思想上解放并激发了广大的人民，启示并组织了广大人民愤慨地走向革命斗争中来，而新的文化思想和革命运动一经为广大人民——特别是工人阶级所掌握，便获得了更勇猛的和新的生命，结束了旧民主主义的阶段，走向新民主主义的道路。

因而五四运动是中国有史以来最生动的、最伟大的一个新文化的节日。

现在让我们来回忆这个节日，纪念这个节日。

让我们简单地检阅它所走的道路。

从来社会文化思想的战斗是最残酷的战斗，同时也是最必要的战斗。历史上几乎没有一次政治运动能够离开文化运动而单独进行。社会进步的革命力量支撑、推动着新文化运动，社会保守的反革命力量则压制、破坏这一运动。五四运动即是循着这样的道路展开着。虽然这运动在没有战胜封建文化以前，就产生了内部的分裂，一部分反动的向封建主义投降的资产阶级知识分子，很快地就脱离了它。走到了和过去相反的方向，但它却一天天地为广大人民而掌握成为不可战胜的一支巨流。

"反对旧道德，提倡新道德，反对旧文学，提倡新文学"是当时两面光芒的战斗大旗。白话文的提倡不但是文学上的革命，而且正是促进广大人民思想上的觉醒运动的必要条件,它使文学成为政治斗争中更有力的工具。

反对自由主义资产阶级妥协改良主义的思想斗争,那时也已展开,那些改良主义者反对社会根本的改造,主张"一点一滴的改造"。当时也有人似乎是站在马克思主义的旗帜下,而实际上却发着与孔子的"修身、齐家、治国、平天下"的妥协思想相一致的言论。那时只有真正的马列主义者才是彻底的民主主义者,也只有马列主义的社会主义思想,才能无情地打击新的孔教和唯心论的神秘主义,使马列主义成为中国文化运动中有力的思想,为激进的民主主义者所拥戴。

"五四"的新文化运动是胜利了。这一伟大的胜利在一九二五——二七中国第一次大革命中得到体现,在继续大革命的十年土地革命中得到体现。它总是坚持在进步的阵地上,和大众在一起,英勇地和那些从各方面袭来的反动文化思想进行残酷的搏斗;它为我们现在的战斗,在人民的灵魂上准备下一个稳固的基地。"五四"在新民主主义文化战线上的战绩,直到今天还在放射着不可磨灭的光芒。

但革命的道路是悠长的,广大的人民还没有最后摆脱他们的厄运,新文化运动必须继续前进。

今年的"五四"又来临了,在这个伟大的节日面前,中国的革命、中国的文化正面对着一个最大的斗争。

处在斗争最前线的文化战士,必须紧张地动员起来,粉碎日寇的奴化政策!粉碎那"新民主义"的大欺骗,粉碎那"王道乐土"的大蛊惑!同时,也要反对文化上的专制主义,为新民主主义的发展的道路扫清障碍。要这样做,要做得好,还要马上整顿一下自己的阵地,肃清我们工作上的一切"主观主义"的作风,肃清一切新旧"八股"的残余,肃清广大乡村中或隐或现的封建文化的毒汁,肃清妥协的、动摇的、叛变的、落后的文化思想,以巩固和扩大抗日根据地的新文化统一战线,加强新文化的战斗的实力。让我们民族的、民主的、科学的、大众的文化思想,更能深入人民，更能成为人民的武装。文化要教育人民、团结人民，文化又要人民自己来掌握它——将文化和人民结合。

"五四"的光辉在照耀着我们。

文化上的新的攻势将更高地、更广泛地随着民族民主革命战争的行进发动起来吧！它将为不久就要到来的反攻阶段在思想上准备战胜日寇的力量吧！

一九四二年四月

（《晋察冀日报》1942年4月29日）

艺术节宣传要点

我们的艺术活动又迈进了一年，这一年它的收获是愈加丰盛的。在这一年间，文、音、美、剧四协会共同发起了军民誓约的创作运动，对敌的宣传攻势；共同发起了开展文艺批评运动，而且出刊了自己的机关刊物。而在部队方面，这个活动也是愈加广阔的，各个分区都出刊了自己的文艺刊物，大批艺术工作者参加了武装的宣传队，在敌占区、游击区活动着。

这一年间，显然可以看出边区的艺术活动是走入正规化了，它是更加追随着边区的新的情势、新的现实，而边区的艺术工作者也更加密切团结了。这一年间，我们的活动也变得愈加深入了，群众的艺术活动在军民誓约大会期间显得特别活跃，特别是冀中区《冀中一日》的出刊更说明了这个活动的深入。

但是，我们面临着的新的现实是变动得愈加迅速而激烈的，因此我们也不能不要求我们的艺术活动更深刻、生动、活泼、有力。

在这个节日面前：

我们应该响应中国共产党的伟大号召，肃清我们在艺术工作中的

"主观主义""党八股"。我们必须认识公式化的作品在宣传中是不能起它应有的作用的。

所有的艺术团体应该深刻地检讨这一点，在纪念我们自己的节日之前，我们应该有勇气"脱掉裤子"！

在这个节日面前：

我们应该不忘记晋察冀边区所给予我们的赐予，它是我们艺术节的根源，它是让我们的艺术活动获得发展的生动的动力。因此，我们也应该用我们最大的热爱来维护着它，随时准备着配合边区的党、政、军、民粉碎敌人可能来到的"扫荡"。

在这个节日面前：

我们更应该竭尽我们所有的智慧发动对敌的宣传，用我们艺术的力量瓦解敌伪，争取沦陷区人民。

在这个节日面前：

我们必须团结一切可能团结的艺术工作者，要深深地记住自太平洋战争爆发后我们的统一战线的基础，是更加广泛、更加扩大了。

所有的艺术组织（各文艺团体、各大剧社、各村剧团、各文艺社、各文艺小组等）所有的艺术工作者，应全力地、多面地、积极地准备我们的新的战斗！艺术节不是空洞的美饰，是我们力量的汇合，我们责任的更高觉醒！

每一个艺术组织，每一个艺术工作者，要真正检讨自己的工作，特别是要紧紧地和反"党八股"、反"主观主义"联系起来！

让我们的艺术活动进入一切的斗争里去吧！

第三届艺术节筹委会
四月二十六日

（《晋察冀日报》1942年4月29日）

西战团"轻骑队"到游击区工作归来

冰

【本报讯】西北战地服务团于三月十八日派出××个同志组成两个"轻骑队",出发到×分区游击区工作,在封锁沟边活动了一个整月。在这一个月当中,他们创作了三十个田庄短剧,演出了十六次,还创作了一些歌曲,写了一些街头诗、墙头标语和壁画。于四月十八日胜利地结束工作归来。现在他们正在赶排历史剧《李秀成之死》,将在"五四"演出。

(《晋察冀日报》1942年5月3日)

冀中文建会决定正式改组各级组织

【华北新华社冀中二日电】冀中文建会顷决定改组各级文建会组织。三年来,冀中文建会团结各地文化工作者、知识分子与小学教员,推进文化宣传,建立民众学校,帮助改善小学教育,获得辉煌成绩。二十九年文建会协助政府和群众团体建立民校一四六〇处,训练民校教员一六三八〇人,去年训练民校教员一五六六〇人,并发动"冀中一日"集体创作运动,收稿三万篇,现已编成三十万字的巨册。此外,文建会更领导建立村剧团一七二一个,学校剧团二二四个,又演员一三八八七人,对于乡村文化运动的推进,贡献甚大。最近,文建会第三次扩大执委会鉴于今后敌后文化运动之主要任务为提高文化水平与普及文化运动,文建会应与政府及民众团体密切联系。因此该会决定正式改组:(一)确定文建会为各文化团体的联合组织。(二)建议文学、戏剧、美术、音乐工作者及各种专家小学教员,组织各种学术研究团体。(三)建议各分区成立剧团性质的文化工作队,可参加冀中文建会为团体会员。(四)村文建小组各种工作由政府教育部门接收,村剧团由村代表会选举产生的俱乐部接收。

(《晋察冀日报》1942年5月5日)

晋西北文化界召开反"党八股"座谈会

对《抗战日报》进行深入检查

【华北新华社晋西北二十八日电】以检查《抗战日报》为中心的反"党八股"座谈会,于本月二十日开始举行,《抗战日报》、《大众日报》、美术工厂等部之工作同志及文联代表均出席参加。主席廖井丹同志宣布开会后,到会同志即相继发言,指出过去之编辑工作缺乏主动性,新闻领域过分狭窄,反映群众生活十分不够,更缺乏批评斗争的精神,写作新闻多不能抓住中心,仅罗列现象,以致每条新闻都带着大脑袋、大尾巴,用语贫乏,枯燥无味。该报记者继起讲述各界对于报纸的意见,主要者认为贯彻政策法令差、工作具体指示少、缺乏战斗性、不敢说话等,直至午后五时暂告休会。

(《晋察冀日报》1942年5月6日)

文 艺 晚 会

——联大文艺学院艺术生活的报道

董逸风

每个星期六的晚上,成为我们一群年青的文艺者所最欢乐的时间。我们都带着材料册子、诗集、剧本和自己的作品,这些都是准备在晚会上朗诵和报告的。

很多人要求参加我们这个晚会,像军事指导、总务科会计,以至伙房的老李,他们说能在会上听到各地的奇特的故事和美好的留声机的唱片。当然,在我们对于晚会的欣赏上却不在此,年龄最小、爱好写诗的王英杰他都知道:"培养文艺气质啊!相互学习啊!"

我们的晚会扩大了,由二十几个文学系同志所发起的晚会,竟扩大到六七十个文学系、戏剧系,以及所有各研究室同志参加的晚会了。

的确是一个热闹的情景啊,没有留声机唱片的演奏,年轻人的嬉笑声是绝不会静寂下来的。有时主席总得喊三四次"静一些",可是墙角落男女的声音还是切切磋磋的,这时,只有沙可夫同志总是用微笑的眼睛扫望着每个人的脸孔。

第一个总常是朗诵自己作品的节目。《乡土》(曾获得鲁迅艺术奖金的作品)作者蔡其矫同志是在南洋长大的,他的口音将会损害了朗诵的效果。

诗里叙述一个被敌捕去的老汉,他是怎样地眷恋自己的祖国的乡土啊,按着自己坚强的意志,老汉终于从关外跑回边区的乡土来。

效果并不像我们想象的失败,作者对于原作的节奏和音响上有了很好的把握,特别在作者对于人物感情的深沉的体验。

民间故事的传说,搜集的语汇的朗诵,这是最富有兴味的节目,江南的、南洋的、五台的、北平的……我们都以美丽的抒情的散文来欣赏着。无数关于八路军英勇的故事成为我们创作最好的材料;从新的民间的语汇的搜集中,不只笑出了我们的泪水——的确,女同志们有时会笑得噎不过气来,更从这里描绘出新的人物的生活和意识的改造和充实。有时,小资产阶级知识分子的趣□和悲哀也在材料□子中描出一个暗影,那更会惹得我们满屋哄笑起来。

《从喜欢和不喜欢谈起》（这是丁克辛同志的杂感），这里作者谈到文艺工作者"爱"与"恨"的问题。

"爱与恨的问题是整个革命的人生的问题，也是从事文艺的我们的基本问题……因为有爱和恨，然后才有革命。因为爱和恨辩得分明，文艺才会有新鲜活跃的真实的生命……"

可是作者在杂感里所引用的强烈的讽刺的笔调，引起了我们的波动："在边区是否需要讽刺？"

全屋人的目光猛然为一个高大的影子所吸引："崔嵬的节目啦。"他善于表情的脸孔和浓重的山东口音首先引起了全场不可抑住的笑声。

依他的身份该是谈戏剧上的问题，意外，从他袋里摸出了《水浒》和《西厢记》："近来看了金圣叹批注的《水浒》和《西厢记》，为了开展边区的文艺批评工作……我来谈中国的文艺批评家金圣叹。"

足足有一个钟头的时间，从金圣叹的生活、遇事，以至死的传说，虽然崔嵬同志是谦虚地认为对金圣叹在文艺批评上的□有价值，不能予以确实的评价："可是金圣叹最能体验到作者的苦心！"这正如田间同志在会的最后的意见中所说：

"这虽是文艺批评中次要的问题，可是文艺批评工作正在开展中的边区，这些次要的□也都是我们所要在意的……"

名著的朗诵成为一个巨人的节目。我们朗诵过了契诃夫的《那是他的故事》，莎士比亚的《该撒大将》的一□（该撒被杀，安东尼等向罗马市民讲演的一段），曹禺的《雷雨》等。所有这些我们都获得了很大的成功。

节目进行到最后一项，沙可夫同志展开了一张《真理报》。我们早已热切地要求他能谈些关于苏联文艺活动的情形和文坛逸话。

"一九三九年一月十五日，曾是苏联文艺工作者最光荣的一天，这一天，一百七十二个作家得到了政府所赐予的勋章。"随着和穆的微笑，沙可夫同志的语调是平静而缓慢的，他的眼睛注视着《真理报》。"一十七个作家得到了列宁勋章，四十×作家获得了红旗勋章……作家们在报章和杂志上发表了自己的感想，绥拉菲莫维支、左琴科、亚赛也夫……

在我的外衣的胸襟上

不仅添上了

珐琅质和金质的勋章，——

整个儿作家的劳动，

有了勋章的光辉，

□□□国的关心，

□提高了，

也被爱抚了。

——□·亚赛也夫

"在一个青年作家在《真理报》上发表的《好日子里》，描写着全苏联作家为这一天的事迹而狂欢的情形，一个未获得奖章的青年作家也感奋地呼喊着——我们得到了勋章！"

夜已经很深了，在屋子里的我们，还在以极大的愉快领受沙可夫同志所陈述的当时苏联作家的兴奋的意境。

★★★★★★

最后，作者似乎感到有一种义务来谈到我们晚会的组织工作：主席是每次改选，由大家推选，由他来特约一定的节目和决定晚会的中心。文艺晚会和它基本的会员，他有权利和义务要求和被要求来参加节目。根据我们的经验，节目内容的多样性（最好精短些）和时间的把握，将很大地影响到晚会的效果。

一个更大的注意：不要流入普通的娱乐性质的晚会，而它是"文艺晚会"。

于唐河边

一九四二年四月一日

（附注：我们希望各地组织，开文艺晚会时，拿这篇文章来作为一个参考，这将对于培养我们的文艺生活有许多帮助。——编者）

（《晋察冀日报》1942 年 5 月 6 日，《晋察冀艺术》副刊第 36 期）

太行区各地隆重纪念"五四"

文化界开会检查文风

【华北新华社太行四日电】今日"五四"纪念节日，太行区各地军民纷纷开会纪念。太行区文联今日在清漳河畔某地举行盛大文化界座谈会，检查文风。各界文化先进及太行区各文化团体都被邀参加。一分区各部队内之青年队，为纪念"五四"，特举行检阅及各级运动大会，并宣布参加全区青救联合会为团体会员，以加强部队青年与地方青年之密切联系。当地之青救会及高级小学之学生会亦派代表参加盛典。十八集团军总司令部特务团，于今日"五四"纪念会上进行戏剧、歌咏竞赛，事前各连队曾加紧准备旧剧、新剧及魔术、游戏等各种节目，全团青年显得空前活跃。赞皇各界亦于今日召开士绅青年文化界座谈会，动员地方士绅、各乡青年知识分子及敌占区、游击区之知识分子积极参加，以展开文化统一战线，加强青年团结。座谈内容为，检讨过去之文化运动及青年工作，对于政府有关青年与文化之主要政策法令均做详细之讨论。辽县亦于今日以一村或数村联合为单位纪念"五四"，普遍召开纪念晚会，号召青年加紧生产，努力学习，并对本区青年领袖张罕涛同志举行隆重追悼仪式。县立高小毕业同学会亦于今日正式成立，林县各乡小学教员、在乡知识分子、敌占区青年知识分子及反法西斯同盟会之会员，亦于今日分区召开反法西斯座谈会。

(《晋察冀日报》1942年5月7日)

晋冀豫成立文风检查委员会

【华北新华社晋冀豫二十二日电】文联、文协、剧协、美协、音协及华北文化社等文化团体，根据中共中央整顿三风的精神，积极整顿文风，于日前联合成立文风检查委员会，自十六日起进行文风大检查，期限为一星期。检查内容包括：战区的整个文化运动，各该团体的内部工作及干部本身的学习、工作、生活和作风等方面。此次大检查各该团体决定一本"脱裤子"的精神，切实检查文化工作上所存在的"八股"现象，根据文件材料和实际工作，准备发言提纲，以期讨论时多与实际工作联系，避免主观主义及避开自己专批评别人的态度。同时应提供具体改进办法，对症下药，俾今后工作能彻底转变。

(《晋察冀日报》1942年5月7日)

本刊满百期后的希望 (《老百姓》副刊第100期)

本刊《老百姓》出刊已经到了一百期了。许多爱护本刊的同志和我们自己，都花了很多气力，来给这个刊物写文章、出主意，想把它办好，做到凡是识字的人都能看得懂，不识字的也能听得懂，老乡们个个真正需要它、喜欢它。可是这些地方，就做得还很差劲。比方咱们写的一些文章还是文绉绉的，不够通俗明白；讲的道理，说的故事，还不是针针见血，有声有色，短小精干，完全切合大家的脾胃，还没有更深入地反映出大众的生活和要求，及时地给大家在思想上、文化上更多的具体帮助。

可是，这里有个很好的现象，就是眼下热心向本刊投稿的同志越来越多。每天我们都会收到从各地方寄来的许多稿件，收到各村子里的老乡们写给我们的信，要我们解答各样问题，大家都很关心和爱护这个刊物。这些，就是使我们能够把这个刊物办得更好一些的力量。

那么，我们将怎样动手呢？

第一，我们希望各地关心和爱护本刊的读者：往后大家给我们更多提一些意见，见到什么就说什么，随时写信告诉我们，哪些事情需要多讲，哪些文章大家喜欢，哪些毛病需要去掉？

第二，我们希望：各地投稿的同志们，今后的稿件还要注意写得更加简短切实一些，不要说些废话，不要写那不关大家眼前"痛痒"的东西，要面对老百姓的大多数，要及时地去反映大家的斗争，深入地去反映大家的要求。我们特别欢迎有心学习写文章的老乡，大胆地向本刊投稿，只要讲得有道理，哪怕写得不大通顺，我们会帮你顺顺字眼，登载出来的。

第三，我们希望各村的老乡们：无论你有什么问题，比方认不得的字眼，想不通的道理，办不了的事情，一切等等，今后更多多地向我们提出。自己不会写信的，可以托人帮你写信，我们会尽量替大家解答的。不在刊物上答复，也要直接回你们的信的。

百期虽然算不了什么，可是到底也是一个段落！我们希望从此以后,这副刊能更大地发挥它的作用!读者们,投稿者们,我们一齐努力吧!

(《晋察冀日报》1942年5月7日)

艺术节大会隆重热烈

西战团公演名剧《李秀成之死》

【本报特讯】边区第三届艺术节于五月四日下午在××举行,已志昨报,兹将大会详情续报如下:在"五四"的下午,大会正式开幕,军区直属队及附近民众万余人参加,盛况空前。首由筹委会罗东主席,阐明"五四"中国新文化运动纪念日的伟大意义,并称边区艺术节今后确定在五月一日至五日举行,以增加这"五四"纪念日的意义。并称"在这次艺术节以后,我们要以更大的力量来检查自己,整顿我们的三风,加强我们的学习、研究和批评"。继即由聂司令员讲演,着重指出今后文化艺术工作者任务的重大。略称:"我们今天正对敌人展开激烈的'思想战'的时候,我们每个军人、艺术家都应该检查一下自己,究竟完成了战斗任务没有。是的,我们有大批的宣传队、武装宣传队,深入到游击区去宣传,这表现了我们对这战斗的重视。但是,我们仍然有很多的缺点,我们不要以已得成绩为满足,自中共中央公布整顿'三风'的决定以后,我们是不是还有'三风'不正的现象?我们是不是已经注意改正呢?今天,在我们边区,整顿'三风'还是很不够,还是很寂寞的。虽然,我们党中央曾经反对无的放矢,但是正当我们对敌展开尖锐的思想战的时候,还有一枪不响的,没有尽他的责任的事实,这是不好的。所有这些,都应该用来警惕我们:我们的文风不正,现在还没有很好地检查与整顿。所以我们在庆祝艺术节的时候,就要求今后把我们的文化艺术全部开到思想战线上去,和敌人搏斗,整顿我们的文风。在思想战线上,我们是主人,敌人是强盗,我们应该把这强盗赶出我们的家乡,这就是我们的真理,我们是有很好的阵地和武器去回击敌伪那狂妄的宣传的。"(全场鼓掌,呼口号。)讲演完毕,即举行游艺。由抗敌剧社儿童队合唱《爱护村》歌,西战团出演四幕古装历史名剧《李秀成之死》。全剧给人的印象很深刻,在某些悲壮的场面上,令人甚为感动与振奋。

(《晋察冀日报》1942 年 5 月 8 日)

女作家萧红在港病逝

延安文化界深致哀悼

【新华社延安二日电】女作家萧红,在港内贫病交迫,及受敌摧残致死,引起延安人士之深切哀悼。五月一日下午二时,此地文化界在文化作家俱乐部举行追悼会,参加者有文抗、边区文协、草叶社、谷×社、《解放日报》文艺栏、部队文艺社及鲁艺等团体,作家及文化艺术工作者丁玲、萧军、舒群、艾思奇、周文、立波、赛克、何其芳、艾青、柯仲平等均出席,约五十人。会场充满严肃悲痛气氛,壁上挂萧氏画像,英秀壮健,倍增哀悼。由丁玲主席致开会辞,继有萧军同志报告萧氏生平及其著作,语多亲切而沉痛。舒群同志说:"萧红今年只有三十二岁,正当年少力壮发展事业的时期,然而她却离开我们而长逝了!"周文、何其芳二同志均特别强调作家的团结,刘白羽同志以诵读《悼萧红》一文以代替讲话。

《晋察冀日报》1942 年 5 月 9 日)

陕甘宁音协与作曲者协会设立聂耳创作奖金

【新华社延安电】边区音协与边区作曲者协会，为鼓励青年歌曲作家并发动歌曲创作热潮，于最近设立聂耳创作奖金，对于青年作曲家优秀之歌曲作品（合唱、齐唱、独唱等），给予奖励，奖金五百元，应征日期至七月底止。现已成立聂耳创作奖金委员会，起草奖励办法。作品评判标准，不日即将公布。

（《晋察冀日报》1942 年 5 月 12 日）

乡村文化军的行进

北岳文救

北岳区文救第二次代表大会在"五四"新文化启蒙运动纪念日开幕，大会继承了"五四"传统和鲁迅精神，给文救的工作进行了深刻的检讨，给不正的文风进行了无情的斗争，并贯注着这一精神，决定了今后的紧急任务：

一、全面发展与扩大抗日文化统一战线。在同一抗日目标下，我们要团结——要吸收各抗日党派、阶层、民族、信仰、性别、年龄的知识分子、文化人、老先生为我们的会员，甚至不分国籍。把我们的组织继续向游击区、敌占区大步推进，壮大我们的队伍和力量，发动□个知识分子"有一分热，发一分光"——过去我们一直是这样做的，但却存在着宗派主义的倾向，而今天我们就要给这倾向迎头痛击。

二、继续全面地猛烈地展开对敌思想宣传战。我们知道，"在思想战线上，我们却有强固的优越的阵地，我们是主人，敌人是强盗，我们有一切理由把侵入我们国土的强盗赶出去,这就是真理,而这真理正是我们的"(聂司令员)。我们不能以为敌人汉奸讲的话、造的谣都不值一驳,不错,就是不值一驳的,但我们更要在文化战线上展开阵地战。过去我们虽然做过,但无的放矢者有之,臭骂一顿者有之,一枪不响者也有——这正是一种文风不正。这种歪风,表现着轻敌和自骄。我们的大会上就挞伐了这种歪风,担上了对敌思想战的任务。

三、全面地检查工作,一点一滴地揭发工作中的主观主义、宗派主义与新"八股"。加强业务学习与调查研究,提高干部与会员的文化水平,训练与培养大批乡村文化干部,以加强乡村文化的建设事业。整顿文风,在大会上,我们仅仅走了头一步,乡村文化的建设事业更有待我们今后的精雕细刻。

以上就是我们大会,为坚持二年冲破黎明前黑暗航程所做的计划。这项计划,我们整个组织已经一致坚决地保证了它的胜利完成,并且讨论出很多很多具体的办法。我们希望各界爱护和关怀我们!携手共进!

五月十五日

(《晋察冀日报》1942年5月21日)

文救决议:粉碎敌寇"思想战"加强乡村文化建设

文宣

【北岳文救讯】北岳文救于"五四"召开了二次代表大会。到会代表六十余人,还有新从平西赶来的史学专家段良弼先生也与会。大会整个地贯注着整顿文风,反主观主义、宗派主义和新"八股"的精神,决议:(一)扩大抗日文化统一战线。(二)继续展开对敌思想宣传战。(三)加强乡村文化建设事业,提高干部业务知识和文化水平，切实改善群众文化生活。（四）彻底整顿文风，定六七月举行大检查，"八一"举行测验。此外，如乡村剧运、出版事业、与小学教师联系（大会号召"六六"教师节成立教联会）、读报、通讯工作、训练干部、发动乡村创作运动等，都进行了讨论。由于贯彻着实事求是的精神，大会上就解决了很多实际问题。同时，并选举冯宿海、段良弼、张昭然等二十三人为执委，执委会上推出冯宿海（主任）等五人为常委，执委会后又布置了三个月的工作。

（《晋察冀日报》1942年5月21日）

大后方进步文化遭受摧残

《时事类编》《七月》等被迫停刊

《大公报》公然宣传法西斯主义

【新华社延安十七日电】大后方的进步刊物和文化团体正交厄运，《时事类编》《七月》《文艺阵地》等刊物被迫停止出版。受全国进步人士爱戴的《新华日报》天天遭受着新闻检察机关的严苛的删削，并有撕报队（撕《新华日报》）的组织。《新华日报》的发行邮寄遭受无理的限制和阻碍。戏剧的检查使许多抗战剧本都无法出演。但同时大后方却在提倡复古和鼓吹法西斯主义，并有孔学会的成立。《大公报》最近发表陈独秀的一篇文章，公然宣传"法西斯主义必然胜利，而被压迫民族解放毫无前途"，其目的显然是为希特勒主义张目，而且破坏我国抗战军民的信心。如此种种荒谬言论，已引起各界公正人士的不满和反对。

（《晋察冀日报》1942年5月22日）

军区抗敌剧社到敌占区工作回来

经过五台等十余县收获很大

灏

【本报讯】军区抗敌剧社于三月下旬负重大使命深入×分区、敌占区、游击区宣传，历时一月余，现已陆续返回驻地。

该社负责同志谈到一月来的工作情形，说：本社××队越过敌人层层封锁，长达数年未见八路军之敌占区，平×队活动于"无人区""治安区"附近，散布地域包括崞县、代县、忻州、山阴、阳曲、寿阳、定襄、五台、盂县、□山、阜×等十余□，以艺术的、战斗的宣传活动与敌进行思想战。有时近至敌人一里余地举行演出，有时敌人离村我们进村，及时揭穿敌人欺骗阴谋。一月余四队合计演出共六十四次，观众数万，他们欢欣鼓舞，提高了抗战信心，普遍地了解了"二年内战胜日寇"的道理。同时，我们随到一处，即随时搜集当地材料，立即编成剧本、歌词出演，及时地反映群众呼声和要求，因此更受群众的爱护和关心。此行所获效果令人满意。继以沉痛的语气谈道，"此次×队在崞县与敌人武装爪牙遭遇时，边区难得的女文艺战士方壁同志竟光荣牺牲，不胜哀悼。其他胡朋等四同志负伤，最近即将完全恢复健康。军区首长及各界同志关心慰问，我们感到有无上的光荣"。

（《晋察冀日报》1942年5月23日）

北岳区文救年半以来工作成绩小统计

文宣

【北岳区文救讯】北岳文救从一代大会到今天，一年半了。它拥有一五七一五个会员、六个专区文救、一个办事处和三十个县文救、十一个文化合作社。前年，推动建立冬学八八三一座。去年春，在三、四、五专区，又推动建立正规民校二八九四座，训练一二一二三个民校教员；领导建立村剧团一五一六个，宣传队一三九二个，读报小组八一八个，救亡室一四七四个。去年创造了二百个模范村剧团，训练了五一五个乡村艺术干部。出版物方面，共出报纸、刊物五十六种，各种形式的宣传品一八三一种，共五三二五三六份，民校教材、剧本、歌子、小册子等四三四种，共四〇六二五八份，写标语一〇七八三条。

（《晋察冀日报》1942年5月23日）

北岳文救定于教师节成立各县教联会

郭巩

【北岳文救讯】北岳文救根据二次代表大会上的决议，为广泛团结小学教师与知识分子，粉碎敌寇奴化教育，保□学校教育计划完成，以开展新民主主义教育及推进各种乡村文化工作，决定各县文救会迅速筹备在"六六"教师节发动、成立"小学教师抗日救国联合会"，并吸收为团体会员。在这个会议上，根据二次代表大会之决议，要详细地讨论文救对教联会的直接领导，以及教联会的具体工作。今后对开展乡村文化运动□定有很大贡献。

(《晋察冀日报》1942年5月24日)

北岳文救布置整顿文风工作

肖沉

【本报讯】在北岳文救二次代表大会上贯注着整顿"三风"的精神，给了残存在工作中的一切歪风以无情的挞伐，现在决定于六七两月举行整顿文风检查。主要分三个步骤：第一，学习与研究有关业务的文件，现决定为北岳文救二代大会总结报告与整顿"三风"的参考材料（一为毛泽东同志的《整顿党风文风学风》，一为中共中央关于调查研究决定，还有毛泽东同志的宣布"党八股"的八大罪状，三种）。第二，检查工作，进行讨论。第三，测验、总结、公布。县以上干部业务与文化学习，是敌我文化斗争的调查研究，我们的文化政策、工作决定、业务的理论、科学知识业务的经验技术等。八月一日举行总检查，北岳文救拟定三两题目测验，评定优秀者给奖。区干部与会员要搜集与整理各县文风不正，以及主观主义、宗派主义与"八股"的实际表现，进行深入传达和讨论。小组进行讨论，检讨过去，特别是自"革新"下层组织以后的组织和工作中的一些缺点、错误和克服办法等。最后，在六七月间各级干部适当下乡，一面帮助下级检查和讨论，一面搜集资料、分析和研究。

(《晋察冀日报》1942年5月28日)

陕甘宁文化工作委员会决定全面开展边区文化运动

各种文艺刊物将陆续出版

决议拨款万元，捐助大后方文化工作者

【新华社延安二十三日电】边区政府文化工作委员会，顷假边府银行大楼举行第三次例会。首由罗烽同志报告二次例会以来该会工作情形，略谓：在上次例会决定经常分配方□及成立各种工作委员会后，四月份已发出延安文化团体经常补助费及特别补助费三万余元，各工作委员会亦已开始工作。上次例会决定之"五四青年文艺奖金"亦已开始征稿，旋即就该会秘书处提出之提案进行讨论，当即通过议案多项，兹举其重要者录之如下：（一）自香港沦陷，在港文化工作者先后由港脱险回□，该会前曾致电慰问，今复鉴于大后方物价飞涨，文化工作者生活日艰，急需各方精神与物质之切实援助，乃决议由该会拨款国币一万元予以援助，并联合延安文化工作者联名致电慰问。（二）为全面展开边区文化运动，发挥各部门文化工作效能，特由边区文协出版《边区文化》、剧协出版《边区戏剧》、音协出版《民族音乐》、美协出版《美协会刊》，后又定新文字协会出版初级新文字刊物《大家看》。（三）为鼓励音乐、美术创作，由该会拨款交音协设立"聂耳音乐奖金"及美协设立"美术创作奖金"。（四）□改善延安文抗分会之创作环境及作家生活，除每月补助该会经常费外，特再拨借五千元为该会改善生活之生产基金。（五）延安世界语协会庄栋同志所编之《世界语简明自修课本》对边区世界语运动□多贡献，兹为鼓励学术编著，特赠予奖金五百元。（六）为全面了解边区文化运动，并加强文化工作委员会与各文化团体之联系，特规定已在该会登记之文化团体，应于一定时间内向该会做书面工作报告。(七) 为加强边区文化界团结、组织与工作，特决定成立一"临时工作委员会"并将于最近期内召集文化界各协会之联席会，讨论在当前形势下之工作与组织及各协会会刊之出版问题。

(《晋察冀日报》1942年5月28日)

边区文联和各协会干部重新学习"三风"文件

认为这不仅是共产党的事，同样也是各革命团体
和工作者当前的最迫切工作

【文联讯】关于整顿"三风"之学习，文联各协于四月初即正式规定为干部学习中之主要学习内容，至四月底经深刻检讨，认为学习方法与深度尚太不能令人满意。于是在五月开始的时候，根据文联主任沙可夫同志指示，文联各协的驻会工作人员重新建立领导学习组织，制定新的学习方法，再从头开始学习。首先，由宣传部编辑《整顿"三风"研究资料》一册，由文化供□社印刷，发给文联、各协常委、驻会工作人员及各文化、文艺团体，并发出指示信，着重指出："三风"不正——不仅是一些共产党机关与党员的缺点，同样也严重地存在今天大多数革命团体和工作者的中间。因而严整"三风"——在今天就不能单单看成是共产党机关和党员的事，同样也是摆在一切革命团体和工作者面前的最迫切的工作。四年多边区文化战线上的战绩是光辉灿烂的，但思想工作上的许多缺点曾牵□我们不能更大踏步地前进。我们必须下定决心来改造自己、改造工作，更进一步推进边区文化、文艺运动。为此目的，就必须加强整顿"三风"的学习，进行深入的工作检查，并指定于"八一"以前，各团体将学习与工作检查的进行情形，向文联做一次详细的书面汇报。其次，在文联、各协驻会工

作人员当中，重新建立"'三风'学习与检查委员会"的组织，参加委员会的均由民主选出；委员会的任务，除须推动学习外，并负责检查文联，各协驻会工作人员的生活、工作、思想的作风等；关于学习时间的分配，暂定由五月初至八月底为研究文件的时期，并由每人自己根据文件精神进行深刻的"自省"，九月开始正式推进生活、工作、思想、作风的检查。

目前，在文联、各协驻会工作人员当中，已展开"三风"学习的热潮。每日于早上一点半钟时间内，均进行"三风"的学习，进行各种小组讨论会、质疑会、座谈会等活动，同时编有墙报《镜子》作为发表讨论问题、指导学习的文章的地方。

(《晋察冀日报》1942年6月2日)

陕甘宁文委会成立临时工作委员会实行文化人战时动员

号召大家到部队和民兵中去　枪杆笔杆配合动作

【新华社延安卅日电】边区文委昨日上午假文化俱乐部，召集各协（美协、剧协等团体）举行会议，决议成立临时工作委员会，实行文化人战时动员，号召大家到部队中、到地方民兵里去，文武双方配合动作。到会参加者有吴玉章、萧三、柯仲平、塘克、吕骥、罗烽及各协（美协、新文字协会、世界语协会、群众报社、剧协，以及延安各剧团）的代表四十余人。吴玉章同志首先起立致词，谓："在抗战前艺术界便做了许多工作，如聂耳的《义勇军进行曲》至今犹流行全国。抗战五年中艺术工作者及一般文化界同志更为民族解放战争尽了无限的力量，现在无论国际、国内局面都正处在黎明前的黑暗时期，边区文委为了迎接这一困难局面，决定征求大家意见，成立临时文化工作委员会，号召艺术界全体同志从各方面去做精神准备，动员到各部队里去，配合战斗行动；另一方面，各协会会刊亦应以战争为中心，即时把整顿"三风"贯彻到我们的思想和工作中去，希望每人检查和反省自己，使自己在任何困难下绝不发生动摇。"莫文骅同志报告敌人最近动向，他说："目前不仅在军事上应有准备，我们笔杆子武器也应该动员，只有文武双方配合动作，才能克服困难，取得胜利。"讨论到临时文化工作委员会的工作时，谈到应立即动员深入下层，到部队或地方工作的宣传部门里去，应以戏剧工作为中心，配备歌咏、文艺、美术等。以短小精干为宜，同时欢迎个别同志成立小组到部队去工作。目前中心工作应该总结过去在部队的工作经验，多多创作剧本，不致在工作中缺乏上演材料，将所有一切如书刊、新文字书写的宣传品等一致行动起来，统一由委员会领导，打破艺术界中个别的宗派观念。至于今后工作方针，一致意见应着重面对边区群众，普及与提高并重，密切配合当地当时环境，形式求其短小精干。最后讨论会刊内容的审查和工作的领导，至下午四时始宣告散会。

（《晋察冀日报》1942年6月3日）

我们的敬礼

四月中旬在×分区游击区工作的抗敌剧社一部分同志，遭受了敌人的袭击，因而受了一些损失。有几个同志负了伤，方壁同志在这次袭击中牺牲了。

这是我们的损失，特别在今天我们猛烈进行宣传活动的时候。

我们的艺术工作者以鲜血、以汗、以智慧，为着完成我们当前的任务而出没在游击区，出没在敌人据点之前。这勇敢的精神是应该发扬。这勇敢的活动的事实是应该反映到外面去，介绍给我们的伙伴们的。

在这一次宣传活动当中的各个艺术团体不但创造了一些成绩,而且在对艺术工作者本身的锻炼上作用也是极大的。它使我们更勇敢,使我们的思想更敏锐,使我们的艺术创造获得了丰富的生命。但为着我们的任务更好地完成,我们还希望各个艺术团体的各个艺术工作者更注意身体的锻炼,更注意对军事知识的学习。这在今天来说是完全必要的!

我们的艺术工作者!这一次负伤的兄弟们!我们已经用我们温暖的手揩掉过敌占区、游击区人民的眼泪,但我们更应该以我们坚强的体魄来完成我们即将到来的艰重的任务。

(《晋察冀日报》1942年6月4日,《晋察冀艺术》副刊第39期)

兴奋和喜悦
——记军区直属队青年晚会

林木

五月二十二日,天气很热,当太阳西斜的时候,在××村周围的各个道路上,一列列的队伍络绎不绝地向着村边广场上聚集了。每个人的脸上浮着兴奋与愉快——因为他们知道:今天的大会是青年们自己的晚会。在这个会上,他们将会看到在五四青年节各种比赛中,取得优胜的□友们将怎样从众目的注视下,从□□中站起,走上主席台去领取奖品,同时,在这个会上也可以看到那些用青年们自己的心血所排演的戏剧。

"开会了!"主席庄严地宣布了开会的程序,"全体起立,向特等模范青年——袁颖贺同志致哀!"

全场的骚音,立刻静息了,大家精神都贯注到会场前面。剧社儿童队的挽歌,轻轻地飘荡起来了。在这凄清而哀婉的歌声里,青年们都低着头，在表示着深沉的哀悼。

追悼仪式完成了。于是，一阵狂热的掌声把军区青年×科长拥上了讲台。

"今天大会什么都很好，就是缺少地方青年来参加！为了迎接今后更困难的斗争环境，要和地方青年更亲密地团结起来，军区政治部决定军队青年参加边区青联会作为团体会员。这是一个正确的决定，无论对于地方或军队的青年工作的开展上，都有着极重大的意义的。"他稍停了一下，更恳切地指出，"今后每个部队青年，在执行军区三大号召（□□□□、政治文化学习与体格锻炼）中，□□要认识并团结两个以上地方青年，特别是连队青年分队长更应当经常了解与帮助地方上的干部并帮助解决困难。"

充溢着热情的欢呼，把他送下了讲台。

接着，□总支书记做了一个详细的五四青年节竞赛总结，并把集体优胜与个人优胜的番号与名字宣布给大家。最后，他用强有力的声音做了响应三大号召的动员，号召全体部队青年在明年五四青年节时，保证要出现大批的青年的模范英雄。

自由讲演中，有抗敌剧社的儿童队长洛灏同志，用简明而充满了热情的话语介绍了模范青年袁颖贺同志的历史，与青年同志应该向他学习的优点。

讲演结束，给奖式开始了，大家都伸着颈项、瞪着眼来注视领奖的优胜者。

军事总的冠军是警备连，在掌声中，一个黑壮的青年接受了荣誉的锦标，其他个人优胜者，如越野赛跑、政治文化测验、掷手榴弹……都获得了手巾、铅笔、日记本等奖品。

戏剧比赛开始：这些节目都是他们自己编写自己导演的。一分总支演出《复仇》，二分总支演出《年轻人》，三分总支是《到沟那边去!》其中尤以《年轻人》以主题的深刻和剧情的紧张、生动，得到了观众的热烈的赞美。

夜深了，月亮西倾了，青年们怀着昂奋而满足的心情，踏着月光，走了回去。

(《晋察冀日报》1942年6月5日，《子弟兵》副刊第50期)

军区政治部晋察冀画报社成立

现正积极编印创刊号

画

【本报特讯】为了加强对边区广大军民的宣传教育，开展对敌伪的文化思想斗争，扩大边区对国内国际的影响，建设新民主主义文化艺术的堡垒，军区政治部晋察冀画报社已于五月二十四日正式成立。社部以下设编辑、工务、总务各部门，现已开始工作，积极编印大规模的《晋察冀画报》。该期画报约一百页，以五年所创作积蓄的优秀成品，全面地具体地反映我边区之斗争与建设、成长与壮大，内分照片、美术、文艺三部分，计刊铜版照片一百六十张，漫画、木刻约二十幅，文艺作品三万到五万字，说明文字为中、英两种。内容充实丰富，实属少见。预料该刊物将成为献给伟大抗战五周年之艺术硕果。

(《晋察冀日报》1942年6月12日)

边区文联工作队深入敌占区活动

水林

【本报讯】边区文联在四月初组织了一个工作队，队员是由联大文艺学院、文工团等部门十余同志组成的，分赴×分区游击区、敌占区工作。主要任务是：调查敌我在该地区文化思想斗争情形，和搜集敌我斗争的具体事实,供文艺工作者写作上的参考。经半月余返文联,收获很大(特别在了解游击区、敌占区的具体情形上)。为使文艺工作者能在写作上得到比较有系统的事实与情况,拟在最近约请文联工作队的同志们在文艺晚会做详细的报告。

(《晋察冀日报》1942 年 6 月 12 日)

边区鲁迅文艺奖金委员会扩大给奖范围

修正条例欢迎作者踊跃应征

联

【文联讯】边区鲁迅文艺奖金委员会本年度第一季获奖作品已经评定,不日即可公布。同时,该会为了改进工作,最近曾开会讨论,通过重新修正的《给奖条例》(见本报报缝)。新条例的特点为:(一)扩大给奖范围,过去给奖只限于文字方面的作品,现在则连演出(包括戏剧、音乐、舞蹈、朗诵)和艺用器材的创制也在给奖之列。(二)明确指出选取作品须具□新民主主义现实主义的精神。(三)入选作品除发给奖金外,并为介绍与出版。又,该会为了广泛收集全边区各方面(包括各文艺团体、各部队、各机关、各团体、各人)优秀文艺作品、艺术活动,艺用器材创制,曾致函各团体及各文化界先进,请代为推荐或动员作者向该会应征。现该会已印就《应征表》,以便应征者填写,函索即寄。为普遍鼓励边区艺术工作者,该会特向边区文、音、美、剧四协会提议,以后演出时特别是比较隆重的演出,须将参加演出的全体工作者姓名在台前隆重宣布。

(《晋察冀日报》1942 年 6 月 13 日)

出 版 消 息

丁耳

【本报讯】边区文联文化供应社最近翻印名著有：（一）俄国果戈理的《五月之夜》，（二）《世界名诗选》（内有高尔基的《春之曲》），（三）苏联铎尼克著之《社会主义美学观》，（四）陕甘宁出版的《新文字讲话》。

（《晋察冀日报》1942年6月13日）

小 消 息

锁之

铁血剧社到灵寿县开乡村剧团训练班，六月二日开课，受训的有六十余人，预计两星期结束。

（《晋察冀日报》1942年6月17日）

文联常委会决定成立文化界整风委员会

内设指导编辑出版组

英

【文联讯】为统一指导、推动全边区文化界整顿"三风"的学习与检查工作，文联常委会决定成立"晋察冀边区文化界整顿'三风'委员会"，推定沙克夫为主任，柳荫为秘书，成仿吾、张真、邓拓、何幹之、周巍峙、罗东、田间、陈山、崔嵬、沃渣、钟惦菲、卢肃、韩寒、丁思、张春桥、冯宿海、黄天为委员。现该会已开始工作，并于目前进行第一次会议。会后，除各委员正积极进行有计划的学习文件、调查研究边区文化界学习情形与工作作风中各种具体问题外，并就委员中组织"指导组"，专门注意对于各地文化机关、文艺团体整顿"三风"的指导、推动工作。另组织"编辑出版社"，担任编辑有关文化部门的整顿"三风"研究资料与出版该会机关志《文风》（《文风》第一期已于本月九日以前编辑就绪）。并向全体边区文化机关、文艺团体发出通知，其主要内容为：（一）号召大家迅速掀起"三风"学习的热潮，准备将来更澈底地进行工作检查；（二）在各文化机关、文艺团体建立该会通讯网，向该会随时反应所在机关团体的整顿"三风"的学习与检查工作的实际状况，以便进行指导推动；（三）动员各文化机关、文艺团体所有出版之刊物印刷品，马上转到以整顿"三风"为中心这一方面来。

（《晋察冀日报》1942年6月28日）

延安剧作者决定从事小型创作

【新华社延安二十八日电】边区文委临时工作委员会，昨日假文化俱乐部召开延安剧作者座谈会，到会者三十余人。萧三同志在会上号召剧作者积极写作，反映边区、反映八路军、反映敌人凶狠的剧本，塞克、王震之等同志谈及延安过去只演大剧、只演外国戏是一种应纠正的□向，今后剧作者应以工农兵为主要对象，要在普及中提高。最后决定由各剧作者赶写各小型剧本，并以英勇殉国之左权同志为题材写成剧本上演，由塞克、王震之同志负责，并□请刘白羽、荒煤等同志十余人参加□作,拟于"八一"或"九一八"演出云。

(《晋察冀日报》1942年7月3日)

联大文艺工作团向各兄弟团体提出六项意见

深入检查工作中的各种歪风

边

【本报特讯】联大各文工团自五月初接到文联宣传部的指示信后,即掀起了学习"三风"的热潮,并向边区各兄弟文艺团体提出六项意见。略谓:第一,要坚决执行中共中央的文化教育政策和根据八路军总政治部关于《开展部队文艺工作的指示信》的精神来检查文艺战线上的工作。第二,要检查我们的团结互助精神怎么样,步调是否真的一致。第三,要检查是否还有不安心工作和忽视专门的业务学习的现象。第四,要检查在创作上,有些作品为什么流于公式化、概念化;在批评上,应怎样发挥它更大的指导作用。第五,要总结边区文艺运动史的发展过程,和艺术创作与理论研究的材料。第六,要检查过去强调演"大戏"以提高艺术,而与现实生活脱节的偏向。

(《晋察冀日报》1942年7月5日)

边区新文字协会成立

选出理事十五人 姚依林为理事长

正式通过工作纲领及其组织章程

SW

【本报讯】六月××日,晋察冀边区新文字协会在××举行了成立大会，到会会员和来宾代表××人。大会开始由筹备会张春桥同志报告筹备经过，大略说明晋察冀边区新文字运动发展的情形，特别说明文联第一次扩干会决议新文字学会改为"晋察冀边区新文字协会筹备会"以后，开始进行调查和登记会员等筹备工作，到现在已经调查边区新文字工作者××人，登记会员××人。筹备会根据当前具体情形，为了团结边区新文字工作者，进行改革语言文字工作，张春桥同志报告筹备工作以后，继续解释了工作纲领的基本要点。接着，大会进行工作纲领和组织章程的讨论，到会会员和来宾代表都热烈发言，详细讨论，最后正式通过纲领和章程，交给理事会根据大会讨论结果修正公布（附后），作为晋察冀边区新文字运动指导边区文字运动的方向。通过提案之后，就进行选举，一致选出聂荣臻、彭真、宋劭文、萧克、吕正操、成仿吾、刘澜涛、郭任之、刘奠基、李常青、潘自力、邓拓等十二人为名誉理事，选出姚依林、沙可夫、丁思、张春桥、冯纪汉、荻原、于浩、康濯、步敏、邓予成、刘克明、张明如、黄鹏、郑红羽、叶苹等十五人为理事。大会在热烈情绪中宣布胜利闭幕。

【又讯】理事会第一次会议共推姚依林同志为理事长，选出张春桥、康濯、于浩、张明如、黄鹏五人为常务理事。

（《晋察冀日报》1942年7月11日）

新文字协会工作纲领

【又讯】该会发表工作纲领，大意谓：根据目前晋察冀边区具体情形，准备进一步全面地发展边区新文字运动，我们必须进行下面的工作：

一、团结全边区新文字工作者，并且从各方面进行关于新文字的宣传鼓动，在学校中用适当的方式进行新文字教育，在部队机关团体中按照自愿的原则成立新文字学习和研究的组织，本会可以设立函授性质的通信研究班，训练新文字干部。二、出版新文字刊物、课本读物、研究材料。三、研究中国语言文字革命运动的历史和理论，吸收过去运动中的经验教训，记录和交换推行上和教学上的经验教训，作为将来进一步计划工作、发展新文字运动的根据。四、收集和研究方言中的语音和文法的现象，找出语言文字的规律性，首先进行对于晋察冀边区各地方音和方言土话的调查研究和整理。五、和全国各地新文字团体、新文字工作者、进步的语言文字学者取得密切联系，交换经验，取得他们的帮助，促进全国新文字运动。

(《晋察冀日报》1942年7月11日)

新文字协会第一次常会决议

出版新文字刊物和课本读物　开办函授性质的通信研究班

S W

【本报讯】新文字协会常务理事会第一次常会，通过半年工作计划，主要有下列内容：（一）继续征求和登记会员。（二）进行研究和辅导工作。（三）着手编辑出版新文字刊物、课本读物。（四）辅导工作除了和北岳文救密切联系，在训练文化干部中增加新文字课程以外，协会还设立函授性质的通信研究班，欢迎全边区愿意学习新文字的青年、学生、小学教员、知识分子和各地干部来信参加。通信研究班的原则是，自由研究不收学费，自购课本和研究材料，手续简单，采用通信讨论研究办法，学员自己规定毕业标准和期限（学员不是协会会员，协会只负理论指导责任）。常会并决定出版新文字丛刊，提高新文字的工作者理论水平和指导新文字研究工作。

(《晋察冀日报》1942年7月11日)

晋察冀边区新文字协会章程

一、名称：晋察冀边区新文字协会。

二、宗旨：团结边区新文字工作者，研究中国语言文字的理论与实际，首先是边区的方言土话，促进边区的新文字运动为抗战建国服务。

三、会员：

（一）凡是对于新文字的理论有相当修养，曾经做过新文字工作，或者现在正在做着新文字工作，赞成本会的纲领章程，经过本会会员一人的介绍或者直接请求经过本会理事会的批准，就可以做本会的会员。

（二）各地方各机关团体学校中的新文字研究□□，凡是有固定的组织和经常的工作的组织，也可以请求加入本会做团体会员。

（三）会员有权利参加本会会员大会，有选举权、被选举权、创制权、复决权，并且有权利参加本会组织的各种新文字工作；如果有著作或者翻译的作品，可以请求本会帮助介绍出版或者发表。

（四）会员必须遵守和执行本会的纲领、章程、决议，按期交纳会费（会费暂时规定个人会员季费一角，团体会员季费一元），并且经常向本会报告工作。

四、组织：

（一）按照民主集中制的原则，由会员大会选出理事十五人，组织理事会。推选理事长一人，常务理事五人，分别担任研究、辅导、编辑、出版、组织等各项工作。

（二）各地方暂时不设立分会。

五、会议：

（一）会员大会每年召集一次，必要时可以临时召集。

（二）理事会半年召集一次。

（三）常务理事会三个月召集一次。

（四）会员的学术研究报告会暂时不定期。

六、经费：

（一）会员的会费。

（二）对内和对外的募集。

七、附则：

（一）本章程在会员大会上通过实行。

（二）本章程有不适当的地方仍由会员大会修改。

晋察冀边区新文字协会

一九四二年七月一日公布

（《晋察冀日报》1942年7月11日）

鲁迅文艺奖金第一季获奖作品

【本报讯】鲁迅文艺奖金委员会，顷将获得该会本年度第一季季奖的文艺作品评定，获奖作品共十三件：（一）文学作品。《区村及连队文学写作课本》（孙犁），《文学与文字批评》（柳茵），《红和绿》（儿童诗，田间），《浮定同志》（报告，沈重），《客人》（报告，蔺柳杞），《王祥》（报告，李蕤），《钢铁是怎样炼成的》（翻译，奥斯特洛夫斯基著，赵询译），《高尔基的美学观点》（翻译，腓亚力克著，沙可夫译）。（二）音乐作品。《少年进行曲》（周巍峙曲，邵子南词），《反法西斯进行曲》（卜一曲，胡海珠词），《生活在晋察冀》（王莘曲，红杨树词）。（三）美术作品。《八路军铁骑兵》（木刻，沃渣），《日兵之家》（木刻，徐灵）。

（《晋察冀日报》1942 年 7 月 12 日）

联大妇女文艺创作会号召开展边区妇女文艺运动

【本报讯】联大全体妇女同志发起组织了一个联大妇女文艺创作会，目的在提高妇女同志的创作兴趣及能力，该会已出过会刊《妇女文艺》三期。她们不但要发展联大妇女同志的研究批评创作工作，而且希望在她们的号召下，全边区的妇女文艺工作者、爱好者，也都能够组织起来，进一步开展边区妇女文艺运动。因此，她们已向抗敌剧社及西战团的妇女同志提出共同开展边区妇女文艺工作，并组织该两部分妇女文艺者的意见。她们相信在边区全体妇女文艺工作者的共同努力下，边区妇女文艺的开展，是有着光辉前途的。

（《晋察冀日报》1942 年 7 月 17 日）

文 艺 消 息

晋察冀边区文协主编的《晋察冀文艺》已出版四期，五六期合刊系诗专号，内有田间、鲁藜、红杨树、邵子南等十余人之诗作，不久即可出版。据该刊编者谈，今后将出版小说、批评等号云。

（《晋察冀日报》1942 年 7 月 18 日）

歌唱子弟兵的英勇斗争

军区政治部征求创作子弟兵军歌

膺

军区子弟兵在边区五年来的抗战中，表现了无比的英勇顽强，在全边区人民中得到了热烈的拥护和爱戴，我们子弟兵也感到了这种斗争的幸福。军区政治部为着歌唱这伟大的斗争和更多鼓舞我边区人民和军区子弟兵，特于七月十八日刊出启事，向全边区文艺和音乐工作者征求创作一支适合于子弟兵普遍歌唱的军歌，并略为提及关于歌唱内容要点如下：（一）发扬八路军共荣传统；（二）显示子弟兵的特点；（三）瞻望胜利的远景。歌曲形式以齐唱为最合用。应征时间为即日起至九月底截止。将来入选作品，特由军区政治部发给奖品。

（《晋察冀日报》1942 年 7 月 19 日）

创作子弟兵斗争史诗

军区政治部正式公布部队首次创作运动结果

文、音、美、剧中选作品共五十件

康敏

【军区特讯】自从去年中央文委、总政颁布《开展部队文艺工作指示》以后，军区部队热烈响应，遂于六月公布《军区政治部关于开展部队文艺工作决定》，并具体规定从八月至十月作为部队文艺创作运动时期，同时公布《创作规约》，各分区与直属各单位对于这有历史意义的号召均予以热烈的响应，积极组织推动。后因敌人秋季"扫荡"开始，绵延数月，遂使写作、集稿等工作均蒙受重大影响。军区主管机关为了坚决完成这一工作，重新确定一九四二年一月至三月在部队中继续进行并完成这一运动。在各分区、直属各单位以及各剧社和文艺爱好者的一致努力下，终于以三百三十四篇作品（包括文、音、美、剧）胜利地结束了这在军区还是第一次创举的"部队文艺创作运动"。

此次创作运动稿件评阅，极为谨严慎重。首先组织了文、音、美、剧各专门组的评判委员会，每件作品先经各组诸同志轮流阅读，后经集体讨论，挑出百余件初选作品在"五四"艺术节展览，吸收了观众的意见，各评委会又重新审查，并提供了具体意见，交由总评委会做最后决定。近已评定，入选者计有下列诸作品：

甲等——计廿二件

一、文学（报告、小说、诗）

《浑河岸上》（林兆南），《赵喜在樊村》（周自为），《杨如山》（叶曼之），《黎明之前》（孟瑾），《陌生的路人》（蔺柳杞），《狗》（胡可），《天真的悲剧》（洪水），《我们是夜班》（任清），《女工们》（鲁里），《粪车》（章襄），《爱与革命》（周奋），《连队生活诗章》（红杨树），《要活》（洪濮）。

二、音乐

《我们生活在这大时代》（鲁藜词，徐曙曲），《爱护村》（胡可词，陆灯、今歌曲），《舵手之歌》（戈风词，张江曲）。

三、美术

《忏悔》（二十二幅连环画——娄霜），《浇》（木刻——今之），《亲爱的土堆》（木刻——王及），《送粪》（木刻——飞虹）。

四、戏剧

《清明节》（胡可），《豹狼庄》（沈定华）。

乙等——计廿八件

一、文学（报告、小说、诗）

《工人生活的故事》（鲁里），《夏佰阳哪里去了》（洪濮），《枪》（周奋），《第七号病室》（徐逸人），《十八岁的第一天》（章斐），《小铃子》（方壁遗著），《踏上解放之路》（允良），《转变》（义勇），《警惕》（石琢之）；《可悲的记忆》（丹辉），《我们的家》（陈陇），《弟弟》（孟瑾），《红绿花》（既），《老乡生气了》（西），《我发现秘密》（佚名）；《街头诗二首》（歌焚），《植物油灯》（王荣培）。

二、音乐

《磨刀谣》（崔品之词，野九曲），《反对他》（刘佳词，陈群曲），《艺术小战士》（永康词和曲），《军民节约四唱》（红羽词，今歌曲），《解放的担子要自己担起》（戴玲词，陈群曲）。

三、美术

《救史良虎》（八幅连环画——王定），《田二狗还乡》（十幅连环画——王及），《自救》（七幅连环画——今之），《边区妇女》（木刻——赵润喜），《栽树》（木刻——王连明）。

四、戏剧

《年轻人》（硕波）。

据文艺科负责人谈：此次创作运动，一般成绩尚好，惟组织推动工作不够，没有形成更广泛运动，而战士作品亦未被组织进去，诚为美中不足云。

(《晋察冀日报》1942年7月22日)

征募图书启示

本会于七月十八日正式成立。为使各地图书得到适当之调剂与补充，便利于在职干部学习之进行，特向各界、各机关、团体、个人广募图书。凡关政治、经济、军事、哲学、文艺、历史、地理、物理、化学、数学、字典、辞书及一切□□大、中、小学教科书，均受欢迎。如蒙慷慨捐送，敬请寄交本会（由北岳区民众团体转）或各地分会及□学习委员会转达，以利读者，以利教育。

此启

晋察冀边区北岳区学习委员会启

(《晋察冀日报》1942年7月24日)

聂耳逝世七周年　延安音乐界举行纪念

【新华社延安十八日电】七月十七日为中国著名作曲家聂耳先生逝世七周年，又为人民音乐节，延安音乐界昨、今两日特分别举行纪念，并于昨晚假鲁艺举行座谈，曾就聂耳作品、生平、工作态度略加论列，特别指出他的创作方向是现实主义的、民族的、大众的，并互勉向聂耳先生学习。昨晨九时，文化俱乐部特召集延市音乐界同志座谈纪念，由麦新同志报告《聂耳生平》，并举行小型音乐欣赏。同时南区合唱团亦请吕骥同志报告《聂耳作品》，川口区二十里铺并举行民众露天音乐晚会，演奏民歌。又，延大亦于星期五纪念聂耳。

【晋西北二十一日电】晋西音乐界于十七日集会纪念中国音乐节及聂耳同志逝世七周年。上午座谈会上，对晋西群众性音乐运动的开展热烈讨论，大家纷纷提议，统一出版一音乐刊物，对组织音乐运动中的普及与提高问题有所论争。下午举行纪念会，到会五百余人，高唱聂耳遗作，会场充满激昂雄伟之歌声。军区政治部甘主任号召创作为群众喜闻乐唱之大众歌曲，对音乐运动由剧团开展，扩大到群众中去，使晋西到处充满鼓舞战斗歌声。后举行音乐大会，其中民间音乐与歌曲特别受到欢迎。

（《晋察冀日报》1942年7月24日）

改为旬刊的几句话（《子弟兵》副刊第56期）

《子弟兵》旬刊编者

本刊从这期起改为旬刊，每十天出版一次，在内容方面也准备使它更充实、更实际、更认真。报告些子弟兵生动的战斗、学习、工作、生活情形，在文字上也力求合乎读者不同的水平。

本刊是供给民兵、预备兵、学生、各界父老同胞和各界工作同志看的（同时也是供给部队同志看的）。

我们很希望大家能够有计划地读这个东西，并且希望经常地给我们提出意见。如果是哪位子弟兵的家属，和哪位关心子弟兵的人士，想要由我们向子弟兵转信，那是我们应当代办的，请寄来可也。

（《晋察冀日报》1942年8月1日）

军区政治部召开文艺工作会议

总结过去工作　确定今后方针

【军区特讯】军区政治部为了检讨五年来部队文艺工作，给予部队文艺工作者对工作各方面更深刻明确的认识，以加强今后工作的开展，特于八月五日召集部队文艺工作会议。出席者有各军分区文艺干事及剧社代表、军区文艺工作科全体同志、抗敌剧社及军区直属文艺小组代表等八九十人，会程共四天。会上，由宣传部潘部长报告《军区部队文艺工作总结》，政治部朱副主任报告《部队文艺工作方针》，聂司令员报告《关于部队文艺工作的几个问题》。并由朱副主任出席，为解答种种疑难，结果极为圆满。八日晚，由抗敌剧社演出奥斯特洛夫斯基名剧《大雷雨》。

在报告中，潘部长在总结过去五年军区部队文艺工作、第一次创作运动与政治攻势中部队文艺工作后，特别指出：加强对文艺工作的正确认识，是今后部队文艺工作上几个具体问题中的一个基本问题。其次，对加强文艺工作者的修养及关于文艺工作者的整风学习亦多所谈及。朱副主任则根据历次的上级指示、决议的精神和我们部队的实际情况，提出部队文艺的特点和具体任务、工作方针及部队文艺工作者的立场、观点和态度等问题，谓："像这样专门讨论文艺工作问题的会议，在军区还是第一次召开，希望同志们回去一定好好传达这次会议的内容，让文艺工作在新的阶段上很好地开展起来。"聂司令员将八路军对文艺工作的态度，解说极为精辟详明（原文见本期第一版中）。文艺工作者在部队中所居岗位极关紧要，并指出部队文艺工作者前途发展有充分自由，而目前大家都在创造与锻炼的过程，最重要的就是加强政治修养与生活体验，最后希望大家努力团结，加强阵容做法。

(《晋察冀日报》1942年8月13日)

鲁迅文艺奖金二季获奖作品公布

【文联讯】鲁迅文艺奖金委员会公布本年度第二季获奖作品如下：文学——《创作论》（理论，邵子南），《武老六》（报告，董红千）。音乐——《假声带之研究》（卢肃），《爱护村》（歌集，胡可词，张永康、今歌曲），《指挥手册》（翻译，萧河），《音乐与音乐家的故事》（翻译，萧河）。美术——《拂晓袭击》（布画，丁里），《陶瓷工人》（布画，李黑）；《村干部会》（木刻，秦兆阳），《运输队》（木刻，陈九）。戏剧——《灯蛾记》（剧本，崔嵬），《清明节》（剧本，胡可）。

【又讯】鲁迅文艺奖金委员会希望各界对该会工作多提供意见，并希望文艺作家踊跃应征，尤其是欢迎以对敌政治攻势，渡过黎明前的黑暗，及以中共"七七"宣言内容为主题的艺术作品（联）。

(《晋察冀日报》1942年8月16日)

北岳区学联主办的学生征文揭晓

入选作品共五十九篇

【学联讯】北岳区学生征文运动，于"五四"由北岳区学联发起后，各校学生即踊跃应征。各校学生会将本校全部稿件进行慎重地审查后，送交学联。计有：大学十五篇、中学一百三十六篇、小学二百五十八篇。七月初北岳学联即聘请何幹之、沙可夫、邓拓、刘奠基、田间、郭任之、冯宿海、康濯、吴江等十五人为评判委员，分大、中、小三部进行评判，经一月时间，全部稿件已评判完竣。并将入选作品公布（入选作品见本报报缝）。

附：北岳区学生征文入选作品①。

大学：《我的家》（孟真），《我工作了》（张自深），《学生军》⍁《我们的参战实习》（史仁），《津贴费的故事》（张天），《感激谁》（杨沫），《从河水说起》（王丹），《我的日记》（高中队杨明）。

中学：《打“遭遇战”》（一中曹国辉），《一个战斗的故事》（抗大附中绳惠英），《敌人烧了我的房》（附中杨松），《咬紧牙关度过最后的两年》（一中李永泰），《春季旅行记》（附中张全义），《演习》（一中李彩蓝），《小马》（二中孙立学），《一九四一年回忆记》（附中孟长海），《五四运动大会感想》（一中郝⍁续志先），《师生的爱》（二中康金英），《自由的园地》（附中路德），《反“扫荡”中一天的日记》（二中赵俊卿），《破交》（二中杨敬琦）。

小学：《雨天的日记》（完县高小齐大来），《我们的小组讨论会》（平山八完董锡章），《轮到我放哨》（云彪一高李光波），《夜袭□□据点》（完县齐凤山），《我们的生活》（云彪一刘□□），《⍁留下的仇恨》⍁《□七日的日记》（完县梁国亚），《勤劳的一片断》（行唐三完温清雨），《□□吉庆的被难》（平山八完韩士

① 按，此处59篇入选作品及作者均刊登于当日及次日报纸中缝，不唯漫漶不清，且因影印缘故，部分内容已被完全遮挡，无法一一准确识别，故只录其可识别者，无法识别者则据凡例用□或⍁代替。

亨），《春天好》（阜平八完顾守龙），《我是从敌人血手里逃出来的》（完县张学礼），《我们学生会的改选》（平山八完王志明），《给敌占区青年儿童的信》（行唐三完牛凤瑞），《春季郊游》（行唐三完李玉祥），《我的□痕》（阜平七完杨振申），《给□占区青年的信》（完县顾玉娥），《□寅），《给敌占区老乡们的信》（曲阳□完张翠英），《扰乱完人》（阜平七完杨振奎），《模范的小儿童》（完县鲍振东）。（敌）

（《晋察冀日报》1942年8月20日）

鲁艺文学院开始党风学习

【新华社延安十九日电】鲁迅艺术文学院学委会已规定自二十日起开始学习党风文件，并已编印《整顿党风文件研究计划》。该计划之着重点为对较负责的领导干部的要求，着重干部政策，干部相互关系，对党干部的团结以及其他具体问题的处理上有无宗派主义、本位主义的表现，而对一般干部则着重于个人利益及发展前途（如个人的艺术成就等）与党的集体利益的关系与思想行动上的自由主义、平均主义的具体表现。根据学风学习经验，个人反省尚感不够，今后需要特别强调反省。此外，还必须发动全体同志积极而彻底地批评领导方面的缺点与同志间相互不同认识的热烈争论，以达到比较深刻地掌握全部党风文件精神与实质。

（《晋察冀日报》1942年8月27日）

"九一"中国记者节

延安青记分会将扩大纪念　何云同志追悼会同时举行

【新华社延安二十三日电】第九届"九一"中国记者节,延安青记分会将于是日召集在延会友及从事新闻工作同志举行扩大纪念会。该会北方办事处主任何云同志追悼会亦将同时举行。闻,大会筹备会已决定纪念大会议程有博古同志报告《关于新闻工作问题》,杨尚昆同志报告《何云同志生前英勇事迹》,此外并敦请党、政、军各界负责同志讲话。报告毕即进行改选青记理事,会后进行会餐,并有精致晚会以祝余兴。

(《晋察冀日报》1942年8月27日)

音协、文协共同成立边区歌曲创作会

参加会员五十余人　已布置目前创作及研究工作

C

【音协讯】边区音协及文协为了提高边区歌曲质量,更有计划、有组织地进行创作,密切地配合敌后各种斗争,决定共同成立晋察冀歌曲创作会,参加者五十余人。成立大会于七月十九日举行,讨论之名称、任务、组织形式及最近工作,当场推举了周巍峙、卢肃、张春桥三同志组成干事会,负责整个组织领导工作。该干事会并布置八、九、十三个月的工作中心:(一)关于在创作的布置,计有四项,即一、解释中共中央"七七"宣言所指出的各种问题,说明咬紧牙关渡过黎明前的黑暗的基本精神。二、对敌政治攻势。三、子弟兵军歌,反"扫荡"中应用的歌曲,主要是写民兵的游击活动。关于这些创作的对象,内容应注意的地方,形式的大小,每项都有具体布置。(二)研究词与曲的关系及作者如何更好的合作。(三)按照地区、工作情形,将会员划分小组,并继续征求会员。(四)凡对于词和乐曲的写作有兴趣,又有些写作能力的均可直接向该会干事会报名(由晋察冀音协转交)。

(《晋察冀日报》1942年9月2日)

文化界整顿文风委员会编印《整顿文风参考资料》

决定分辑陆续出版

英

【文联讯】边区文化界整顿文风委员会,鉴于目前边区各文化文艺团体与工作同志正在热烈地进行整顿文风的学习。为了在这次学习中给予大家以更大的帮助,特搜集国内外革命导师及名作家各种论述文艺问题文章,编印《整顿文风参考资料》。为便于大家购买,分辑出版,每辑容量在一万五千字左右。由边区文化供应社发行。拟定第一批出版六辑,各辑内容如下:

第一辑(二角):列宁《党的组织与党的文学》,列宁《论文学》,鲁迅《对于左翼作家联盟的意见》。第二辑(三角):高尔基《和青年们谈话》。第三辑(三角):普利鲍依《我怎样写〈对马〉的?》,铁列捷珂夫《我怎样写〈邓熙华〉的?》。第四辑(三角):柏林斯基《论自然派》,杜勃洛柳蒲夫《什么时候才有好日子?》,治唐诺夫《批评家杜勃洛柳蒲夫》,吉尔波丁《普世庚纪念与文艺的气质》。第五、第六辑内容正从鲁迅先生、瞿秋白同志遗著中编选,不日即可出版。

(《晋察冀日报》1942年9月2日)

纪念中国音乐家聂耳　音协举行盛大音乐会

L

【音协讯】七月十七日为中国大众音乐家聂耳同志逝世七周年纪念日,边区音协特定于×村举行纪念音乐会。到文联、各协、联大文艺学院、联大文工团及三分区剧社诸同志三百余人,齐唱挽歌,并为聂耳同志及抗战中死难或病故的音乐工作者静默致哀。继由卢肃同志报告开会意义,强调指出在整顿文风中,边区音乐工作者如何向聂耳及黄自、张暑、任光等音乐家学习的问题。后有周巍峙同志报告聂耳生平及其创作方法与学习精神,并详细说明聂耳同志对于开拓中国新音乐运动的贡献,和他在大众歌曲的创作上所给予我们的启示等等。纪念仪式完毕后,即举行聂耳遗作及中外名作的演奏,有独唱、重唱、齐唱、合唱及口琴独奏、合奏、二胡、小提琴独奏等节目,甚为精彩,实为边区空前盛大的音乐会。

(《晋察冀日报》1942年9月2日)

边区文化界整风委员会决定加强整顿文风领导

丰富文风内容,加重学习方法思想指导,着手总结联大
　　整风学习,并特派人调查各地整风学习情形。

英

【本报讯】边区文化界整顿文风委员会根据工作日程,于八月二十三日召开第三次会议,因委员中有一部分同志已于日前参加其他工作,故到会者较前两次会议为少。会议内容,第一部分讨论"文化、

文艺工作者学习三风的态度、方法"问题，讨论记录拟于最近一期《文风》上发表，以供边区文化界同志参考。嗣后，在讨论整委会工作时，有如下重要决定：（一）整委会本身的文风学习，除了"学习态度、方法"与"文风"已讨论结束外，所余"党风""学风"决于九月份内学习讨论结束，以便准备检查工作。（二）为了在整风工作中整委会对边区各文化、文艺团体更多地侧重于学习方法与思想方面的领导，决定今后更进一步地加强编辑出版工作，丰富与活泼《文风》内容，加重学习方法、思想指导与反省检讨方面的文字，继续编印两辑《整顿文风参考资料》，内容从近日延安《解放日报》所刊载的各作家的关于文艺工作的意见，与斗争王实味等文章选取。（三）着手进行总结联大各院系、联大文工团、文联驻会工作人员整风学习，在《文风》上公布，流通边区文化界整风经验。（四）尽可能抽调人员赴各地进行关于整风学习的调查，不能派人调查的地区，加强通讯联络，切实搜集材料，根据情况及时指导。

（《晋察冀日报》1942年9月5日）

延安新闻界热烈纪念记者节

追悼何云暨新闻界殉国烈士　杨尚昆、博古同志均莅会讲话

【新华社延安一日电】延安新闻界今日下午举行大会，热烈纪念九届记者节，并追悼何云同志暨全国新闻界殉国烈士。会后进行聚餐，晚上分别在边区大礼堂、解放日报社举行电影、歌剧、跳舞晚会，千人参加，直至午夜始散。

【新华社延安一日电】今日下午二时，青年记者学会延安分会假军事学院大礼堂，举行第九届记者节暨追悼青记总会北方办事处主任何云同志及全国新闻界殉国烈士纪念会。杨尚昆同志出席，报告何云

同志生前英勇事迹，接着有博古同志讲话。杨尚昆同志叙述他亲眼见到的何云同志，在敌后艰苦英勇为党报奋不顾身的模范事迹。《新华日报·华北版》在敌后困难条件下建立了出版发行以至运输系统，培养了大批编辑、印刷干部，散布在晋冀豫至整个华北地区，这都是经过何云同志苦心经营的。何云同志把党分给他的新闻工作当作他自己的终身事业，他对这工作不仅是有兴趣、有决心，而且有能力、有经验，这就是何云同志之所以可贵及他的死之所以特别值得追悼的缘故。博古同志讲话的中心为新的报纸、党报及新的新闻工作者有它的新意义及条件。特别是在整风运动中，博古同志说："报纸是最广泛、最多，每天都能接触广大群众的，因此它应成为反对"党八股"、整顿文风的最好武器。"凯丰同志亦出席参加，此外尚有王若飞、罗锋、陶谦等同志及各机关学校通讯员、各报社记者、中央研究院新闻研究室全体同志、解放日报社及新华社工作同志三百余，会议仪式简单严肃。

（《晋察冀日报》1942年9月6日）

华北新华日报社讨论建立新文风问题

【新华社太行九日电】华北《新华日报》与本社联合召开的本区第二届通讯员大会，以反对新闻工作中的"党八股"，建立新的文风为基本内容。到会的八十一位通讯员，不但包括冀西、晋中、太南、漳北等地区的党、政、军、民的实际工作同志，而且有敌占区的战友和朝鲜国际友人。从二号到四号，全体在紧张的会议中，不分日夜地以新闻的真实性、具体性和深刻性，检查一年来的采访写作；加强政策的研究与掌握，加强新闻学习，也是大家的注意中心。大会认为通讯员新闻工作的"八股"表现，主要在把复杂问题简单化，抓不住本质与中心，反映范围狭小，对群众的生活与呼声反映不够，概念多于事实，形式则千篇一律，用语半文不白，有如小米饭搅砂子，令人难读。通讯员的自我批评精神不够，搜集材料没有照顾到全面，只凭个人兴趣报导，或在报上抄袭，形式生硬死板。对今后的具体改进办法，特别强调调查研究、区村采访与专门问题采访，与新闻著作的具体化、深刻化、通俗，创造新形式。

(《晋察冀日报》1942年9月11日)

边府干部努力整风学习 现已开始学习文风

郑佳

【本报讯】边委会整风学习，自七月份开始后，即造成反省自己、改造工作之热潮。现党风、学风学习均已告一段落，文风学习亦已开始，预计九月底全部学完。除整风学习外，业务学习亦占很大比重。最近各处并拟订半年业务学习计划，着重对当前各种实际斗争的研究，现已开始进行。

(《晋察冀日报》1942年9月13日)

鲁迅奖金再度悬奖

【本报讯】现在边区鲁迅文艺奖金委员会特别悬奖征求对敌斗争艺术作品，希望我边区艺术工作者多多创作此类作品，踊跃应征。应征稿件直寄鲁迅奖金委员会，截止期为大年□□□底。（文）

【本报讯】西北战地服务团近在雁北出演《程贵之家》《来人》等剧,深受当地民众欢迎。闻,该团最近拟开办一训练班,训练一批乡村文化娱乐干部。(子祥)

(《晋察冀日报》1942 年 9 月 18 日)

"山社"主编大型艺术杂志《山》将于最近创刊

【文联讯】晋察冀文艺、美术、戏剧、音乐等四个艺术杂志停刊后,边区艺术工作者与爱好者均深感读物缺乏。近闻边区艺术界一些同志发起组织一"山社",发刊一种综合艺术杂志《山》,月出一册,在三四万字之间。编辑人有沙可夫、秦兆阳、卢肃、孙犁、韩塞等。内容力求配合当前政治任务,包括理论研究、翻译介绍、学习指导讲座、文艺创作(占三分之一量)等项。该刊于鲁迅逝世六周年纪念日创刊。

(《晋察冀日报》1942 年 9 月 22 日)

冲锋剧社深入敌占区出演

水林

【本报讯】九月二日夜,我×分区冲锋剧社,深入敌占区,在十一个据点与堡垒之间的×村,出演短小通俗的《熬过两年》快板对唱和独幕话剧《张大嫂巧计救干部》。因为白天敌人从这村抓去二百五十个伕子,看戏的多是老头与妇女,他们非常感动,竟然兴奋得大声叫好,热烈地鼓起掌来。歌咏《偷偷地把它们杀干净》《娃娃兵二五眼》《保护抗日工作员》等,亦深得观众赞许。一个钟头内演出完结,观众印象很深,几个老太婆对着几个女演员,特别表示称赞感叹。第二天下午,被抓去的二百五十个伕子还没放回,敌伪二十余名也到这个村子来进行宣传,临走还捉去了老百姓的八只鸡。该村民众对他们的"鬼话""丑态",莫不痛恨咒骂。

(《晋察冀日报》1942年9月22日)

青记延安分会工作活跃

进行学术研究出版《新闻通讯》
并举办记者学术奖金鼓励写作

【新华社延安二日电】青记延安分会于一日下午假解放日报社举行第二次理事会。会上除讨论分会会章及会务、学术、组织各股的工作计划外,重要者为本月举行学术报告及座谈会一次,研究边区各地方报纸与《解放日报》社评,访问通讯部,合编专刊《新闻通讯》,设立学术顾问,积极筹组各分区青记通讯处及记者俱乐部,举行记者晚会等。另外,为了促进与推动新闻通讯及学术论文的写作,特决定举办青记延安分会记者学术资金,每日评定通讯、新闻、专论等三篇,每篇发给奖金三十元到五十元。办法是边区各报纸所登载之通讯、新闻,经该会理事会及各报社通讯小组、文化机关评判委员会审查批准,发给奖金。选稿标准为,对抗日根据地陕甘宁边区的各种建设的通俗简洁的文字,写作生动的,与实际生活有密切联系,对群众有教育和推动作用者。现评判委员会正在聘请中。该项奖金拟在十月份就开始举办。

(《晋察冀日报》1942年10月8日)

抗大总校的教育成绩展览会

【新华社太行二日电】抗大总校教育成绩展览会,自"九一八"起,连续展览四天。各展览室陈列四个月来文化教育、整风学习、时事、策略教育,军事教育,政治工作,生产卫生建设等成绩。其中以十种教案、教育心理、对象了解、连队政治工作、思想意识解剖及二十几个村××会调查研究特别引人注意。许多同学和教员、政治工作人员,成天在室内研究分析、做笔记,座谈讨论,交换经验,反省自己,把展览作为深入整风学习,改进教学工作的场所。此种以培养反攻建国干部为方针的教育工作,给三千观众以莫大兴奋。敌占区同胞参观后,对人说:"八路军确乎有力量,有办法,二年胜利不是假话。"

(《晋察冀日报》1942年10月8日)

阜平妇女的文化生活

王巍

过去,在这个村庄零落、地区辽阔、为群山所阻塞着的阜平,妇女的文化生活,是谈不到的。事变前,在这里很少看到有为妇女专办的学校,或者学校中有过上学的妇女。一般大都认为女子上学没有用处,让一个姑娘上学,不如让男孩子上学可以求名求利,至少女孩子上学是与她的父母的生计,与她父母的穿衣、吃饭不关紧要的。女子嫁到婆家以后,仍然去当她公婆、丈夫和锅灶边的侍候者。"人活一辈子,谁不是为了吃穿?寻上个婆家,跟着人家过吧!"有一次,一个妇女这样告诉我。环境造成了阜平广大妇女的愚昧与无知,她们不会,也不能说出或想出别的事来。

据统计，事变前，阜平全县上过学的妇女（本县的和外边的）有七十多个。在阜平的十九万人口中，这是多么渺小的一个数字呵！这里边程度最高的要数师范生了，其余的有初中的几个，其次都是高小和初小生。这些人们之所以有读书的机会，都是因为家里有钱，都是富有者的子女们，而到了本县西北部和西南部，那根本就找不出一个认字的女子来。

抗战以来，由于妇女有了健全的组织和抗日民主政府的领导，才建立了为妇女所久久羡慕、久久渴望着的民校。在起初，有的妇女感到这是一种负担，但，现在她们已从这种错误的认识，进而积极地走向民校，和参加一切识字运动了！在一九四〇年，阜平曾创立了一百多所民校，这一年，空前地提高了阜平妇女的落后的文化水平，特别是青年妇女得到了很大的启发！那些忍着饥饿、继而挨着顽固父母们打骂涌入民校的姑娘、媳妇们是很多的。从那一年起，至今二年来的过程中，妇女们在缝洗操作中，挤出时间来学习，逐渐扫除了妇女文盲，有许多妇女自己锻炼得能记账和写信了！如三区北果园韩静兰以前根本没有上过学，后来逐渐学会替她父亲看信、记账了！这样的例子在其他区村是很多的。最近，我们做了两个村庄妇女的识字测验，在上平阳十一个妇女当中，认识字在十—五十的有四个，三百—四百的有三个，五百——一千的有两个；在广城十一个妇女当中，认识字在十—五十的有三个，五十——百的有一个，一百—二百的有四个，二百—三百的有一个，三百—四百的有一个，四百—五百的有一个。这就说明，两个村二十二个妇女，没有一个妇女是不识字的了！

从以上测验当中，我们看出了，民校对于妇女文化生活的促进，对于妇女文化水平的提高，是起了相当作用的。其中识字最多的是青年妇女，她们学习的积极，学习情绪的高涨，是不可遏止的。她们宁愿把自己用劳动换来的几毛钱去买书，在夏天宁愿牺牲午睡去上学。上学的情绪高，教师自然也就起劲了。自九月份以来，秋收已经开始,但据全县七个区的统计,仍有三十多所民校在坚持着。

九月十五 阜平

(《晋察冀日报》1942 年 10 月 10 日)

鲁艺文学院党风学习造成空前热潮

【新华社延安三日电】鲁迅艺术文学院党风学习开始时,学委会□□□多项党风文件,学习者能够深刻地学习文件内容,并翻印各种有关党风问题之文件,讨论中央增强党性的决定总结中的几个问题及总支委收集、整理之有关整顿党风的实际材料。其内容包括:干部政策、领导工作,党员与非党同志、鲁艺与鲁艺以外的艺术界的团结问题,党员与党、个人与全体的关系问题,民主与纪律及怎样正确地进行党内斗争,反对平均主义等五个部分。各部当即按照学委会的指示,广泛地向全体同志征收问题的材料,两周来收到意见一千三百余条,开该院创办以来提出意见之新纪录。经数次热烈的讨论会、反省会、座谈会的研究和论争,目前又造成了热烈的浪潮。最近将召开大讨论会进行彻底的检讨。

(《晋察冀日报》1942 年 10 月 12 日)

中韩文协开成立大会

【重庆十一日电】中韩文协成立大会于十一日上午九时在广播大厦举行,由孙科主席□到白崇禧、冯玉祥等及韩国临时政府主席金九、外交部长×××、韩国光复军总司令李青天、副总司令金若山等四百余人。大会于中韩两国国歌声中启幕,由主席孙院长致辞,咸望该会成立后能负起沟通中韩文化之重任,奠定东亚及世界和平之宏基。旋即讨论会章,通过大会宣言,并敦请戴季陶、冯玉祥、白崇禧、郭沫若、周恩来、于斌、李青天(韩)、赵素昂(韩)等为该会名誉理事。选举孙科、吴铁城等为理事,王世杰、马超俊等为监事。

(《晋察冀日报》1942年10月14日)

中苏文化协会举行苏联问题讲演

【新华社延安九日电】渝讯:中苏文化协会举办之苏联讲座,最近举行有系统之苏联问题演讲,讲题包括苏联文学、苏联农业等问题。该会刊物《中苏文化》扩版计划业已实现,除出《中苏文化半月刊》外,拟加出《中苏文化半季刊》一种。半月刊偏重与中苏两国有关之时事论文及文艺作品等文字,已出二期。季刊即偏重中苏两国历史及学术之论著,现第一期正集稿中。又,该会举办之苏联妇女儿童影片展览,在大后方各城市中已引起人民极普遍之欢迎。贵阳中山公园仅举行三日,观众已在万人以上。目前已有许多城市纷纷致函该会,要求将苏联人民生活照片迁往展览。

(《晋察冀日报》1942年10月15日)

边区新文字协会研究北方话新文字方案

并开办新文字通讯研究班

S W

【文联讯】边区新文字协会最近正进行研究新文字方案的写法和

文法的问题。该会出版的《新文字丛刊》第一期所发表的《对于北方话新文字方案的意见》已引起会员及新文字工作者的讨论，接着第二期又出版讨论北方话新文字方案的写法问题的专刊，已获有若干确切的意见。关于组织方面，该会现有百二十余人，多是各团体、机关的干部。现该会已发出通知，要求会员在干部调动与分散的情形之下，仍然和该会保持通信联系，向该会报告研究工作情形。该会又开办新文字通信研究班，已有学员十余人，已分别调查学员的新文字程度，以便进行辅导。现仍欢迎各青年学生和干部参加。

(《晋察冀日报》1942年10月23日)

太行区日人反战同盟支部国际剧团工作活跃

曾到据点附近演剧四十六次

【新华社太行十八日电】此间日人反战同盟支部所组织的国际剧团，于参加此次对敌政治攻势期内，在敌据点附近村庄出演话剧四十六次，向碉堡内敌兵喊话三次、通讯四次。他们并以乡亲关系，邀请敌兵看戏，敌兵为伟大友情所感动。此国际剧团出现于环境险恶的敌村庄，给敌占区群众、士绅以极大的兴奋。在某地召开的一个两百余位士绅的大座谈会上的公演中，使来自敌占区、友区与各县的士绅，对于八路军与日本战友的团结，认为奇迹而惊异。宣传两年胜利，介绍在华日人反战各团体、陕甘宁边区日人自卫军的组织情形，均为他们此次的宣传中心。

(《晋察冀日报》1942年10月27日)

全国美术展览会将在陪都举行

【新华社延安十五日电】渝讯：第三次全国美术展览会定于十二月二十五日在陪都举行。该会于日前在教部举行筹备会议，讨论美展征集出品办法等重要议案，决定展览品类别，计为：一、书画；二、雕塑；三、建筑设计及模型；四、工艺美术各种图书设计及摄影等。

（《晋察冀日报》1942 年 10 月 28 日）

我们在"爱护村"演出

邢也

在敌人的"爱护村"，四周一里半里密布着王八窝的"爱护村"，丝毫不能阻止我们的演出和其他宣传活动。到今天，两个星期的工夫，在不同的村庄，我们已经胜利地演出了六次。每次演出时间都在三小时以上，演出的节目有话剧、快板、歌咏和口琴、独唱等一些小节目，每次到的观众总有五六百人，有一次多至八九百人。

×日那天，是我们第×次演出。

太阳下山去了，我们在×村（"爱护村"）借着夕阳的余晖迅速地化好了装，擦黑的时候，我们这些演员从炮楼旁边走过，到了××村演戏的地方。那时那里看戏的老乡们已经到的不少了；在黑暗中走动着、蹲着，当我们点着灯的工夫，周围几个村子的老乡们都成群地来了，连那些不常走动的老太婆都带着她们的姑娘、媳妇走来了。有一个脱掉了牙齿的老太婆对她的年轻的媳妇说："不怕，听说是咱们八路军演戏……"

在那个地方，时间是非常宝贵的，观众到齐了，讲话和口头宣传就开始了,几百观众都静下来;他们都知道八路军的话都是对他们有好处的,都在一字不放过地听着,听着。

讲完话,节目紧接着上演了,在那没有台子,也没有幕布的场所上演了。第一个节目是《熬过两年》(快板对唱),无数的面孔都含着笑,一动也不动地听。从那直着耳朵的神情上,可以看出每个人的心都在追随着每一句每一字的节拍和声响,都在领会着每个字句的含意。这个戏刚演完,在那结束的刹那,观众中忽然发出不约而同的会心的笑声。在笑的尾声里,有一个和老汉(剧中人)同样大年纪的老汉自言自语地说着:"唉!这个老汉的日子真苦哇!"我们一个同志当时问一个老太婆懂不懂这个戏,她说:"怎么不懂呵!这跟咱们的事还不是一样。"节目之间没有半分钟的间隔,第二个节目是一个话剧《熬着吧!》,人们大概是感觉到剧情的描述和他们的遭遇没有两样吧!看他们彼此不语,前后相顾着,不知思索些什么,当演到赵大娘(剧中人)苦述她的生活时,在黑灯影里的一个老太婆忍不住流下两行眼泪,流着泪对一个年轻的妇女说:"就是说的咱们……"

这个戏演完,接着就是简短的口头宣传,和一些小节目,接着《打特务》(话剧)就开始了。在演剧的过程中,渐渐地把刚才那场悲惨的空气变成愤恨,这种愤恨是积郁很久的了。当特务李大昌(剧中人)被老王(剧中人——一个八路军)打死时,由观众中突然发出一种声音,是积郁在内心很久而今天一齐发出的声音,这足以表示敌占区老百姓对特务汉奸恨得入骨了。接着又是一片愤语:"打得好!打得好!"——这是由牙缝儿里攒出来的话语,在这话语还在断续时,底下的戏——《张大嫂巧计救干部》又开始了。每个人对张大嫂那种羡佩的流露,怕只有当时那无数活泼、聪明的眼睛的转动才能形容吧!

我们的唱歌是最后一个节目,那时是月亮上升的时候。半夜,静极了,我们的歌声显得格外响亮,人们的心兴奋得忘掉自己是在什么地方了。这是我们共同斗争的吼声，表示着我们无穷的愤怒和胜利的信心。那边炮楼的敌人，是一定会听到我们的歌声的。

我们的演出传遍了敌占区每个村庄，传遍了每个被敌人压榨的人们的心。其余几次的演出，观众一次比一次到得多。我们演出的节目也因每个村的具体情形不同（发生的悲惨事件不同）改换了新的宣传方式方法和不同内容的节目，因之收到更大的效果。在演出上真实地反映敌占区的生活，和具体地表现了不同村子的不同痛苦事件，这是我们这次工作中的新的收获。

(《晋察冀日报》1942年11月5日)

抗敌剧社的孩子们

洛灏①

我看到在八路军里成长的孩子们！

十五个，五个女的，十个男的，最大的十八岁，最小的十四岁。现在，他们参加抗战，大都已经四五年，最晚的也已经一年多了。

在几年以前，他们有的是放羊或者打柴的，有的在学校里念书，有的是一天到晚只知道玩的野孩子，而有的还提过烧饼篮子，有的还给伪军当过小勤务兵。今天，今天他们都在一起学习艺术，学音乐和演戏，学书画或写文章。人们都亲切地称呼他们是"文艺娃娃"或者《少年鲁迅》。

在几年以前，他们里面绝大多数是不识字的，现在他们最低限度

---

① 洛灏，原名许彬章，江苏无锡人。1937年参加上海职业界救国会。1938年入延安陕北公学学习，在晋察冀边区西北战地服务团、拓荒剧社、抗敌剧社从事文艺工作，历任《晋察冀日报》特派记者、《人民日报》记者、驻苏记者。1942年开始发表作品。"洛灏"报纸原作"灏洛"（竖排），疑为误排，今改之。

都能看报和写笔记，算术他们已学完括弧、小数而学分数了。为了练习写作，他们自己出版了一个壁报，名字叫做《少年鲁迅》。

《少年鲁迅》，现在他们已经出版了第六期了。十五个"少年鲁迅"，他们在自己这个壁报上发表自己的小说、诗、报告、画、歌曲。我常常看到负责编辑《少年鲁迅》的赵朋、郝仁，他们认真地给大家改稿子和计划作版。刚出版的时候，有些同志是不敢写稿子的，而现在连那个文化水平最低的宋玉田，也能写好几百字的小故事了。

他们创作了不少歌曲，在《我们的歌》四期的时候还出版了一个《儿童习作专号》，这些歌大都是他们《少年鲁迅》第三期的作品。他们自己也写剧本，"九一八"演出的《小玲子》就是其中很出色的一个。

他们对于工作是那样的严肃认真，在今年排演《清明节》的时候，你可以看到他们在院子里、在村边，他们单独在研究自己的角色。在工作到来的时候，他们几乎沉浸在一种异常刻苦的艺术生活里。那个长得最瘦的陈雨然，是从冀东来的孩子，在《清明节》里他演那个倔强而受苦的孩子小二。

孙玉雷是这里面长得最矮，也最健康的小同志，现在十五岁，他是霸县人，他和他的哥哥一块很早就参加冀中人民自卫军了。十二岁的时候，还是一个游击队长的勤务员，哥哥也就在这个连里当战士。

今年五月的时候，突然在一个地方遇见了他的哥哥，他们俩几乎不认识了，因为离开了好几年，我们的孙玉雷长高了。哥哥很忙，临走的时候给他说："你好好进步吧，抗战胜利了，咱们一块回家看看妈去！"孙玉雷没有讲话，眼睛送他哥哥走了以后，他也回来了。有的小同志看见孙玉雷皱着眉头，于是说："孙玉雷看见了哥哥，想家了。"他也没有回答。

几天以后，我见他那天日记上这样记着：

"哥哥告诉我他已经是个共产党员了，那么我呢……我还没有呵……"

他好学习,为了要赶学五线谱,他可以一个人坐在树底下看一天书,甚至有时候连吃饭也忘记了。

有一次是在靠近封锁沟的村子进行演出工作,堡垒上不断打枪,我看见我们年纪最小的小女同志站在我的旁边还在给老乡宣传。

华江,才十四岁,去年这个时候才参加八路军,我看见她和老乡说完话了,机枪也更响起来了!

"华江,要是现在敌人来了,你给敌人捉去的话,你怎么办呢?"

"死哪!"她毫不踌躇,很干脆地回答我。

"但是,敌人抓去了不让你死,给你东西吃,给你衣服穿,还给你糖吃,那么,华江,你怎么办呢?"我看着她不高的身影,我想,"一个十四岁的孩子将会怎样回答我呢?"

"怎么办?"她好像这是用不着问的。这对于她似乎是一件太容易解答的问题,她接着说:"怎么也不理他,有机会就找死,这还不可以呵!"

"可以。"我跳起来了,我想这是一个勇敢的孩子!

她接着说:"反正怎么也不当俘虏呵!"

他们每个人都爱听故事,有时候看见你的时候,他们就会自动地围拢来给你说:"给我们讲一个故事吧,讲一个勇敢的故事!"

在今年二期政治攻势的时候,他们有四个人活动在五台石咀附近的"治安区"里,一个月演出了二十多次。有时候就只离敌人几里地,他们就唱歌、演戏、写标语,要他们回来的时候,他们还说:"回去做什么,这里多有意思呵!"

孩子们都是喜欢勇敢的!

(《晋察冀日报》1942年11月13日,《子弟兵》副刊第64期)

桂林剧坛活跃

新中国剧社出演《巡按》

【新华社延安八日电】桂林讯：此间剧坛近来转形活跃，新中国剧社近演出果戈理《巡按》及沉洛①之《重庆二十四小时》。该社系由一群戏剧工作者独立经营，在种种困难条件下，努力演出，颇受观众欢迎。又自湘剧莅桂后，曾多次演出，节目有《宋十回》《红书宝剑》《三国志》，及田汉作之《江汉渔歌》《工桥之战》，欧阳予倩之《梁红玉》等剧，尤以高腔戏引起当地文化界之兴趣。田汉近创作甚忙，现正以抗战中童子军服务功绩为题材，写《黄金时代》，此外并为新中国剧社写一剧本名为《穷追一万里》，为湘剧写《武松》。于伶近亦努力写作，已成《长夜行》，现又着手写《杏花春雨江南》。

【新华社延安八日电】渝讯：国民党中央文化运动委员会，近决议重要事项：一、统一文化运动机构，加强指导。二、普遍各地文运组织，开展地方文化工作。三、协助有关机关组织西北文化考察团。四、推进边疆文化工作。五、协力推行军中文化运动。六、请教部增设文艺教育委员会。

（《晋察冀日报》1942 年 11 月 14 日）

---

① 按，"沉洛"疑为"沈浮"，或是沈浮之笔名。沈浮（1905—1994），剧作家、导演，原名沈吉安，又名沈哀鹃、百宁，天津市人。1941 年后创作电影文学剧本，编创有话剧《重庆二十四小时》《金玉满堂》《万家灯火》等。

边区新闻界成立记者俱乐部

林英

【本报特讯】十一月十四日,边区新闻界在边区青记学会领导下,正式成立记者俱乐部。其成立意义:(一)彼此交换新闻工作经验;(二)研讨时事问题;(三)推动记者业务学习;(四)进一步活泼记者身心,从精神上准备反攻实力。到会有:本报编辑、通讯部诸同志,《子弟兵》三日刊全体编辑同志,晋察冀画报社代表,并请有于力教授参加。在一种活泼和愉快的心情下,由记者俱乐部筹委会报告了筹备经过和工作计划,略加讨论以后,即选出周遊等五同志为俱乐部委员。继着就斯大林在十月革命节庆祝会上的报告及同盟军在北非登陆问题举行时事座谈,继请于力教授报告在敌伪统治下的北平新闻事业及报人生活。于先生以清澈而讽刺语调报告了敌伪对新闻事业残暴摧残和统治的无耻的丑行。余兴过后,始圆满散会云。

(《晋察冀日报》1942年11月17日)

晋西北设鲁艺分院

【新华社晋西北十四日电】鲁艺晋西北分院已于鲁迅逝世纪念日(十月十九日)正式成立,并由行署聘定欧阳山尊同志为院长,贺龙、林枫、甘泗淇、罗贵波、周文、杜心源、亚马等同志为董事,贺龙同志为董事长。现在积极筹备,不日即将开始招生,定明春正式开学。

【又电】为团结更多的文化工作者,更进一步展开晋西北文化运动，最近由周文等二十余同志，发起组织根据地文化社，广泛征求社员。

(《晋察冀日报》1942年11月19日)

华中敌后文化界动态

【新华社华中二十四日电】全国文化工作者先后来华中敌后，或从事文化艺术活动，或直接参加实际斗争者甚多。自太平洋战争爆发后，港沪文化人更接踵而至，均散布于各抗日民主根据地。知名者有经济学家薛暮桥，为抗大华中总分校政治部副主任。骆耕汉为盐阜区行政公署财经处长，兼盐阜区银行行长，此次又被选为该区行政委员。国际问题专家钱俊瑞为新四军政治部宣教部部长。作家孙冶方与贝叶同为中共华中党校教员。教育家白桃为盐阜区文教处长。小儿科专家沈其霍在皖中根据地创办华中医学院，彼为院长。自然科学家孙克定从事军事工业之研究工作。名记者范长江来根据地后，积极开展敌后新闻工作，青计华中办事处筹委会及盐阜区分会，前已在其领导下成立，新华社华中分社又在其努力下组成，彼即为社长。重庆《新华日报》记者刘述周，原为《江淮日报》编辑主任，现在淮海区工作。高扬现为苏中《抗敌报》编辑。包子静为《新路东报》主编。作家夏征农任新四军第一师秘书。黄源为鲁迅艺术学院华中分院主任，后为《新华报》副总编辑，现住文化村从事创作，并将编一综合性杂志。幸人为第四师宣教部长。李一氓现任淮海区行署主任。文艺理论家蒋天佐原为鲁艺教授，现深入农村，从事群众工作。诗人蒲风今年七月在津浦路西病故。艾寒松等编青年读物《大众知识月刊》，艾氏且任职盐阜区文化处长。亚丁为第一师宣教科长。林淡秋为苏中文委，经常创作短篇。《静静的顿河》译者金人，原为苏中《抗敌报》主编，现为苏中行署军法处长。戴平万曾在苏中区主编《抗敌文艺》，现为苏中文委。戏剧家阿英今春来苏北后，积极创作《宋公堤》，已写成，不日由新四军鲁艺工作团演出，现正开始创作四幕剧《新四军史》。殷杨原为军法处长，现任华中局文委，领导戏剧及一般文化工作，此次盐阜区参议会上，彼又当选为参议会驻会委员。作曲家贺绿汀，原为鲁艺音乐系主任，作有《一九四二年前奏》，现住文化村从事创作。孟波为第三师鲁工团主任。音乐家何士德现为新四军鲁工团团长。画家胡考亦住文化村。木刻家赖少其，在苏中亦常写报告文学。此外，尚有考古学家吕振羽、日本问题专家张百川、舞台装置专家池宁，均在此间工作。

（《晋察冀日报》1942年11月25日）

延安《新文字报》革新内容

【新华社延安二十二日电】此间《新文字报》根据各方意见，现已彻底改版，成一专门性的扫除文盲的报纸，并帮助本年冬学教育。内有初级读物看图识字、新文字运动、边区社会新闻、文艺、小故事、小常识、时事谜语等；形式由楷体字改成草体字，有插图，排版生动活泼。

（《晋察冀日报》1942年11月25日）

敌寇奴化统治下的北平出版物

天一

【北平通讯】在日本法西斯暴力的摧残与压制下，目前北平、天津等大都市已无文化可言。各种刊物内容，大体可分为以下几种：

一、敌之武断宣传与奴化思想，自日本文告起至大小汉奸之附和言论皆属之。此种"大东亚主义""新民理念"等滥调充满各种出版物，即一本文艺杂志的首页，亦必载一篇《治安强化宣言》，已成官样文章。其内容辞意，芜杂如牛毛，甚至中日杂凑的名词，连篇累牍，早已不复为读者所留意。

二、僵死的封建意识之复活，自各种武侠色性小说至各种汉奸唱和诗词皆属之。其中有的神怪百出，有的荒淫无耻。令披阅者如深夜巡行鬼魔殿中，几无复人世气味。最有趣者，为某杂志曾登载一《日满结婚放谈会》的对话，参加人有日本的兴亚通讯社的代表，有当女子中学校校长的中国女人，也有当女塾管理人的日本女人。座谈会中，主要在提倡日满"协和"精神，互通婚姻，其中充满了对女性的公然污辱（如令中国女子学习日本女子对丈夫之奴隶式的忠实恭谨等），甚至讨论到性交问题，日本人公然征询座中女性之意见，引起满堂哄笑。类此事件，在平津等都市经常出现（如日本人主催召集出名女优与娼妓座谈等）。

三、颓废思想与抑郁愤激情绪之暴露，此多见之于一部分文艺作品中。这是敌区刊物中，唯一的值得注意的一部门。此种文艺作品在敌人刺刀尖的监视下，得以印行，当然不会有什么反抗敌伪黑暗统治的思想的表露。唯作品主题或采取都市劳苦阶层人民之贫苦生活，或描写上层汉奸统治阶级之倾轧与荒淫，虽多含悲哀与颓废思想，但多少尽了些暴露法西斯统治下之都市黑暗生活的作用。如在一本文艺杂志上有题名《暮》的一篇小说，描写某交通次长，因缘自己的老婆得爬上去，后因"中枢改组，B系要人下台"，因而遭受了破灭的下场。又有些很出色的漫画，描写都市某部分人们的麻痹生活。如在天津的大街上一摇一摆的大胖子，挺着大肚皮喊"嘛事，谁欺侮咱哥们啦？"显得十分威风。又如守着天津卫的、特有的大茶碗大茶壶的人们终日闲坐，人形埋没在那种特大的茶壶茶碗的安闲里。其他如街头抽签的，都市夜中的妓女等，作品中流露出一种绝顶的悲哀，同时也流露出作者对这些麻痹的人们的憎恨。这些作品受压抑的、愤激的及有某些向上成分的情绪，可以由题名《火》的一篇表示出来：

"……在严密的监视下，造成人们对于火的爱好……最过瘾的，就是放野火，仿佛是红浪，顺风流转，这该是世界上最美丽的东西……在两年前我才真正和火认识……直到现在，在我稍微懂得了点，所谓人生的时候，我更热烈地爱着火了……"

在法西斯的奴化思想与复活的封建意识的混合空气下，读者可以想象得到，平津各大都市的广大青年是感受着多少苦闷、悲哀与抑郁的情绪。不管敌伪的各种武断宣传、欺骗言辞怎样在那里散播漂浮，且一种巨大的向往真理、向往光明的思想的潜流是在那里发展着、澎湃着，我们从上面的一部分文艺作品中所见到的，不过是透过敌人所允许的形式表现出来的这一巨流的一个微小的波纹而已。敌占区城市文化诚然是无知、荒淫与沙漠似的荒凉，但为六年来的战争历史所推动了的广大人民（尤其是青年一代）的正义感与向上心理，是永远不会为法西斯暴力所长久压制下去的。

（《晋察冀日报》1942年12月3日）

发 刊 词（《北岳学习》副刊第 1 期）

我们北岳区一万多个在职干部在整风学习的大学校里，像在其他战线上一样热烈紧张地进行了战斗。中共中央整顿"三风"的伟大号召，已经变成了我们的实际行动。由于干部思想方法的改造，加强了我们科学与民主的思想阵地，进一步增强了我们对敌斗争的力量，并使我们根据地的建设工作得到新的成绩。这是我们在思想战线上坚持敌后斗争和积极准备反攻实力的伟大胜利，是北岳区干部学习的新纪元。

但是，我们是否已经完全满足了呢？我们还不能以现有的成绩为满足，现有的成绩比起实际斗争的要求还差得远，还需要我们更大的努力。就以整风学习来说，不少的同志还没有从教条主义的束缚中解放出来，学习与工作、理论与实践之间还存在着相当的距离。至于业务学习和文化学习，今天还是初创的阶段，我们的经验还不多，许多实际问题需要我们研究和解决。

我们深深感觉到需要一个经常出版的刊物，作为指导学习的工具。通过这个刊物加强对运动的具体领导，交换工作上、学习上的心得和经验；通过这个刊物的传播，使某地犯过的毛病在另外的地方不再重复，使某地的创造在其他地区发扬起来；通过这个刊物研究干部学习中的各种问题，使那些急待解决的问题得到及时适当的解决，把我们北岳区的学习运动向前推进一步，全面地、深入地开展起来。

因此，学委会决定出版《北岳学习》。

《北岳学习》是石印的《学习》改成的，基础是不很强大的。要把它办得好，依靠我们全体同志的努力，经常地替它写文章，寄通讯，提意见，把关心、爱护和培植它当作自己不可少的责任，使它成为推动我们学习运动的有力的武器，成为我们学习运动的胜利旗帜，飘扬在我们坚强的思想阵地的上空。

(《晋察冀日报》1942年12月3日)

延安青年艺术剧院的党风学习

【新华社延安一日电】青年艺术剧院在党风学习开始时，即订出计划：（一）扫除个人与组织间的糊涂观点；（二）消灭排内性，内部更加团结；（三）加强和其他艺术团体的联系。自进行学习到现在，不但在认识上，而且在行动上有了进步。过去有少数同志把组织当作个人，当组织处理问题不合他的趣味时，就在背后乱说话，并针对着某个领导同志发牢骚。现在他们认识了代表一定组织的上级，是不能把他当作个体，当作"某某人"，并应该尊重他，也就是尊重组织。曾经用雇佣劳动的观念来对待工作的，现在知道了那是个人主义，某些同志不服从组织的行动，亦已克服。过去剧院内部各部门间，也有不协调的现象，某人对某人有成见，现在他们反省了，为什么对个人抱成见，为什么不去主动地接近。因此经过党风学习的青年剧院，上下级更加亲密信任，加强工作积极性，内部更加团结。在生活纪律上，也表现了集体精神。另外在艺术与政治，戏剧运动在革命工作中的地位，给予了正确的估价。对于戏剧创作的集体性，是建筑在戏剧工作者的思想一致上，也得到了较深刻的认识。关于民主集中制的运用，也有了实际的理解。他们特别检讨《在上海屋檐下》的演出中，处理人事问题的精力比花在演出上的精力要多，因此工作受了损失，这就是忽略了集中领导。在学习反自由主义时，每个人都有一个反省计划，对组织、待人接物、工作、生活、感情、思想每项均有较深刻的反省。

(《晋察冀日报》1942年12月4日)

照 例 的 话

编者

随便一个什么刊物在创刊之初似乎照例总有一篇或长或短的《发刊词》一类的东西。为了在读者面前说明某个刊物的性质、立场、态度以及对它的希望等等,也确实需要有这么一篇"照例"的文章。于是编者为本刊在此"照例"一下,也就有所根据了。

言归正传吧。

我们这个文艺小刊物取名曰《鼓》,望文生义,显然不是供人玩赏的花朵,也不是骚人雅士辈舞文弄墨的场所,而是给我们边区广大读者以精神上的激励,使之从这里能够听到急剧的暴风雨似的"鼓"声,而倍增冲锋陷阵向敌突进的壮气;并更知所以咬紧牙关,再"鼓"一把劲,以准备反攻,渡过黎明前的黑暗,取得抗战最后的胜利。

再说,由于最近边区各种文艺组织与文艺干部的调整,各方面实力的加强,边区文艺界的阵容为之焕然一新。这在敌后新文艺运动史上写下了新的重要的一页。毫无疑义的,边区文艺的新气象将由此产生,并将因此而更蓬蓬勃勃地开展起来。这是值得每个边区文艺工作者欢欣鼓舞的事。我们的《鼓》将不断向大家报道文艺的"喜讯"——配合着世界反法西斯蒂阵线,特别是苏德战场上苏联红军艰苦卓绝、英勇无比地击溃德寇与一切侵略者的伟大胜利——而加以发扬光大。让我们围绕在这《鼓》的四周而欢舞起来吧!

自然,这里《鼓》绝不是凑凑热闹,空——空——洞——洞地打几下子而已。我们,每个边区文艺写作者一定要实事求是,在我们的作品里生动而真实地反映边区民主建设事业的突飞猛进,反对敌人"扫荡""蚕食""清剿"的英勇斗争,敌人的残暴狠毒及其垂死时的丑态，沦陷区同胞的痛苦与希望，敌伪军的动摇、投诚与反正，等等。我们的《鼓》，虽然篇幅有限，还是要努力做到使边区读者爱读而有所得，使敌人看了头痛、心惊、肉跳，而成为插在他心窝里的一把利刃。这也就是说，我们要使《鼓》成为在政治上、思想上教育边区群众与文艺工作者自己，因而更能发挥对敌思想斗争的利器作用。

愿我读者，尤其是边区每个文艺工作者，爱护它、帮助它，使这《鼓》声打得更响亮些。让敌人听见我们的《鼓》声而发抖吧！

一九四二年十二月一日

（《晋察冀日报》1942 年 12 月 8 日《鼓》副刊第 1 期）

征 稿 简 约

一、欢迎各种文艺稿件，特别是创作。

二、本社对来稿有修改权，如作者不愿修改者，请预先申明。

三、来稿如需寄回，请预先申明。

四、来稿一经发表，略有薄酬。

五、来稿寄文联转《鼓》社。

《鼓》社启

（《晋察冀日报》1942 年 12 月 8 日《鼓》副刊第 1 期）

编 后 记（《鼓》副刊第 2 期）

《鼓》已经打开了，据说，编者自己也感觉到，打得并不响亮。如果需要解释的话：一则《鼓》面不大，惊天动地的"洪声巨响"

显然是发不出来的;二则锣鼓刚响,"看戏的"和"做戏的"尚未完全"动员"起来;三则事先准备不充分,因为赶着"反对大东亚战争"宣传周,匆忙中就把《鼓》打起来了。

问题是很清楚的,要使一个文艺刊物编得好是编者的责任,也是每个文艺写作者的责任。因为如果后者不源源地供给合适的稿件,编者也就"难为无米之炊"了。这里当然问题不是责任谁负,主要还是怎样使《鼓》这个文艺刊物内容充实,真正能达到"使读者爱读而有所得……"(见《照例的话》)的目的。因此,踊跃投稿,这是编者对边区每个文艺写作者的迫切要求。

同时,希望读者对于每期《鼓》能将意见、感想提供给我们。尤其是文艺爱好者,如能组织《鼓》的读者会,经常加以研讨,并将发现的缺点见告,以后及时纠正,那就对于《鼓》的不断改进上更有帮助了。

《鼓》是大家的一个文艺读物,所以大家应爱护它、扶助它。

(《晋察冀日报》1942年12月15日)

"晋察冀子弟兵军歌"举行评判

选出歌曲三支并继续征求创作《子弟兵军歌》

文

【军区讯】军区政治部于八月初发出创作"晋察冀子弟兵军歌"的征求后,边区文艺工作者与音乐工作者曾热烈应征,参加创作。截至评判日止,先后收到歌曲四十个,经二次初审,选出较好作品十件。十二日,总评判委员会在政治部正式进行审查,到会评判委员朱付主任,潘、李、厉三部长,沙可夫、周巍峙、田间、卢肃等同志。首由朱付主任报告征求"子弟兵军歌"的意义及评判标准,继由潘部长报告军歌征集经过，讨论评判方式后，抗敌剧社音乐队演唱。经过一整天的研究、讨论，选出歌曲三支：（一）《子弟兵进行曲》，方冰词，周巍峙曲；（二）《子弟兵战歌》，蔡其矫词，卢肃曲；（三）《前进，子弟兵》，红羽词，徐曙曲。并印发到各连队普遍歌唱。

军区政治部为酬答此次参加创作诸同志对子弟兵的爱护，所有初审入选及最后入选之作品均发给奖品。最后，评判委员会商定将征求边区文化工作同志们继续创作晋察冀子弟兵军歌。

（《晋察冀日报》1942年12月17日）

开展大众文化运动 延安成立大众俱乐部

【新华社延安十四日电】此间大众俱乐部昨日举行揭幕典礼，到各团体、机关代表、诗人、作曲家、画家、教育工作者等五十余人。首由市府三科孙菁屏同志报告建设经过。继由李市长讲话，略谓：政府明年工作之两大任务，即为生产与教育。大众文化运动应和两者联系，目前延市在边区努力生产方针下，经济蒸蒸日上，人民文化食粮极为重要。过去我们虽曾进行一些工作，但离大众化尚远，亟需继续努力，深入群众中去。艾青同志、总工会代表等均相继讲话，对艺术如何面对群众，及如何通过艺术形式教育群众，有所阐论云。

（《晋察冀日报》1942年12月17日）

最近华北敌伪宣传活动

山红

敌寇的宣传工作，是其展开"思想战"的一个极其重要的组成部分。正如敌人所说："宣传是实行各种战争的手段之一，尤其是在思想战上宣传是最重要的战斗手段。"（清水盛明著《宣传要领》）因此宣传工作，是服从于它战略指导方针及每个时期的中心工作之下的。

敌寇为了把华北造成其"兵站基地"，以支持其所谓"长期"战争。所以就狂呼完成"参战体制""确保治安""经济开发"等口号。在目前更为满足其紧迫需要，维持其垂死统治，而要求华北伪组织对他在各方面进一步地加紧"协力"，完成所谓"国民总动员体制""推进新国民运动""完成国民组织"，以达到建设华北的"新政治新经济新文化体制"等。这是华北敌伪目前中心工作，亦就是其宣传工作的总方向。

一、华北敌伪宣传机构及其最近组织活动

华北敌伪宣传机构是各有其系统的。首先在伪政权方面，上自伪华北政委会设情报局，下至各省市设宣传处，道县为宣传室。其次在伪新民会方面，伪中央设宣传局，省市设宣传处，道县宣传机构则未明确确定，一般多组设各种宣传班、宣抚班等，从事宣传活动。此外，则敌更以伪华北新闻协会、华北广播协会、华北电影公司三团体，组成华北宣传联盟。并自敌军报道部、北京大使馆、华北兴亚院联络部、海军武官府、伪政委会情报局、新民会等敌伪机关聘请顾问，使之成为华北宣传统制团体，推进宣传报道工作。以上这些宣传机构，都是在敌华北军报道部直接统辖之下的，而敌军报道部实际就成了"太上机关"。

最近华北敌伪于五次治军运动中，更在"展开对敌宣传攻势"企图下，从事下层"宣传机构的强化"及"组织一元化"的整顿与"扩充宣传网"的工作，而达到"诱导民众自发的活动"。如伪保定道又由伪道署及新民会共同组成了宣传联盟，并决定于县设分部（由伪县署、新民会、合作社、警备队、警察所、商会、学校组成），乡镇设支部（由伪大乡长、保甲长、分会合作社、警备中小队、警察分所、宗教团体、学校组成），而伪定县更于村设宣传员。伪真定道平山县亦于乡镇组设宣传组，从事宣传工作。其他如伪冀南道组设宣传突击队，各地普遍组设宣传班、青年妇女、商人等宣传队，并随军进行宣传，向我区（游击区）展开所谓"武装宣传"。这正是敌伪为深入乡村展开剧烈"宣传战"的一个重要措施，亦即其宣传工作的目标，其对象则为广大青少年。

二、主要宣传内容

由于国际形势紧迫，同盟国反攻实力日渐增长，使敌寇处境日恶而呈极度恐惧丑态，因之竭力从事在思想上的动员民众工作，竟以血口喷人污蔑盟国，把盟国的正义的为世界和平自由的战争称为"混乱世界之战"，为"舍弃君臣之义，排斥父子之情，否定男女之别"，而对其自己及其难兄希特勒所进行的毁灭世界一切文明的退步的侵略战争，倒美其名为"讨灭自由原则血战"。真是不知人间有羞耻事，而颠倒是非一至如此（以上引句俱见敌奥村次长十月初于早稻田大学讲演）。

对于英美实力之增长及反攻的威胁，敌表现极端恐惧。虽仍妄称"英美对日反攻无实力，徒事自扰""日本帝国在各方面均已准备万全"等，这不过是自欺欺人吧了。相反地，他所大声疾呼着的什么"确立国家国防体制"呀，"加紧思想战"呀，"扩充生产力"呀，"强化储蓄运动"呀，等等滥调，倒正表现出他是摆上了"为适应长期战，完全静俟英美所呼喊之对日总反攻之新势态"的挨打的架子（以上俱见最近敌国发表的新闻）。

在华北沦陷区则高唱所谓"协力大东亚战争"与"国民总动员体制的确立"，根据这种总口号，就分别在政治、经济、军事等各领域内提出什么"剿灭建设华北的障碍共匪"，什么"剿共即华北的大东亚战争",什么"组织民众""培养国民自卫力""加强反共教育",以便欺骗群众在政治上、人力上供其主子的消耗,又喊什么"增产""节约""平抑物价""确保农产",以便使沦陷区每个同胞都要牺牲一切。任敌寇掠夺压榨,建立其所谓"经济新体制",敌伪还说这是为了"解放华北""安定民生",真是无耻之极。同时更要树立什么"农村中心思想",虚伪的提倡"神道建设""巩固中国家族思想",企图利用此种欺骗而达到奴化人民让人都不敢反抗他,做其驯顺的奴隶的目的。这就是其所谓"文化新体制"。

总之,敌寇是用所谓"亚洲人的东亚"来驱使我同胞做他侵略的牺牲品,用"扫除英美压迫""解放东亚"来掩盖其侵略本质,以"强化反共"来企图转移人民对其压迫的仇恨,提倡"复古"进行奴化教育使人民做他驯顺的奴隶。这就是最近敌寇"宣传战"的主要内容。

(《晋察冀日报》1942年12月17日)

延安鲁艺的党风检查

【新华社延安十七日电】此间鲁迅艺术学院总结党风第一阶段的学习,对工作制度及干部政策、团结问题等各方面均做详细研究和检讨。首先关于思想领导与组织领导的关联,由于主观主义的"关门提高"的教育方针,产生了不健全的组织领导,领导作风上,一方面存在着官僚主义的倾向,另一方面又有过于强调民主、忽视集中领导的现象。在干部政策上,对于了解干部、熟悉干部、使用干部,有着重技术的表现、忽视思想意识的毛病。"个人第一、艺术第一""人生论""天才论""温情主义"等自由主义思想,没有及时批评纠正;对分配干部上,多少有本位主义的倾向。在团结问题上,全院同志一般是团结的,但在艺术干部与行政组织工作干部、党内干部与党外干部之间,还存在一些问题,主要是由于艺术干部过于强调艺术特殊性,忽视组织原则与组织工作;党内干部对非党同志表现自由主义宗派主义态度,在思想上,政治上,在工作、学习、生活等方面去关心帮助非党同志非常不够,在与延安文艺界关系上有宗派主义倾向(周扬同志在此问题上做了深刻的自我反省与批评)。最后,并号召全院同志以高度的革命热情,发扬学风学习争论中的优良作风,对党风文件第二阶段反省自由主义的问题展开自由民主的论战,以达到政治上、艺术上、组织上能掌握马列主义的思想和政策。

(《晋察冀日报》1942年12月19日)

边区文协动态

爱琴岛

为了更加充实边区文艺界的力量,更加积极地前进,边区文协最近正逐步实现如下各种工作:

一、总结一九四二年边区文艺工作。再召集党政军民、各地文艺工作者举行一较大的座谈会集体讨论,讨论要目分运动、创作等。此项工作完毕后,即准备布置一九四三年文艺工作计划。

二、为使各地文协会友有集体研究文艺的机会及推动和帮助周围文艺活动的可能等,重新号召会友建立"文协会员文艺小组"。

三、为帮助广大文艺工作者、爱好者的创作技术,最近即印行《文学修养的基础》《语言简编》两书。

四、为加强青年对鲁迅精神的认识,对鲁迅伟大的人生观成长过程的了解和学习,文协正在编写《少年鲁迅读本》一书(孙犁编,将先连载于《教育阵地》）。

五、文协的文学顾问委员会重新调整、组织并检讨过去工作，布置目前工作。决定：通过文顾会和作者和广大群众，和广大读者做亲切的联系。今后读者对边区文艺作品的各种意见可提供于该会讨论并要该会答复。为此，文协希望各界人士和他们做进一步的联系，有话即讲，丝毫不分彼此（所谓彼此——指文艺人与非文艺人）——要让一切对文艺的意见都流到文协来！

一九四二年年内完成几种通俗的文艺理论小册子：《文学论》《现实主义论》《怎样体验生活》等。其写作方式注重集体讨论，注重从边区实际问题出发，而后由个别同志执笔。

(《晋察冀日报》1942年12月24日)

边区文联召开二次常委会

文

【本报讯】边区文联于本月上旬召开第二次常委第二次会议，对边区目前文化、文艺工作讨论甚详，其重要之议决如下：

一、关于健全组织：（一）加推丁里、陈凤桐为常务委员。（二）整顿鲁迅研究会组织，聘孙犁、何洛、钟惦菲为筹备委员，其会员以文联各协驻会同志为基础，亦可适当吸收外面有志于鲁迅研究工作者。会员须是自愿的，并须经文联审定。

二、关于总结一九四二年边区文化、文艺工作，各协、文救、军区文艺工作科与文联各部，均须总结一年工作。文救、文工科、西战团，对参加本年边区对敌斗争之文化、文艺工作，要特别提出做详细总结。

三、关于新年文化娱乐工作，各协会主要任务是发动写作与指导,供给材料。

四、整风工作,今后完全由文联常委会负责领导。

五、出版工作方面:《文风》停刊后,《文化界》继续出版。出版纯文艺刊物《山》,《文化报道》增加通俗的文艺作品。文救指示信与指导工作文字等,今后都放在《文化界》上发表。

六、加入抗联。

七、关于鲁迅奖金委员会发奖问题。(一)今年第三、第四季季奖,合起来给奖。(二)关于宣传的作品评选给奖。(三)今年年奖明年一月评定。(四)从明年起,废弃季奖,只发年奖,但必要时可悬奖征文。(五)乡村文艺奖金由文联请政府补助,给奖办法由文救拟交文联讨论。

(《晋察冀日报》1942年12月27日)

阜平文救动员在乡艺人开展新年创作运动

里侠

【阜平讯】本月十四日阜平文宣部召集了教联、区中心剧团、区联络员及在乡艺人座谈会。到会人发言颇为热烈,讨论结果,大家认为,今后应该很好地做成下列的几件事:(一)选举中心剧团一至三个;(二)发动创作运动;(三)使阜平到处听到歌声;(四)各剧团的活跃要与冬学联系;(五)新年中举行团拜,并向抗属拜年;(六)利用旧形式新旧剧互相配合。此外,并检讨了过去村剧团的风头主义、英雄主义、互相轻视的宗派主义和浪费铺张等不良倾向。全体到会的同志都表示今后一定要克服过去这些缺点,改变作风,扩大乡村文化战线,发挥互相学习、互相帮助及切实朴素作风。

(《晋察冀日报》1942年12月27日)

边区文协总结今年文艺工作

(文协) 爱琴岛

【本报讯】本月二十日，边区文协召开总结一九四二年文艺工作大会。到有各方文艺工作者多人，对一年来文艺运动，文学作品的成果、缺点、优劣倾向皆做相当研究，好的作品并略加介绍。结果认为：（一）这一年文协在领导上的特点是：强调文学的多种形式的平衡发展，各种文学活动（集体创作、文艺小组、文艺晚会、朗诵、文艺墙报等）的促进，调整大形式创作和小形式创作的原则（一般的是侧重小形式，但大形式也注意）。展开反宗派主义、反形式主义的斗争，较有计划地培养新作者等。同时，文协在提高和普及工作方面未完全把握好有机的关联，对调查研究工作未切实展开；对边区作者和读者的关系尚未很好注意。（二）乡村文艺组织性差，不如部队成果大，但也有些进步；部队方面，自军区文艺工作会议后大有进展。（三）形式主义倾向在边区文学上不严重，而已犯的，在整风后正积极克服中。（四）一年来的文学作品有相当收获，有不少大小作品。作家精神比过去更振奋，也比过去深入生活和战斗。理论批评也有相当的展开，散文和散文作者扩大。但比之伟大的现实还远不够丰富。此次会议很紧张，一九四三年即将来到，文协根据此次总结，将再讨论文艺运动的新方针云。

(《晋察冀日报》1942年12月27日)

开展乡村文艺创作运动　文联发起新年征文

里宣

【本报讯】为了发挥每个文艺战士对敌斗争的力量，并有重心地培养与提拔乡村文艺干部，边区文联鲁迅文艺奖金委员会、北岳区文救会特发起新年乡村文艺创作征文运动。除广泛号召应征外，并由北岳文救通过组织，推动并保证这一运动的完成，其具体办法如下：

一、应征作品内容以对敌斗争、冬防运动、群众武装斗争为主，并以能适合旧历新年、文化娱乐工作采用者为宜。

二、应征作品以短小精干为主，包括剧本（话剧、旧剧、街头剧、活报等）、小说、故事、诗歌、报告、大鼓、快板等，歌曲、画以及其他新旧形式的创作，均可应征。

三、应征人以小学教员、文救会员、乡村知识分子、老先生、村剧团干部为主，专区以下各级地方干部，也可应征。

四、征文日期自民国三十二年一月一日起至三月十五日截止，作品交由各县文救转北岳文救，作品应缮写清楚，标明"乡文应征作品"，作者签名盖章，并附上简单履历及通讯处。

五、应征的作品经县文救审查后，即转寄北岳文救与鲁迅文艺奖金委员会评定，分别给以奖金云。

（《晋察冀日报》1942年12月29日）

重庆中苏文协举行苏联照片展览

【中央社渝一日电】中苏文协举行苏联建国二十五年照片展览会。照片分别陈列于四室，每室一部门：（甲）政治设施，多为革命事迹、国内政治、国际政治、斯大林宪法、人民活动等。（乙）国民经济，分为工业、轻工业、重工业、农业、集体农场、农产品等。（丙）文化建设，分为艺术、音乐、歌舞、戏剧、电影、绘画、雕刻、娱乐、保健事业、体育、托儿所、医院、建筑等。（丁）军事状况，分为红军生活、前线与后方、敌后活动、德军暴行等。琳琅满目，陈设至为精美，已于一日起正式开幕展览，定期为半月。

(《晋察冀日报》1943 年 1 月 3 日)

沟通中美文化

美摄制科学影片赠送我国

【中央社重庆二日电】自太平洋战争爆发以来，中国与欧美之学术界无法沟通，国外新出的书、报、杂志，因种种关系，无法运入内地。本年春，中华教育文化基金董事会、中英庚款董事会等机关，发起输入图书影片，借以解决目前之困难。而美国国务院文化部，鉴于中国学术界之需要，乃委托美国国会图书馆，将本年度新出版之科学副刊一律制成影片，用飞机运华赠送教部。该部为接收此项资料，并推广其用途起见，近特组织国际学术文化资料供应委员会主持其事。此外美大使馆参赞柯乐伯，与美大使馆学术资料服务处主任费正清,代表美大使馆与该委员会合作进行。

(《晋察冀日报》1943年1月5日)

文联鲁迅研究会讨论今后工作

将出版研究丛刊

力编

【文联讯】文联鲁迅研究会于十二月二十五日召开会议,到会会员二十余人。首由文联主任沙可夫同志报告加强鲁迅研究工作的意义及对今后研究会工作的希望。略谓:要有组织地研究,以文联及附近文艺团体干部为基础,有计划地做小规模地进行工作。该会议决分为鲁迅的创作、思想方法、学术、传记四项分头研究。研究会本身分为总务、研究、出版,合组一个干事会。该会计划出版研究丛刊,以普及工作为主。

(《晋察冀日报》1943年1月6日)

北岳区文救会布置旧历年文化娱乐

发动演剧做对联、打灯谜

肖沉

【北岳文救会讯】旧历新年距今仅有一月,文救特布置旧年文化娱乐工作如下:(一)向直属会员、老先生及知识分子贺年,并鼓励他们创作关于准备反攻的新旧诗文、对联、艺术材料等。(二)在干部中和群众中发动做猜灯谜。(三)尽量发动用旧形式、新内容的娱乐形式,进行娱乐活动,如演旧戏等,但避免粗鄙轻薄。(四)动员、恢复、鼓励村剧团演出。(五)有重点地训练艺术干部。(六)发动剧团、小学教员、文救会员切实帮助乡村文化俱乐部的建立与健全。同时并在年节中发动区中心剧团竞赛。

(《晋察冀日报》1943年1月6日)

五专区各地军民热烈庆祝反攻年

——专署工作人员给抗属拜年

【本报讯】五专区党政军民在一九四三年,这个伟大的胜利的反攻年的开始,表现着异常的欢欣和兴奋,军民关系更加团结巩固。沿滹沱河岸,记者曾走过许多村庄,都看到分区子弟兵和老百姓在广场上进行热烈的联欢大会,表演新旧戏剧,跳着秧歌舞。各村童子军穿起彩衣,打着霸王鞭,唱着迎接一九四三年元旦的新歌曲。男、女、儿童、□□卫队子弟兵,在农民们的锣鼓喧天、丝竹悠扬的乐奏声中,挨户给抗属贺年,并向党政军民领袖祝贺。大家表现着伟大的亲爱和关切,由于新年宣传,就是七十多岁的老婆婆,也知道了苏德战场上红军正在胜利的反攻,第二战场快要建立,希特勒就要完了,而兴奋鼓舞起来。各村自卫队在加紧操练,□们准备在新的年头,展开新的战斗。(白原)

【五专署讯】新年元旦,专署全体工作人员,排列成队,由村人带路,锣鼓前导,向所在村各抗属家拜年。每到一家,请出抗属长幼,由领队人和赵秘书代表大家说明拜年敬意后,全体鞠躬致礼。有些老太太老头子感激地流出泪来。(鸣中)

(《晋察冀日报》1943年1月7日)

五专区召开通讯工作座谈会

检讨一年来通讯工作并发起爱护本报运动

白原

【本报讯】五专区为了加强今后通讯宣传工作,特利用元旦休假日期,在专区抗联会文宣部召开通讯工作座谈会,到会有专区各机关、团体通讯员等多人。首先报告并讨论了一年来的通讯工作的优缺点,正式成立了专区通讯小组。此外,并决议了许多问题,其主要者:(一)各机关、团体通讯员须主动地有计划地向关系方面采访材料,每月至少写稿两篇。(二)各通讯员目前业务学习材料为《通讯往来》《爱仑堡通讯报告选集》及日报所载优良的新闻通讯。(三)专区通讯小组要根据各机关干部流动情形,抓紧时机,至少每月开会一次,检讨通讯工作。最后一致同意,发起爱护《晋察冀日报》的运动。各通讯员在本机关内鼓励、帮助自己周围同志多给日报写稿,协助各地读报会,广泛搜集群众对报纸意见,使日报的每个社论每篇文章都变为群众的力量。

(《晋察冀日报》1943年1月8日)

旅延华侨救国会召开新年同乐会

各民族代表欢集一堂

【新华社延安五日电】此间,华侨救国联合会于二日举行新年同乐晚会,到旅延各地侨胞及朝鲜、越南、印度尼西亚,反战日人等代表百余人。会场中央悬挂一幅华侨与南洋各民族联合抗日之彩色画,使人回忆到太平洋战争中华侨之英勇事迹。"毋忘南洋""回到自己出生地工作去"等誓语遍布会场四周。七时开会，全体起立，向斯大林、蒋委员长、毛主席、朱总司令及南洋华侨领袖致新年敬礼，即由侨联主任杨诚同志致开幕词，谓："去年今日我们正笼罩在悲凄气氛中，现在则胜利的曙光已在望。"并就侨联工作近况提出报告。印度尼西亚民族代表阿利阿罕继起讲话，称："日本在南洋挑拨各民族对同盟国之关系，如在荷属禁读荷文等，我们一定要揭穿此项毒计，加强各民族的团结。"朝鲜民族代表杨民山、反战日人代表若月时治、华侨毕道单医生等，相继讲话毕，即举行游艺。有国乐社鲁艺之音乐演奏及跳舞，直至深夜始尽欢而散。

（《晋察冀日报》1943年1月8日）

子弟兵文艺活动剪影

四分区某某大队，文艺工作极活跃。他们平均每周学会一个新歌，每天早上天不亮，歌声就到处飘荡着。队里找不到一个不会唱歌的人，他们的口号是：消灭不会唱歌的"哑巴"。

游击区老乡常误认他们是"演剧团"，在敌占区工作，他们常以艺术的武器教育群众，打击敌人。平常每月是少不了一次晚会的，从去年五月到现在（去年年底——编者），他们组织了将近十个晚会，除旧剧节目以外，话剧有：《劝母前进》《坚决村长》《逃亡路》《反封锁》（歌剧）、《慰劳×区队》（仿锯大缸）、《参加×区队》（活报）、《小放哨》（以时事为中心）、《游动哨》《哑叭》等。他们的副队长、指导员都常帮大队写剧本，虽然技巧还不怎么好，可是他们写的内容都和群众的生活息息相关,所以演出的时候观众都很欢迎和感动。

国乐组成立以后,俱乐部里挂着胡琴、笛子、箫、笙、月琴,休假日或是开晚会的时候,更是锣鼓喧天。战士们在这样的生活中,甚至只要住几天,就再也不愿离开这里了。在文化的提高方面更不用说,有的同志一年以前还是一字不认的大老粗,今天已能开读《子弟兵报》了。

(《晋察冀日报》1943年1月13日,《子弟兵》副刊第64期)

大后方的文化劳军运动

文化劳军运动,自从重庆全国慰劳总会于去年双十节提出之后,不数日间,即获得重庆各界人士之热烈响应,造成一种广泛的群众性运动。一时各界人士,慷慨解囊,踊跃捐款者,比比皆是,成为抗战以来,后方各地稀有之现象。

因为这一运动的意义,它不仅能"使得前线将士增加精神的食粮,提高抗战的情绪"(林主席元旦广播词),而且正如美陆长史汀生所说:"其目的在使中国英勇的士兵,能获得真实而应得之酬劳,并推进教育与知识。"这一运动既有如此重大的意义,也就难怪各界人士这样热烈地响应了。

热烈响应这一文化劳军运动的,在重庆,几乎包括各阶层各种职业的人士:

首先拿文化界方面来说,重庆所有作家、记者等,除了以笔杆来加以宣传和推动,另外还组成了献金团二十余个之多,全国美协举行之第三届全国美展,展览十五天,将门票收入,全部充作文化劳军。中美文协,业已向美援华会募得五十一万元,并仍继续募集。文化服务社及南方印书馆两家，决定各捐献一万，至中央出版事业管理委员会则犹在商讨具体办法中。

其次在重庆市民间，亦掀起了广泛的热潮。重庆市区七十余镇，每镇各组一献金大队，并于各保甲内分设献金小组。由各商店店员组成之自由献金队，其数亦以千计，而参加"文化劳军列车"者，尚不在内。据确息：仅十二月二十日一日间，参加"文化劳军列车"自由献金者，全市至少在三十万人以上，而那天所得捐款，竟五十万元之多。当"文化劳军列车"游行全市时，整个山城，几为之震动。此外，全市军人家属，因对前线将士之辛劳，分外关怀，此次亦响应文化劳军运动，分区组织献金队，每人献金一角至一元不等。

重庆妇女界，此次以不肯后人的姿态响应这一运动。所有各妇女团体，均纷纷组织献金队，向各界广为招募，预期成绩必甚良好。

南洋各地华侨，响应此项运动亦极热烈。连日来，抵达重庆之归国侨胞，自动捐款事件，日必数起。华侨领袖连瀛洲、司徒美堂等，为讨论捐款办法，曾于十二月十一日举行座谈会。司徒美堂并于十九日向我留美侨胞广播，号召留美侨胞，亦一致响应这一运动。至因种种原因，未及离开南洋沦陷区之侨胞，亦以关怀祖国之热忱，由遥远之南洋，汇款响应，其首批汇款二万元，业已辗转收到。

至于重庆之金融界、工商界，此次亦本"有钱出钱"之原则，慷慨捐助。计中中交农四行及邮政储金商业局等，献金二百余万元。盐业界决定最少一百万。工商界亦认捐一百万，其中某商人独捐助五万。

总之，重庆各界人士，是这样热烈地来响应这一运动的。最初，慰劳总会设立的陪都文化劳军运动委员会，只确定募捐总额为五百万，仅截至十二月二十六日止，即已超过六百万，其热烈响应情形，由此可以想见一斑。

这一运动不但在重庆是如此，即在全国各地，也都同样的在热烈展开：

在成都，为响应文化劳军运动，曾先后举行过文稿义卖、书画名作义卖及古物展览、平剧话剧公演等，将全部收入，悉数捐助文化劳军。在贵阳，大夏大学捐出展览照片之所得，中小学生出动募捐，荣誉军人亦自动响应，预料规定之三十万元，当能募齐。在西安，曾举行体育表演，各剧院扮演名剧，亦将所得悉数捐出。在兰州，业已成立各界文化劳军委员会，向着募捐四十万元之目标突击。在洛阳，现正发起一元献金运动。在昆明，预定之三百万元募捐总额，最近即将募齐。在桂林和衡阳，各报曾先后举行义卖运动一日，其中桂林义卖一日所得，即达十一万元。此外，在广东之韶关，在湖南之常德、沅陵，在江西之泰和、赣县，在安徽之屯溪，湖北之恩施，以及山西、苏北、绥西等地，亦均展开极热烈的文化劳军运动。

现在文化劳军运动，尚在全国各地继续进行中。我们深信这一运动，在供给前线将士的精神食粮、提高抗战情绪上，在对于前线将士五年来的辛勤的酬劳上，是一定能起其应有的作用的。

一月七日

（《晋察冀日报》1943年1月14日）

太南召开敌占区知识分子座谈会

到会青年极为兴奋

【新华社太行十一日电】四专署与四军分区政治部，于上月二十五日联合召开太南敌占区知识界座谈会，有四十四位敌占区青年突破敌人封锁线赶来参加。座谈会共进行四日，至二十八日结束。会上，张专员及冷政委曾解答敌占区知识界所关切之问题，并介绍苏联及各同盟国青年为自由奋斗之英勇事迹。青救分会代表，对根据地青年幸福生活之描述曾予到会敌占区知识青年以极大鼓舞。其中一人说："我们来到根据地，好像到了慈母怀中一样。"最后他们一致表示，愿将根据地之光明生活告给苦难的敌占区同胞，号召敌占区人民奋起，与敌人进行不间断的斗争云。

（《晋察冀日报》1943年1月15日）

开展乡村文化娱乐活动

边府指示各署县建立乡村文化俱乐部

平山乡艺训练班结束

【本报讯】为了开展乡村文化娱乐工作，边区政府与北岳区群众、团体联委会商决抓紧旧年及春节建立乡村文化俱乐部，以活跃乡村。边府刻已向各专署指示要点：（一）乡村文化俱乐部之组织，应按北岳区教育科长会议的决定办理（由教育委员中推一人为主任，另由文救或其他团体及当地知识分子中聘请二人至三人为干事），以资统一。（二）旧年以前，应集中力量在冬学实验区进行，但其他地区，如有充分条件，亦可建立。旧年以后根据实验区实验结果再进行推广。（三）文化俱乐部之经费（依决定每月三元至五元），在村公所临时费项下开支，除其他开支外，可补助剧团与墙报之用。（四）进行时应与县联委员会具体计划讨论，按步骤进行，并将改进文化俱乐部之具体问题报会。（寒）

【平山讯】为了广泛开展街头艺术活动，并有重点地训练乡村艺术干部，平山文救特于十二月二十三日前后分××等三个区，开办短期乡艺训练班。由北岳文救派人直接领导，并请文联及西战团同志帮助授课。现××区一处业已结束。该区所到受训学员，包括十四个村庄的乡艺人才，远至四十里外的村，也派人参加了。在短短的三天中，学会歌子五个、快板一个、新年街头秧歌舞一个，初步懂得了发音、指挥、化装与表演常识。因学员学习兴趣浓厚，强烈要求又延长了一天，当结束时各村曾互相挑战，在新年的文化娱乐活动中考验学习成绩。其他二区也先后结束，成绩也很优良，收效很大云。（康宣）

【本报讯】平山各地热烈庆祝新年，文化娱乐团体甚为活跃。二日×村九个剧团表演高跷、秧歌、霸王鞭等，内容新颖。观众三万余人，个个面掬笑容，看至天晚始散去。（血夫）

（《晋察冀日报》1943年1月19日）

七月剧社在晋东北

夏蓝

去年十二月天，我曾由东向西北行，爬越着晋东北的山岭。道路是异常的曲折和崎岖，碎石在脚底下啐啐地滑滚着，使旅人感到步步的艰难。在巍峨的山顶上，浮荡着浑黄的落日，寒风飕飕地刮着，绵延起伏的太行山脉，逐渐扩展到苍茫的远方……就在那无数的山底深谷与岩石的缝隙里，晋东北的人民和战士在艰苦的生活着。他们和人类社会的蟊贼——日本法西斯做斗争，和这自然所给予的种种困难相挣扎。他们流血流汗在这地区，用生命和劳力在开拓着这土地，于此你可以想到人类事业的艰辛。

这一晚，我宿在山下的一个小小的村庄。在这里，我认识了在晋东北的艺术工作者，七月剧社的××同志。他热情地接待着我，跟我谈论晋东北的种种情形，谈着他们和晋东北的人民及战士共同的生活与斗争。在幽微的灯光下，晃动着他矮小的身躯和微微粗黑的脸孔，他是一个坚实而热情的青年人。

关于七月剧社，在边区除了一些共同的艺术工作者外，人们恐怕很少知道它的活动了。他们是经常在游击区，在深远的紧张而残酷的敌后之敌后活动着的。从去年一月起，他们便开始长期分散在×分区的各个连队里，帮助部队活跃俱乐部，教战士们唱歌子、识字、做游戏和准备娱乐晚会，同战士们过着一样艰苦的生活；战斗来了时，甚至还为他们动员粮食、抬伤兵……至去年春天边区发动对敌政治攻势时，他们又全体出发到游击区、敌占区去活动，两个多月在群众中出演了二十余次，举行了漫画、照片的展览，并利用了最多的机会进行着口头宣传。在基础比较巩固的地区，他们帮助群众组织地方剧团，一个小学校的学生曾跟着他们学了一星期的歌子。他们所经过的那些区域，因为去年秋季敌寇"扫荡"，大量地摧残和"毁灭边区"的欺骗宣传，群众情绪都相当低落了，而他们便通过标语传单、漫画、照片和戏剧的演出，介绍给他们边区各种胜利的建设，边区人民的自由生活和敌人快要死亡的消息，长久为敌伪压榨、奴役的群众立刻便兴奋昂涨起来了。他们分成了滹沱河南北的两个队，冲过敌人的数道封锁线，越过荒凉的无人区和"治安区"，以达于正太路的附近和五台山的最高峰顶。这样，工作着将近三个月，于十二月中才全部回来。因此，"七月"的工作者们是长久地埋头于工作中，沉溺于尖锐的对敌斗争里。因为在这里，一切都必须更密切地适应于当前斗争的要求，而艺术自然也应该最紧迫地为它服务，所以"七月"的同志在工作中所流的血汗,是和晋东北的子弟兵和人民斗争的成果永远辉映在一起的。

不几天,我便到了七月剧社,社长现在是×××同志,一九三九年随联大由延安过来的鲁艺学生。像所有的青年艺术工作者,这里每一个人都有火一样的热情。到五台去的一个队昨天才回来,正在忙乱着整理房子,见到了我以后,他们兴奋又谦逊地说:"刚刚回来,什么都乱七八糟,什么都乱七八糟!"有的正在搬石头、搭桌子,有的人正在结算账目,这种紧张热闹的情形表现着他们团结刻苦的精神。

入夜,外面山谷里刮着寒风,在半山腰的一座房子里,我们围着一团旺盛的炭火,在谈述着他们在游击区的种种经历:

在游击区,敌人经常出来包围、袭击他们。有一次,在××工作完毕回到一个村庄来休息,敌人分九路出来了,天刚微明便打了起来,他们赶紧转移,向后面的一座山头上爬,敌人随着也向山这边包围过来了。山的背面,有一条小道,敌人预料他们要从那儿下去,便埋伏了一小队的兵力在那里等候着把他们消灭。可是,敌人的企图还是失败了,他们没有中敌人的鬼计,从另一个地方走下来了,埋伏的敌人过去后便撤退了。

有一个村子,那里的群众基础比较差,村里暗藏着敌人的特务。当他们演戏演得正起劲时,听说敌人已经进村了,他们才开始收拾东西,卷幕布……最后敌人快进会场,他们马上从另一个方向转移了。

九月,到五台的一个队,受敌人包围,他们爬上台山的最高峰,大家在那里挨冻了两天一夜才下来。在××西部,队伍中了敌人的伏击,全部跑散了,黑夜里找寻着自己的队伍,小同志吴瑕闯到敌人那儿去了,一个伪军大声地喝着他:

"是谁?——"

"自己人!"他胡乱答着。上前一看,几个戴铁帽子的人,枪尖都上着刺刀。心里冷了一下，转身朝一条土沟里溜走了，背后送过来几响尖锐的枪声，他钻进了一堆柴草里。另一个地方，戏剧组的朱羽迎上了几个敌人，敌人要他站着举手投降，可是他仍旧勇敢地往前冲，并把手榴弹从怀里掏了出来，但来不及把盖子揭开，便被敌人击中三枪，英勇地牺牲了。朱羽，大家都说他是个好同志，他旧社会的经历很多，生活体验极丰富，人极聪明，很有戏剧的才能，同伴们对他都表示莫大的痛悼……

七月剧社的工作者们，是以这样英勇顽强的精神同敌人斗争着，在敌后的敌后工作着。

自然，七月剧社的工作者们还须在工作上提高，应有相当的时间来实行对自己理论的和艺术的教育，以便使艺术能取得更大的效果，发挥它在群众中更大的感召力量。

(《晋察冀日报》1943年1月23日)

重庆中苏文协等十七团体欢送傅大使赴苏履新

于院长临别赠言语多勖勉

【中央社重庆二十九日电】中苏文协等十七文化团体，今日午后二时，茶会欢送行将赴苏履新之傅大使秉常。到苏大使潘友新、韩国外长赵索昂等及文化界人士一百五十余人，傅大使夫人亦出席。由东方文协会长于右任主席，并致开会词。于院长于宣读十七文化团体名单后，略谓，"今日吾人在此联合举行茶会，欢送傅大使赴苏履新，实觉欣慰。大家均知道苏联为对中国取消不平等条约之第一个国家。近年以来，中国为抵抗日本，苏联为对付德国，双方均在英勇血斗之中。中国在抗战期中，苏联予中国之援助，源源不断，此不仅指物资而言，且在精神方面亦复如此"云。余，对最近返任之潘友新大使表示衷心之愉快，并请大使发表演说。大使演说大意谓，"今在此欢送者，为吾人之好友，离别在即，衷心自觉惆怅，但在另一方面言，复觉非常高兴。因傅大使使苏后，对中苏两国关系，将益加增进"云。至此傅大使起立致答，谓"辱承十七文化团体，联合举行欢送茶会，弥觉感谢。于院长所做之指示，及潘大使热情之言，均极使余感奋。年来中苏关系，经前任邵大使之努力，益加密切，实使才识均远不及邵大使之续任者，亦感便利"云。

(《晋察冀日报》1943年1月31日)

庆祝废除不平等条约　延安将举行盛会

决定组织宣传队扩大宣传

【新华社延安三十一日电】此次美英废除对华不平等条约，是全中国人民庆幸的大事，是全中国人民百年来牺牲奋斗的结果。延安市各界为庆祝此美英之废约，决定于二月四日召开延安市各界庆祝废除不平等条约大会。大会第一次筹备会昨日上午十时许在西北局举行，与会者有西北局、总政治部、边区政府、鲁迅艺术学院、总工会、市政府、边区文协等机关学校代表，由西北局秘书长杨清同志任主席，会议前后达三小时之久。除对大会布置做具体决定外，并决定组织全市宣传队，于大会前后分别出发，向群众进行广泛深入之宣传。宣传要点及标语口号，已于今日《解放日报》上公布，宣传方式有标语、传单、讲演、歌咏、秧歌舞、绘画、演剧及其他各种街头宣传等。西北局宣传部部长李卓然同志在筹备会上向各宣传队发出口头指示，称：此次宣传必须做到广泛、深入、生动、活泼，并与当前拥军、拥政爱民及生产任务密切联系起来。另悉：西北中央局已电边区各地党委，同时举行庆祝扩大宣传云。

(《晋察冀日报》1943年2月2日)

本刊期望于部队同志的《子弟兵》

《子弟兵》旬刊□为部队以外的同志、子弟兵的家属和边区各界报道子弟兵的战斗、学习、生活等各方面活动情形。因为我们子弟兵是怎样战胜敌人的，是怎样壮大进步的，部队生活又是个什么样，部队以外的同志都很需要知道。我们部队的同志应该很好地利用这个刊物，它应该是我们对群众的经常的宣传材料。我们各连队、各单位的指导员或其他负责同志收到这个刊物的时候，不是自己读过就完了，我们还有事情要做呢！我们还有这样一个责任。——只有把这个事情做好，这刊物才会起它一定的作用。

我们期望：各连队、各单位的负责同志收到这个刊物以后，应该组织在驻村的冬学里头进行读报工作。地方上读到这个刊物的人很多，而他们对于我们子弟兵的一切活动，又是非常开心的。我们就要把这个刊物适合于他们的材料读给他们知道。根据×部一个同志的经验，给老百姓读报，读一遍之后，再来给他扼要讲解一遍，这样收效甚大。同时，在讲解当中还可以联系着本单位的和自己知道的类同的例子。比如读六十五期上面的《鬼子拉走了牛，八路军夺回还给老乡》一文，就可联系着本单位的近日的战斗来□。读《一个八路军女工的日记》则可同时介绍本单位的石锦考，但应避免啰嗦，累赘。

进行这个工作，还要注意不要把它孤立地去进行，要和其他如报告时事等配合着。

我们期望：大家在读报工作过程中，搜集群众对于这个刊物，或者这个刊物上的那一篇文章，有些什么意见，帮助改进本刊的编辑工作和大家的写稿。

(《晋察冀日报》1943年2月2日)

边区各地准备春节优抗劳军并布置文化娱乐工作

【本报特讯】胜利在望，边区各地机关、团体、群众，为使春节（旧历年）军民同欢，均纷纷准备慰劳部队，优待抗属，并准备进行文化娱乐工作，兹特分志于后：

阜　平

【阜平讯】县府于一月二十日决定春节优抗办法，顷指示各区彻底执行：一、精神慰劳。（一）旧历年各村组织村政权、团体、干部、群众向抗属举行亲切慰问。（二）在初三日前，各村召开抗属联欢会，设光荣席，进行安慰抗属，并检讨一年优抗工作，解释目前政治形势。（优待物品由本村募集。）（三）发动政府人员、小学生为子弟兵写寄慰问信，为抗属门上贴光荣对联，动员妇女、儿童送光荣花。（四）发动抗属给前方子弟兵寄信，嘱咐他们安心杀敌，并鼓励其奋斗到底。（五）动员儿童在二十四日给抗属扫房子，帮助推碾子。二、物质优待。（一）保证抗属在大年初一吃两顿好饭，村政权、团体准备预先募集，并适当地分配在小年那天发放。（二）发动私人给抗属、军队送礼物或请到家吃饭。（三）区公所干部在一月十五日前，亲身下乡慰问。（四）发动抗属少的村给抗属多的村送礼物。(五)各区优抗粮快征收好,在旧历十二月二十五日发放,发放时召开抗属会,解释政府对他们的关心。三、旧历年再慰劳一次部队,主要是菜蔬果品等。(段沛然)

【阜平讯】二区对旧年的文化娱乐工作,早就开始进行准备。在旧年时,他们要到区里进行剧团检阅,改选区中心剧团,并进行文艺创作运动。一月十二日,全区的文救小组长和剧团长十五人已开过会,会上具体布置了旧年工作:(一)在旧年工作里健全文救小组。在准备旧年工作的时期,整理各村剧团。(二)根据各村条件,有重点、有中心地分别布置了工作,整顿村剧团八个。各剧团要演出二个以上的节目。活跃秧歌舞、街头剧和传授霸王鞭,要教会十四处。(三)号召文救会员、当民校教员的会员应该是全区的模范冬学教师,保证模范冬学和坚持读报工作。(李雷)

完　县

【完县讯】完县文救会于一月十五日召开区文宣部教联会干部村剧团干部会,布置:(一)旧历新年文化娱乐;(二)发动剧团竞赛;(三)旧历新年乡村文艺创作征文运动等工作。(李雷)

唐　县

【唐县讯】迎接旧历年,唐县全体军民除准备开展文化娱乐、各种游戏、戏剧、秧歌外,政府与团体特别号召优抗、劳军,以及奖励劳动生产英雄,全县计划动员猪十八口、羊十三只、白菜二二〇〇斤,同时县区团体干部七天内每天节省一两米。统一进行劳军工作。优抗方面,给予抗属物质上及精神上以慰问,特别保证贫苦抗属能过快乐年,有好东西吃。其次是团体号召奖励生产战线上的英雄,发动群众交换生产经验,互相参观生产品,或开生产成绩展览会,现各区

正在准备中。(少梅)

灵 邱

【灵邱讯】灵邱县县政府、抗联会，于旧历新年前发出二百封信，热烈慰问全县抗属。现在摘录如下："今年是更接近抗战胜利的一年，是咱们愉快的一年，也是日本鬼子滚蛋的一年，你们更应当发扬过去几年来忍受痛苦、克服困难的光荣精神，并经常给你们的子弟去信，鼓励与嘱咐他们，在部队里安心工作，英勇向前，为国杀敌。抗战胜利了，你们的子弟凯旋，回家，全家团圆共乐，那时多么快乐，多么高兴，多么光荣啊！……你们的子弟在部队中，学习和生活都非常紧张快活，首长对他们的爱护与关心，无微不至，希望你们放心。我们要咬紧牙关，度过艰苦的今年，争取反攻胜利，明年的新年一定会使你们更高兴，更快乐！"（新瑛）

(《晋察冀日报》1943年2月3日)

重庆、长沙新闻界动态

【中央社重庆一日电】中国新闻学会主办之陪都新闻从业员篮球赛，报名参加者，计有《大公报》《中央日报》《商务日报》《益世报》《时事日报》《新华日报》《新蜀报》《国民公报》《新民报》、中央社等十队，乃抗战以来新闻界从业人员之盛举。主持是项比赛者，定二日下午二时举行队长会议，拟决定秩序及讨论比赛办法。

【中央社长沙一日电】长沙记者公会，顷募集法币三万元，汇湘教厅转呈中央，做购"长沙记者号"滑翔机一架之用。又，该会拨基金一千元，为抗剧九队编排《保卫大湖南》剧本之集基金，将三战长沙中军队及人民英勇抗战之事迹，做一生动描写，上演多次，极博好评。

（《晋察冀日报》1943年2月3日）

燕赵诗社成立经过

此次边区参议会召开，各地缙绅耆老、硕彦鸿儒济济一堂，彼此欢叙，畅谈国是民瘼。咸谓，边区为古之燕赵，英雄豪杰，历代辈起，慷慨壮歌，后人景仰。际兹抗战时期，反攻胜利端赖激昂志气，鼓舞军民。经各方之倡议，组织燕赵诗社，征求社友，即日成立。当由皓青、聂荣臻、阮慕韩、张苏、刘奠基、宋劭文、吕正操、于力、邓拓诸公为发起人，公布燕赵诗社缘起如后：

古来燕赵，豪杰所聚。慷慨壮歌，千秋景慕。方今板荡山河，寇氛未消。黎明前夜，困难犹殷。有志之士，奋起如云。边区民主，谠议宏开。定反攻之大计，期必胜于来朝。窃谓盛会不常，机缘难遇。诚宜昂扬士气，激励民心。以燕赵之诗歌，做三军之鼓角。为此倡议立社，邀集朕吟，所望缙绅耆老，硕彦鸿儒，踊跃参加，共襄斯举。

各参议员传阅缘起，不胜欣跃。当日报名参加者，即有成仿吾、刘仁（女）、马致远、张临晓、曲凤章、田间、沙可夫、王承周、刘子容、段良弼、魏孔音诸先生。

其他向大会秘书处请求报名参加者尤多。

翌日，由皓青老人首先发表律诗四章并序。兹录如下：

诗之道，起于击壤讴歌、虞廷赓和。下此风起汉高、槊横魏武，至李唐而大盛。降及清初，骚人吟咏，远驾前贤。科举停，广陵散矣。当抗战五年，召开议会，提倡民权。幸际明时，人文蔚起。蒙张君苏、邓君拓、于君力，发起燕赵诗社，皓首得随诸大君子之后，充数吟坛。窃维此社宗旨，欲沟通新旧，文言白话均属诗材，不拘体格。鄙人不揣弇陋，草拟七律四章，抛砖引玉，即希粲政用作弁言：

其　　一

吟坛阒寂久无声，三岛虾夷肆横行。
残敌燕南成壁垒，雄师华北峙长城。
河山收复今年事，韵语推敲此日情。
蚕食何伤终作茧，可同世界放光明。

其　　二

燕赵歌成不欲悲，卖浆屠狗亦吾师。
愧非椽笔扬宏烈，仅具葵忱向午曦。
顾我无才日衰老，愿君兴奋撰诗词。
经文纬武当前事，子弟兵容似虎罴。

其　　三

边区辅弼看曹何，光复神州汉业多。
歼灭岛夷凭笔伐，奠安北岳竞诗歌。
好将忠信为干橹，欲化文章作太阿。
莫说侯嬴无伴侣，也曾善饭学廉颇。

其　　四

将军弓马故盘旋，巧胜夷人是此年。
提倡民权开议会，发扬诗兴筑吟坛。
七言篇什融千古，八路声威塞地天。

华北英贤方荟萃，鸡皮亦得列鸳班。

邓拓先生旋和以诗曰：

边区第一届参议会志盛即步皓青老人七律四首原韵

(一)

边疆参政此先声，当见千秋大道行。
山厦轩昂开谠议，诗心浩荡越长城。
骚坛今日联吟韵，新国他年笃旧情。
敢信毛锥能退敌，好随战纛向黎明。

(二)

破碎河山国士悲，揭竿陇亩集雄师。
哀军必胜驱强虏，夜雾将消接晓曦。
莫话艰难生死事，唯闻慷慨古今词。
霜晨山野陈兵马，父老欣欣阅虎罴。

(三)

千年苛政问如何？旧史斑斑血泪多！
易水送行空落照，秦①庭击筑剩悲歌。
快当铁骑夏台日，喜得赵符恒狱阿。
刎颈交深纾国难，相如让道结廉颇。

(四)

直捣黄龙奏凯旋，相期和乐太平年。
冀然诸将欢铭石，朔土万民庆立坛。

---

① 按，"秦"原作"奏"，据《邓拓文集》（第4卷．北京：北京出版社，1986：39）改。

四海为家宽阔地，大千仰首自由天。

刀环马革都豪杰，画阁龙图看列班。

会中，该社曾一度集会。各社友均兴奋挥毫，所作诗词，率多值计。闻将于会后发刊问世，并继续扩大征求社友云。

(《晋察冀日报》1943年2月5日)

边区首届参议会展览室巡礼

展览室设在一个矮山坡的前面，它足有三十方丈宽，只要是开放的时间，没有不人满的时候。

迎门放着的那颗大倭瓜，人人看了都很喜欢。我曾注意了一会儿，凡是走过去的人，没有不伸手抚摸它一下的。大倭瓜的下首是一排粗大的谷穗和一瓶瓶焦黄光亮的玉蜀黍。农林局的同志们正站在那里给人们讲解着燕京谷和本地谷。本地谷经过试验的已有九十多种，其中最好的要算靠山黄，但它和燕京谷比起来，却远不如八一一号。靠山黄当年如果能打一石，八一一号至少能打一石一斗五升，而且它的米煮出饭来味道特别甘美。十四号和十五号，产量也很好，每棵能分叶□二十多株，秆细叶多，养牲口是最好的饲料，又富有耐旱性，在边区种植，最为合适。玉蜀黍里面，颗粒最大、色泽最美的是农林局最近用杂交法试验成功的那一种，它分量重，出面多，次年用作种子时发芽快，生长旺盛，产量且能增加到百分之十五至二十。那一撮光亮的小东西，最受人们的宠爱，它没有一时一刻不被人们团团地围着。为了它，几位招待员同志的嘴，自从一开门便没有得到一会儿休息。

作物的黑穗病，多少年来就苦恼着人们，它普遍地危害着大麦、小麦、高粱、玉蜀黍和谷，人们一向认为是大年所致，无法可施。而今天，我们的农林局已经试验成功了，用温水浸湿的有效办法（一般温水浸八九小时，如用阜平天然温汤，则半小时左右即可）。

北墙上贴着一大幅水渠设计图，那是我们本年内就要完成的那个大渠，图下用红笔标示着，完成以后，至少能浇地五千亩，增加产量三万市斤。几位敌占区的老先生看见，兴奋到流泪地叹息起来了："这里处处是建设呀！"

旁边放着精致的水平仪和经纬仪，一群人围在那里，倾听着工矿局的技师们讲述它的用法。

一帮乡村的青年妇女，她们所喜爱的是那一架纺车机。现在各地都提倡家庭副业，她们正竞争着纺线，那架又轻便又出线快的机子，自然就使她们特别注意了。问过招待员，她们的一个人坐下去试验起来，几个人凝视着那飞转的轮子，啧啧称道。

我们是徒手起家的，一切制造，全凭着两只手或一些简单的工具。那各色各样的毛线，各种花纹的毛衣和毛毡，都是用口树花、口壳子口自造颜料染成，用两只手一针一线织就的。我们制出了柔软的铬鞣山羊皮、硝鞣羊羔皮，给我们的子弟兵和工作人员大量的缝制了皮衣。我们制造了许多铜质的机件，装配了简单的武器。我们完全用土产材料烧成了洁白的瓷口瓷碗和美丽的绿口玻璃器皿。我们还制造了碱末、肥皂和精炼的汽油……这些现代化的工业品，占据了展览室将近一半的空间。

在条案上，我意外地发现了几枝精致的硬木烟斗和一副试验热胀冷缩的小铁球。在那些钢制的自卷机、钢锁、钢锉、钢钳、钢锤、剪毛器等坚强有力的生产工具中间，这两种小物件给予了我以无限的遐想。这恰如整天忙于战斗的武装部队，抓空儿坐下来，快活地玩，玩球，唱一唱歌。它所表示着的不是浪费，不是无聊，而是精力的旺盛与充足。

展览室的西北角，陈列着我们几年来出版的报纸和书籍。那些出版物，多半是用自造的细麻纸印刷的，它分量轻，字迹清晰。另外，一叠叠的创作原稿也放在那里，一些爱好文艺的青年们，把那个角落当成了图书馆，一有空闲时间，便聚在那里，潜心读阅。一位学者风度的老参议员，在屋子里往返地踱着，他看看那一簇簇讲解着、试验着、阅读着的人群，一面撚着花白的长须，一面微笑着点头："这不仅是一个展览室，还是一所临时的学校。"

（《晋察冀日报》1943年2月7日）

军区聂、萧两首长欢宴全体参议员

晚会表演精彩旧剧

【本报特讯】参议会第五日休会，各地参议员多乘休会时间到展览室参观，对于各种图表陈列品，颇多赞扬，特别是关于农业和工矿的部分。一位老参议员说："这不仅是一个展览室，还是一所临时学校。"下午四时，军区聂司令员、萧副司令员欢宴全体参议员及来宾，并派孙毅、杨成武、邓华、刘道生、赵尔禄、姜齐贤、江一真、卓雄等分赴各席招待。席间，各参议员猜拳行令，掬杯畅饮，酒酣耳热，谈笑风生，互道各地斗争情形，欢欣鼓舞，宛如家人团聚一堂。晚间前进剧社出演旧剧《亡宋鉴》《打渔杀家》，阜平某参议员串演《碰碑》，尽欢而散。

（《晋察冀日报》1943年2月10日）

延安文化界筹备纪念红军节

延安文化界于十四日集会,讨论纪念苏联红军节办法。决定由鲁艺主持举行苏联革命历史画展,将于二十三日上午在青年俱乐部举行庆祝红军节座谈会,请在延苏联友人及曾留学苏联的同志,报告红军的诞生及抗击法西斯的英勇事迹。晚间举行一盛大的群众晚会。

(《晋察冀日报》1943 年 2 月 19 日)

边区参议会中文艺工作者的活动

一踏上□□通到会场去的山路,你就会有一种"人在画中"的美感:山是低矮的,山脚下□□□清澈的小溪。冬天,结了冰,变成了白光□□的冰川。水在冰下淙淙地流着,更加衬托了山间的宁静。山路□□得很宽、很平坦,随着山势弯弯曲曲地拐进山场里去。

转过几个弯,一排齐整的房子便出现了,山沟□□□起来,房子后面是一片宽广的运动场,排球网上有鲜艳的边条,远远看去,好像是□在山腹上的一条红线。

走到房子的近前,在另一个山坳里那巍峨的礼堂便映在你眼里了。

礼堂的装饰是庄严而朴素的——绿幔深垂,粉壁高窗。台上除孙中山先生遗像和交叉的两面国旗外,并无其他点缀。周围的壁上,也仅仅是几幅必不可少的锦帐和题词而已。

为了庆祝边区这伟大民主建设的成果(第一届参议会),边区文化界沙可夫、田间、周巍峙、丁玲,抗日剧社、西北战地服务团、冀中火线剧社、前途剧社,都辛辛苦苦地从远道赶了来。在短短的七天之中,先后举行了几次晚会。演出了伟大的活报《在晋察冀的旗帜下团结起来》,短小精悍的话剧《小伶子》《把眼光放远点》,歌剧《我爱八路军》,诗歌剧《不死的人》和京剧《打渔杀家》《亡宋鉴》《空城计》等。

为了排演《不死的人》,西战团的全体同志直到演出的前一天还在辛勤的练习,并特别制作了大提琴、三角琴、木琴等多种乐器。旧剧《亡宋鉴》的行头,原是在百里之外的一个村庄上存放着的,因为去得匆忙,到开台的时候了,还没有运来,前进剧社的演员们不愿教大家失望都预先画好了脸谱等待,以便服装运到,立刻就能出演。这种精神都是极可敬佩的。

这次晚会的成功,引起了人们更高的要求。大会结束后,连续又演出了柴霍甫的名剧《求婚》和苏联话剧《驿站》,人们才感到了满足。

边区的美术工作者和摄影工作者,对于这次参议会也尽了很大的力量。他们不仅在会前制作了许多大幅的照片、彩画和木刻,充实了大会展览室的内容,在会中他们仍是无时不在忙着工作。当人们休息散步的时候,当人们坐着闲谈的时候,他们却拿着练习簿到处忙着□□□、抄□□。大会日刊上,由于他们的速写和肖像,生色不少。

为了检讨大会上历次的演出,和其他文艺活动,并讨论一九四三年文艺工作的方向问题,参议会闭幕之后,边区文联召开了一个规模极大的文艺座谈会。席间,□议长除代表参议会向文艺工作者致谢外,并提出了如下的意见:

(一)一切创作,今后应特别着重反映边区民主政治的新建设。

(二)一九四三年将是我们反攻的胜利年,所有创作和演出都应加强鼓舞和振奋的气氛。

(《晋察冀日报》1943年2月20日)

文联、各协驻会干部举行党风学习测验

【本报讯】文联、各协驻会干部的"三风"学习,根据北岳区学委会总的计划,定于二月十五日以前结束党风学习。事先由文联学委会依据党风文件精神,提出几种文艺工作上的具体问题,组织全体干部讨论。问题包括以下三方面:(一)关于文艺批评,边区几年来文艺批评工作的回顾,文艺批评工作中的不良倾向,对于艺术性与政策的了解与把握等;(二)关于文艺家的气质;(三)关于边区文化、文艺界统一战线问题。各学习小组于找到讨论提纲后,先分头进行漫谈,并做初步的讨论。于十二日晚学习时间,由学委会主持召开全体讨论会,第二天便举行了党风学习测验。测验题目为:(一)当工作需要你为一个政治任务而进行创作,可是你对这个问题不熟悉,你是不是拒绝它?什么理由?你若去完成它的话,又怎样去完成它?(二)怎样能看出今天"文人相轻"在边区仍是相当严重的存在着?你自己有没有这种缺点?怎样表现的,又怎样去克服?(三)(四)两题略。现测验已经完成,学委会并发动大家进行"再省",同时积极进行关于党风学习的总结。

(《晋察冀日报》1943年3月6日)

重庆展览苏联雕刻作品

【新华社延安二十日电】重庆讯:苏联雕刻艺术品,顷假此间中

苏文化协会会址举行展览。雕刻作品约四百件，分别陈列于四室。此项雕刻作品，为苏联艺术家斯场利科夫、索科洛夫、克拉夫切夫科及其他等人所作作品。其中最引人注意者，为苏联军民英勇反抗侵略者，进行爱国战争之壮烈场面。

(《晋察冀日报》1943年3月23日)

太行区展开群众文化运动

各地纷纷成立村剧团　老百姓集体创作剧本

【新华社太行二十三日电】太行各地群众性的文化活动近有开展。各地农村剧团之成立如雨后春笋，林县二区即已成立六个。涉县郝家村群众，在农会主任教员领导下，集体创作《劝夫当兵》《打倒希特勒》《空舍清野》等话剧。在出演时，村人多表欢迎。峪里村群众集体创作《自由结婚》，苗林底村群众创作《抢粮活报》，均十分生动。平顺县各村妇女在此次纪念"三八"节时，多自动组织游艺，如小脚妇女高跷队出演，街头情形非常热烈。其中尤以大渠村妇女出演之《新老少夫妻》（内容是反对买卖婚姻的），尤受各界人士赞美。

(《晋察冀日报》1943年3月26日)

响应党的号召

延安文艺工作者纷纷出发到群众中去参加实际工作

【新华社延安二十五日电】中央文委与中央组织部所召集的党的

文艺工作者会议,与去年五月毛泽东同志所亲自主持的文艺座谈会,同样表示了共产党人对中国新文艺运动的热烈关心。新文艺在旧社会虽也可以在某种机会受到"捧场",但是旧社会的主人公显然绝不希望文艺家能够自由地在社会生活的海洋中航行,更不希望他们能够与广大群众相结合。与这种态度相反,共产党的领导者们惟恐文艺工作者自囿于小范围的生活经验,小范围的读者层和小范围的成就,再三督促他们把这些小圈子打破,尽量鼓励和帮助他们勇敢地去开拓文艺世界无限丰富、无限奇伟的新天地。现在,延安的很多党内外作家,都已纷纷准备到群众斗争的各个领域中去寻找自己的工作岗位。延安文艺界的这个动向,不但将助成各抗日根据地的新风气,且在全国文艺界引起普遍的注视,亦在意中。

【新华社延安二十五日电】"到农村、到工厂、到部队中去,成为群众的一分子。"这是中央文委和中央组织部召集的党的文艺工作者会议以后,延安文艺界即将实现的行动口号。文艺工作者均认为,此次会议是实现毛泽东同志在去年文艺界座谈会上所指示之新方向的有决定性之前奏。现诗人艾青、萧三、剧作家塞克已赴南泥湾,了解部队情况,并进行劳军。作家荒煤已赴延安县工作,小说家刘白羽、女作家陈学昭则已准备到部队及农村去。高原、柴青诸同志已出发至陇东等地,丁玲同志及其他的文艺工作者,已做好一切到下层去的必要准备。此种蓬勃崭新面向工农兵的实践行动,为中国新文艺运动史上有重大意义的一页。

(《晋察冀日报》1943年3月31日)

苏联艺术、科学、工业斯大林奖金揭晓

一九四二年斯大林奖金的结果揭晓了。这一次的奖金,一共分三

部分，计：一、艺术；二、著名科学建树和工艺或工业上的改进与发明；三、专门生产方法的改进和发明。

艺术之部，共分音乐、绘画、雕刻、戏剧、歌剧、纪录影片、美文学、诗与剧作等九门。获奖者为玛丽安·科娃耳、亚历山大吉·拉西摩夫、亚力克赛·托尔斯泰、玛克里尔斯基等二百余人。头奖亦分九个，奖金各十万卢布。

科学之部，获头奖的，在物理学和数学两方面，有帕夫尔·亚力克山得罗夫、彼得卡普地查、里奥尼德、勒北索夫等四人。在化学方面，有亚历山大·纳斯美雅诺夫等三人。在生物学方面，有彼得·修可夫斯基等五人。在医学方面，有中将军医主任维克多·席伏成科教授等三人。在历史学和语言学方面，有乔治亚、亚力克山得罗夫教授等四人。在哲学方面，有帕夫尔于·丁教授等四人。奖金各二十万卢布。获二奖的，在军事科学方面，有里奥尼德·贡却罗夫副海军上将等二人，奖金为十万卢布。在长久服务自然科学和工艺界的方面，获头奖的有米海尔·爱维尔巴哈等十三人，获二奖的有亚历山大亚尔布索夫等十三人。奖金数量同前。

生产方法上重要改进和发明之部，获头奖的，有特种钢生产中央总局总技师尼科尔西·布罗金等三十余人，与第四、第三各工厂全体技师及第二三一、第三八九、第七〇二等厂全体工人。奖金为十五万卢布。二奖十万卢布，十余个。

上项结果，经苏联人民委员会公布之后，从二十日以后，全苏联各报都有热烈的反应。《消息报》《红星报》《劳动报》都有社论评述这项决议，并登载了关于苏联卓著成绩的科学家、发明家、艺术家的概况、作品和其谈话。《真理报》则指出谓："科学家和祖国的人民、爱国志士们是一样地，同我们全国人民在一起，和法西斯黑暗势力做不屈不挠的斗争。他们把自己的天才、自己的精力都贡献给祖国，为祖国的光荣、自由与独立而斗争，发明和改造战斗飞机、摩托、坦克等新的武器。"

上面那些获奖的艺术家和科学家，到现在为止，大部分都已写信给斯大林，愿意自动地把所得的奖金捐献给政府作为国防基金。获得艺术头等奖的亚历山大拉比尔科夫，写给斯大林的信是："敬爱的斯大林同志，我热烈地感谢苏联政府这样高度地估计了我的作品。我愿将所得的斯大林奖金十万卢布，捐出作为红军总司令部特别基金。"他获得了斯大林如下的复信："我感谢你，感谢你对于苏联武装力量的关心。"

(《晋察冀日报》1943年4月1日)

中共中央文委开会讨论戏剧运动方向问题

剧运总方针应为战争生产与教育服务

【新华社延安三十一日电】本月二十二日，中央文委开会讨论戏剧运动方针问题，到会者除文委各委员外，并有吴玉章同志、徐特立同志、西北局宣传部部长李卓然同志、留政宣传部部长萧向荣同志等多人。这次会议确定了边区和各抗日根据地的剧运总方针：就是为战争、生产及教育服务。边区和各抗日根据地现正处在中国历史上空前伟大的斗争中，千千万万的群众正在为中国的独立解放紧张地工作着。在前线是第六年的艰苦卓绝的战争，与在战争中进行的生产与教育；在后方，直接的任务是大规模的生产与教育，而目的也是战争、前线。在这个时候，每一个戏剧工作者的第一个问题，就是怎样使用戏剧这个武器去动员群众、鼓励群众、帮助群众，来完成这些重大的任务，来更好地完成这些任务。凯丰同志指出："内容是抗战所需要的，形式是群众所了解的——提倡合于这个要求的戏剧，反对违背这个要求的戏剧，这就是现在一切戏剧运动的出发点。"为了指导各根据地，首先是陕甘宁边区具体执行这个方针，中央文委决定与西北局文委合组一个戏剧工作委员会，由周扬、柯仲平、张庚、王震之、钟敬之等同志组成，以周扬、柯仲平两同志分任正、副主任，钟敬之同志任秘书；并决定这个委员会当前的中心工作，就是总结抗战以来边区戏剧工作经验，准备在五月间召开边区戏剧工作会议，使今后全边区的剧运走上统一的道路。现中央文委已通知延安各剧团，有系统地检查和总结过去工作，西北局和留政宣传部亦将电令各分区、各旅的剧团，做同样总结，并及早指定适当同志加以研究，以便届时有准备的来延参加会议。

(《晋察冀日报》1943年4月1日)

陕甘宁边区剧运即将进入新阶段

【新华社延安三十一日电】中央文委关于戏剧问题的讨论，显示边区戏剧运动在党中央和西北局的指导下，即将进入一新的阶段。戏剧向来是艺术与广大群众直接结合的最主要方式，在八路军和边区里面，群众性的革命戏剧活动更有长期的光荣历史。为了教育自己，鼓励群众，争取胜利，很多干部、战士、农民曾在紧张的革命与战争中自己编剧、自己演剧，而收到了几乎难以相信的效果。这些戏剧虽不可免的尚有幼稚之处，但其间也涌现了不少的艺术天才。譬如人民剧社的歌剧《亡国恨》和许多活报，看过的人，至今都留有深刻的印象。抗战以后，边区戏剧人才和专门化的戏剧团体加多，戏剧运动向各方面发展，成绩愈著。而战地服务团、鲁艺、部艺演出的，塞克、姚时晓、王震之等同志所作《突击》《棋局未终》《闲话江南》《佃户》等话剧，战斗剧社演出的成荫同志所作《晋察冀乡村》等活报剧，民众剧团演出的马健翎同志所作《查路条》《十二把镰刀》等秦腔剧和郿鄠剧，鲁艺、青剧演出的李伯钊、吕骥所作《农村曲》，塞克、冼星海所作《生产大合唱》等歌剧，和最近鲁艺、西北文艺工作团、青剧等演出的各种秧歌剧，因为内容与抗战、生产、教育的任务有密切的联系，艺术上也达到一定水平，尤受群众欢迎。但这一时期戏剧工作中也发展了某种程度的脱离实际的偏向，这一方面是一部分戏剧工作者片面地强调艺术独立性，片面地强调提高技巧所致；他方面也是一部分主管机关忽视戏剧的重要性，简单看作娱乐工具，没有给以必要的政治领导和具体的革命任务所致。脱离实际的偏向，在话剧方面，是乱搬中外"名剧"，不顾环境对象、风气所及，致在工农干部和士兵群众中演看不懂的外国剧，在直接战争环境中演对当前斗争毫不关痛痒的历史戏。这个偏向，经去年文艺座谈会后虽已在开始转变，但还有继续克服的必要。在旧剧方面，偏向是乱搬原本，这些原本无论平剧、地方剧，十有七八都是宣传封建秩序、颠倒是非黑白的，其中不少还有迷信和淫荡的成分。此在研究中国社会和歌剧艺术的人虽有参考价值，但如不加选择、不加改造地拿到一般干部和群众中去，则不独谈不到服务于战争、生产、教育，且势必发生相反的结果，故更须注意纠正。此外，专门化的剧团既有上述偏向，对普及工作自少重视，所以过去时期内群众性的戏剧活动，反有较前减弱的征象，也是过去戏剧工作中一大缺点。据中央文委负责同志谈："为要在戏剧战线上全面实现毛泽东同志在文艺座谈会指示的方向，贯彻面向群众、面向实际，为战争、生产、教育服务的路线，不仅需要戏剧界同志的一致努力，还需要全党的帮助和关心。"因此，这次边区戏剧工作会议，亦将邀请党、政、军、民、学各方负责同志出席，共同讨论今后边区戏剧的进一步发展问题。

(《晋察冀日报》1943年4月1日)

《晋察冀画报》第三期出版预告

《晋察冀画报》第三期已经集得大批稿件，主要的，也是值得迅速告诉读者的，就是：其中有一批最精彩的，我冀东区的照片。从这里，我们可以看到突破伪满洲国防线，转战长城内外的边区子弟兵；可以看到从多年奴役下战斗起来的冀东人民；可以看到滦河的风景与塞外的烽烟；又可以看到伪满统治下东北同胞的苦难生活，与他们在八路军的英勇挺战中得到初步解放的情形。现在这些摄影稿件已经开始制版，四月中可以出版，预订者可向新华书店北岳支店接洽。

晋察冀军区政治部

晋察冀画报社

三月十日

（《晋察冀日报》1943年4月2日）

本报启事

本报为改进出版技术、收集读者意见、顾及读者利益起见，自四月份起实行读者退换书、报办法。各界读者如遇有报纸模糊不清、印重印坏者，或其他毛病不易阅读者，均希注明意见寄回退换。除此以外，或不愿退换者如有意见可随时来信以便我们工作检查和纠正。本社出版书籍如遇有错页缺页、页码颠倒、模糊不清者亦可退回更换。所有书、报退换可以直接寄至本部或交各地发行机关退换均可。本部接到读者之退换品时，除解答和接受意见外立即重新补寄；如无原书、报时，当补发新报一份，或等价书一本或退款。特此启事，希各界读者注意。

晋察冀日报社出版发行部

一九四三年四月一日

(《晋察冀日报》1943年4月9日)

实现新文艺运动的方向

鲁艺同学大批下乡

【新华社延安六日电】鲁艺为了参加边区各方的实际工作,并实现党所指出的新文艺运动的方向——与工农兵结合的方向,最近将有大批同学出发工作。戏剧部有数位同学已于数日前随战斗剧社出发了,其他各部近日也有陆续出发者。文学部有卅余位同学调动工作,不久即可到乡村、部队及教育机关工作。这次被分发出去的每个同志,他们都愉快地接受了组织上的工作分配。尤其近日读了凯丰、陈云同志的两篇文章,大家更明确地认识到,只有到实际工作中去,成为群众的一分子,将来才可能写出工农兵的作品。本月二日文学部全体同学,在该院大礼堂开了一个欢送会。会上要走的同志差不多都讲了话,他们都宣称:一定要把在学校里整风的精神,贯彻到工作中去,把工作搞好。

【新华社延安七日电】为加强边区各地教育工作,教育厅近由鲁艺、延大、行政学院等校,调来同学三十余人,派赴绥德、陇东、三边各分区,担任文教工作。又,因今后学生工作为青救之中心工作,教师与青救会在工作上应有极密切之联系,故教育厅及边青救、边妇联,特于日前联合召开教师座谈会,交换今后关于学生工作的意见,对教厅及青救对下层青年教育工作具体领导等问题,均有所决定。

(《晋察冀日报》1943年4月9日)

泰山区部队展开文化运动

【新华社鲁中七日电】泰山讯:军分区部队文化运动继续进行中。军分区政治部,日前号召全体指战员,识字时要学到会念、会写、会用,掀起读报热潮、写作热潮,各兵团现已热烈响应。

(《晋察冀日报》1943年4月11日)

致 谢

本报自即日起,改用各种新报头,这些新报头都出诸木刻家沃渣同志之手,为本报生色不少。特此致谢。

本报编委会

(《晋察冀日报》1943年4月16日)

鲁迅文艺奖金委员会评选结果揭晓

英

【边区文联讯】鲁迅文艺奖金委员会,于二月及三月下旬召开两次会议,先后经过约一个星期时间的集中研究和讨论,评选去年年奖、三四季季奖与政治攻势文艺奖金应奖作品(有的是作者自己提出,有的是各协会提出的)。现已评选完竣,计:年奖一种、三四季季奖二十种、政治攻势文艺奖金三十九种。奖委会对此次年奖、季奖的评选相当严格,故得奖作品较少,特别是年奖只有一种。但这不能说明过去一年边区文艺上的收获不好,相反的,奖委会认为去年边区文艺运动的成绩很大。因为运动是从各方面表现的,不能把得奖作品多少和文艺运动的成绩大小完全混为一谈。对于政治攻势文艺奖金作品的评定,则是较宽些。因准备工作不够,这次政治攻势文艺奖金在评定前所收集的作品不够全面,也未包括今年的作品,将来奖委会要设法补救。最后,奖委会并要求各协会对于得奖各作者均要给予写作上的意见;对得奖各作品,要负责批评介绍。乡村文艺奖金应征作品,现正由文救会、各协会做初步的评选,最近奖委会即可将评选结果公布。兹将得奖作品介绍如下:

一九四二年年奖作品:《区村和连队的文学写作课本》(孙犁)。

第三、四季季奖作品:

文学:《鼠》(田间)、《不死的人》(邵子南词,周巍峙、陈地、李劫夫曲)、《黎明风景》(红杨树)、《纪念连》(仓夷)、《丈夫》(孙犁)、《赵发和驴子》(王炜)、《生活小集》(郭起)。

音乐:《我爱八路军》(牧冰词、芦肃曲)、《子弟兵进行曲》(方冰词、周巍峙曲)、《前进!子弟兵》(郑红羽词、徐曙曲)、《子弟兵战歌》(蔡其矫词、芦肃曲)、《牛铃儿叮咚》(邓康词、陈地曲)、《声乐基础》(陈地作)、《音乐创作方法论文》(周巍峙作)、《乐器制造》(李劫夫、陈强、张文——系特别奖)。

美术:《剪羊毛》(木刻,古塞作)、《如此扫荡》(漫画,李劫夫)、《艺用人体解剖 ABC》(杜芬编)。

戏剧:《眼光放远一点》(独幕剧,胡丹佛作)、《篷帐舞台设计》(汪洋——系特别奖)。

政治攻势文艺奖金作品：

文学：散文及其他：《浑河岸上》（林兆南）、《冷落了的大亚公司》（沈重）、《呈给游击区孩子们的父母们》（周奋）、《在魔鬼掌握中的地区里》（于力）、《在政治攻势中》（冲锋剧社集体创作）、《抗敌剧社在敌政治攻势中》（胡朋等）。诗：《地主的家宅》（田间）、《给游击区的孩子们》（曼晴）、《有你们做见证》（方冰）、《支应不了》（井陉县宣传委员会诗传单）。鼓词：《不种棉花免上当》（军区政治部宣传品）。

音乐：《咱们永远在一起》（邓康词、张非曲）、《反治安强化运动》（红羽词、今歌曲）、《幸福的日子在不远》（孟瑾词，黎雨、兆江曲）、《熬过两年》（水林词，陆友、张达观、王明争、王莘曲）、《抗日的事儿要多干》（席水林词、晨庚等曲）、《山两边》（田野词、巍峙曲）、《过来吧，伪军兄弟们》（王莘词曲）、《我们反攻的队伍在行进》（星波词、火星曲）、《老乡快武装》（张祯词、苏络曲）、《忠良四唱小调》（张祯词、管林曲）、《不当日本兵》（田崇词曲）、《五不运动歌》（郑红羽词、张永康曲）。

美术：《战争！战争！战争！》（徐灵）、《反正》（徐灵）、《忏悔》（楼霜）、《利□□木村》（清水一郎）。

戏剧：《秋风谣》（胡可）、《慰劳》（王黎）、《哈那寇》（凌风）、《自首以后》（方冰）、《牛》（小山）、《张大嫂巧计救干部》（李树楷）、《打特务》（丁里）、《掩护》（野火）、《小玲子》（魏风、郝仁）、《熬着吧》（胡丹佛）、《王大炮回头》（韩寒、张非）。

（《晋察冀日报》1943 年 4 月 17 日）

晋西民剧研究会讨论新剧运问题

【新华社晋西北十四日电】晋西民间戏剧研究会，为贯彻实行中共中央文委关于剧运的新方针，开展晋西北根据地剧运工作，于本月七、八两日，假七月剧团召开扩大理事会。出席参加者，除原有理事外，并有文联、吕梁文化教育出版社、鲁艺分院、抗战日报社、七月剧团、大众剧社等工作同志多人。大家热烈讨论，一致认为依据中共中央文委剧运总方针之精神，该会宗旨在以科学的、革命的、批判的观点，运用与改造本地区民间戏剧形式，充实新的内容，使广大群众所爱好的地方形式新歌剧，成为抗战建国中宣传教育群众的有力武器，以此提高群众参战和生产热情及文化政治水平，真正为工农兵服务，并使这种新歌剧推行于民间，成为民众自己的文化娱乐工具。继而讨论今后工作范围及目前具体工作，并做明确的分工。研究对象，大致包括山西梆子、鄠鄂秧歌、鼓词、小调等。对整理、研究与改造旧有技术及创作剧本等问题，讨论最详。当即推选理事，闻该理事会现已着手重新登记旧有会员及发展新会员，并拟于今年七月间召开全体会员大会。

【新华社晋西北十四日电】此间部队戏剧运动，自一九四一年野政指示后，已有普遍的开展。各连队都能将本单位现实生活编成剧本排演，作为宣传教育材料。如某旅在去年演出的四十七个剧中，有四十二个是自己编的。某营演出《调皮战士》后，使纪律更加巩固。在整风时，又演出《主观人》《宗派主义》等剧，收效亦良好。剧本的编演也很迅速，如某旅去年七月五日夜间夺获了敌人的汽车七辆，随即排演《打车子》，因剧中人多为参与该次战斗者，故演出极为逼真。各部队每周纪念日常有戏剧出演，有时且到附近各村表演，很受群众欢迎。

(《晋察冀日报》1943年4月17日)

完县征文结束

收到作品八十余件

G P

【完县讯】本县在旧历年前所发起的文艺创作征文运动，于三月十八日已经总结。总计收到稿件：小说散文十三篇、通讯报告十四篇、诗歌二十一首（包括旧诗二、旧词一）、歌谣八支、剧本十二件（包括旧剧八件）、歌曲七件、鼓词三件、快板一件、连环画两幅，共八十一件。应征者三十四人，其中小学教员二十一人、乡村知识分子（老先生、村剧团干部）十二人、县干部一人，男三十一人、女三人。应征文稿一般都很简单朴素，能够反映着边区现实的生活，尤以纺织运输对敌经济斗争的故事最多。

(《晋察冀日报》1943年4月18日)

晋察冀画报社：成立自然科学研究会 发明铅皮制版印刷法

【本报讯】军区政治部晋察冀画报社，为了丰富社内成员的自然科学知识，提高工作技术水平，改良与创制生产工具，发展摄影、制版、印刷工作，更进一步地担当起敌后文化斗争战线上的重大任务，日前成立了自然科学研究会，并选出理事会，制订了工作计划。一方面,加强工人同志的技术教育;一方面,改良与创制适合于敌后战斗环境的生产工具和方法。现已创造了铅皮制版印刷法,可以不用铜板印画报,能节省大量之铜片及化学药品,且出品精美成绩优良。又创制了轻便的平板印刷机(机身全以木质制成,而以铅皮代替石板),重量仅四五十斤,较诸石印机轻六倍,而出品质量与数量皆有过之无不及。闻,此创造系根据社行政首长对工作要求的指示及自然科学研究会全体会员大会的决议,由研究理事何重生技师设计,刘博芳、王丙中、康健、杨瑞生、高华亭诸技师的协助而获得胜利完成。此外正在设计实验中者,还有远距离摄影机、轻便铅印机、多烛光植物油灯及排字房新字盘等。而《新闻摄影学》与《平凸凹版印刷术》二书,亦已聘请有十年以上实际经验之专家编写云。

(《晋察冀日报》1943年4月25日)

冀鲁豫文联等抗议敌寇屠杀知识分子

【新华社太行二十三日电】为抗议敌寇屠杀知识分子梁宝三、暗杀女艺人唐若青等,冀鲁豫文联与剧协分会,特提出抗议书。内称:平定高小校长梁宝三,义不事敌,为寇屠杀;女艺人唐若青,亦横遭扣押,活用冰水灌死。噩耗传来,我文化界与戏剧界同人,莫不发指。日寇垂死挣扎,一面,屠杀我忠心爱国之青年学生与知识分子;一面,有散放"与知识分子协力"之无耻谰言,图掩饰其罪恶。这说明了敌人欲灭亡中国必先摧残我民族精英——与□不协作的青年学生与知识界同胞。该抗议书并敬告敌占区知识界同胞,谓:我们反对敌人宰割,我们要向全国广大人民全世界爱好和平人士控诉，今后我们要站在一条战线上，亲密团结起来，用文化的武器，揭穿敌人"以华制华"的毒辣阴谋，为保卫祖国、保卫文化、保卫知识界的安全而奋斗。

（《晋察冀日报》1943 年 4 月 25 日）

平山各完小墙报竞赛结束

范祥

【平山讯】本县各完小，在新旧年时发起的墙报大竞赛，今已评判竣事。其中优秀文章如×完小墙报的时事写述，从苏德战场联系到太平洋，直到中国抗战形势，组织很紧凑，文辞也很生动；王桂林写的一篇《给垂死的日寇算命》，讽刺得很深刻。所有文章都表现了各校学生对中国抗战胜利的信心，与对法西斯日本的仇视。此次内容的缺点是，太多于政治口号的说理，缺少学生生活的实际描述。然而这次的墙报竞赛，全县的高小学生都热烈参加了。他们发挥了每个人的和集体的创造性，表现在各校墙报形式的新鲜、编排的艺术各方面。

（《晋察冀日报》1943 年 4 月 27 日）

文联驻会干部帮助抗属春耕

先礼

【文联讯】本月初，文联各协驻会干部及所有杂务人员二十余人，利用工余休息时间帮助抗属工作。经过十余天的连续劳动，现已将大块淤积的砂土、已经三年不能种植的荒滩变成即可下种的良田。

工作当中，大家劳动情绪非常高涨，文化娱乐工作亦颇活跃。

(《晋察冀日报》1943年4月28日)

对本报的几点意见

（原信过长，从略）

徐定樊怀远同志：

来信对本报提的几点意见，我们认为很对，大部分接受，兹更分别具体答复如下：

（一）本报社论，最近着重于揭发敌伪阴谋。这是由于近来敌寇正在中国，特别在华北进行着各种新花样的把戏，这些"东洋景"必须随时给它拆穿。因此，对边区建设方面的评论，在比重上就较少了一些。至于《解放日报》关于全国性及国际性的论评，只要本报所收到的，均已转载，尚无搁置者。此外，《国际十日述评》《半月军事动态》，虽非全面性的论文，但国际国内形势一个时期的演变，亦可获得应有的认识。希注意。

（二）消息要求翔实，这是本报一贯的方针。对各地寄来通讯材料之真实性，本报同人亦莫不予以最大注意。不过事实上不可能把每一件通讯都去查问确实再来刊登，因此，个别通讯与事实略有出入，自亦难免。这一方面希望各地通讯员同志采访时更加注意，同时更希望读者随时发现后来信更正。

（三）书籍和刊物的出版都由新华书店负责，惟由于印刷物及其他条件的限制，不能满足所有读者的要求。承建议"文摘"性质的刊物，最近尚不打算编印。中国历史方面的书籍，最近可印出两三种，今后一般读物的通俗化亦当更加着重。

最后，希望对本报各方面工作经常提供些意见。

编委会启

四月二十六日

（《晋察冀日报》1943年4月29日）

空前辉耀的乡村文艺

——献给光辉的"五四"

康濯

文化娱乐活动在边区是惊人的普遍、广泛。今年年节里，随到哪里，大概没有听不见歌舞喧闹的吧！就说文化娱乐工作开展较晚的地区：提起平西，总有人会想到大山、小道，过去群众没闹过什么"玩艺儿"，但今年涞水一县，却有六十三个村庄成立了村剧团或宣传队；该县新年大会上有二十四个村娱乐组织参加，本村晚会或出外宣传或与部队联欢者达三十八村；旧年参加各区检阅大会的有五十九个村娱乐队，演出新旧形式近二十种。年节前后一两个月，群众兴奋地说："事变前也没这么活翻过，真是快胜利啦！"

平定、井陉，过去连秧歌舞也跳不起来，今天却是换上了新面目：妇女们在跳舞，儿童们大闹游艺。这两县共恢复与建立村剧团、宣传队七十四个，而且都进行了检阅。平山、孟平、龙华等也都有活动。

看有灾情的地区，以唐县来说，仅参加检阅的就有二十五个村剧团，会上四千四百余人，人民反映"这是前年迄今头一次大活跃"。而完县的乡村艺术活动仍然和往年一样的活跃。易县也有十一个最好的村剧团经常工作，西山南竟出外演出达十次。至于在阜平、平山、灵寿、行唐、曲阳共有二百八十一个村剧团活动。五专区有二十八处举行检阅，阜、曲、完均进行了以县为单位的大检阅。阜平村剧团的战士们最有劲，说："今年比哪一年还有劲些！"平山温塘检阅会上万余人，参加表演二十一村七百九十二人，群众评论为收复温塘后第一次最大的最热烈的会；洪子店也在万人以上；平定石宝大会二千人，游击区不少人赶过来参加。去年在北岳区文救会的号召下建立了四十八个区中心剧团，今年它们都起了骨干作用，并有十八个得到北岳文救的奖旗和奖品。

而且还有哩！涞水三区一个近九十岁的老头表演了旧玩艺儿；阜平三区一个没牙眼花的老头骑驴参加比赛，表演大刀；行唐×庄团体联席会主任留了十多年胡子，为了演戏，剃了；灵寿有一个文救小组长赵××，为了组织剧团，捐出三亩地做经费，他是个很积极的知识青年，对村里的文化工作搞得都挺好；平定××村妇救会主任，在山沟里从没见过娱乐的情形下，八天内把全村青妇都动员出来扭秧歌，并动员她全家大小都去参加以影响别人……

今天群众的活跃，不只是个人技术的表演，不只是舞台上几个人的演唱，而是集体演奏、歌舞的场面和街头演出的场面。秧歌舞由于改进提高不够，今天是比较少了，但另一种新东西霸王鞭，却风行起来。霸王鞭在去年还只流行在平、灵几县的，今天从平定、井陉到四专区各县，甚至到孟平，甚至连秧歌舞也没见过的平西，也连秧歌舞一道传过去了。五专区五县新传授了一百三十五个村，阜平就传授了八十三个村；儿童们普遍活跃起来，并在童子军建设中起作用至大。平山东漂里、阜平城厢和城南庄，为最好的模范，新花样无数种，均穿插故事，异常动人。秧歌舞和儿童舞蹈也有些，如阜平小学教员创作的《走向自由舞》和《火葬希特勒》等即是。此外，最值得提出的是街头演出：很多快板剧、秧歌舞剧、话剧，群众从舞台搬上了广场，如《二黑站岗》《留客要报告》《不准粮食出口》之在平、阜等县的演出即是。阜平广安并自己创作街头剧，在集市上，在群众不知不觉中演出煽动性的剧，反映敌占区生活的痛苦，影响波及十里，下几个集上还有人打问这件事情。群众的天才，创造了不少战斗的反映现实的文艺。

村剧团演话剧的质量是提高了，上面发下的材料，如《掩护》等很多能演，甚至小歌剧也能演。并且由于乡村文艺创作征文运动的发动，热烈地鼓励了不少群众天才作家，像阜平广安剧团创作的《借款与放贷》，城南庄剧团创作的以反逃荒为主题的《不去》，就是当下感动了不少群众的东西。

旧形式利用很多，这也是今年的特色。创作运动发动后，这方面收获不少。村剧团的作者们并不知道成套的改造旧形式的理论，然而像唐县的《李秀成》《新三娘教子》，特别是杨家庵村创作的秧歌，名《逃荒》，故事简单，新手法不多，但演出时多少老太婆落泪啊！本村有七个准备逃荒的人看了戏就不走了，邻村两家人家准备逃的，看了戏也不走了。这些不都是极可宝贵的吗？

这样，就顺便谈到征文运动吧！这运动三月半才结束，据北岳文救谈，边远地区稿件仍在寄来，尚未最后总结。但迄今已收到近七百件稿子，其中文艺最多，戏剧次之（并有三个歌剧），旧诗词古文又次，音乐、美术作品较少。此外，还有阜平王快剧团自制的化装油彩尚未来应征。音乐上发现了十八位群众作曲者，作品中并有一个已在完县妇女纺织中流传开来的。另外，阜平有个剧团干部自制月琴，另一个十九岁的少年，用半块葫芦瓢糊上几层麻纸，做了个并不美观然而奏起来并不坏的"瓢琴"尚未来应征。文艺作品最多，像阜平的张雷、耿锦文，灵寿的文××，完县的刘××，满城县的殷××就都是相当优秀的作者。同时，也有很多老秀才、老先生写了一些诗词或旧剧，如平西的鬶叟老先生即是应征者。除大部分为文救会员、小学教员或文救小组、村剧团集体创作外，并有沟线外甚至远迄忻县及冀中区的军、民，或抗战后就居家未出的大学生、中学生，甚至也有个别在敌占区困居的学者和土生土长的农民初学写作者。

这些乡村文艺的成果，是怎样得来的呢？

国际形势的更有利于我，红军胜利和废约，我各个战线上对敌斗争的不断胜利，特别是领导群众生产、合作运输的成就，这些就都是今年乡村文艺活动如此高涨的条件。

群众在几年斗争中政治觉悟不断提高，再加上几年来文艺走入群众、走向乡村，广泛的播了种子，这样的文艺活动就普遍高涨起来了。而文联文救在群众文艺运动的推动上，是起着他相当的作用的。

去年底，在文联的主持下，发动了创作运动。文联、北岳文救及各级文救编印了不少材料，训练了很多乡艺干部，并实际帮助了不少村剧团，这自然更是推动乡村文娱活跃的一个更重要原因；而特别在材料供给、干部训练与帮助村剧团方面的成就，其意义实在巨大。

在材料供给上，北岳文救曾出小册子十册，包括材料三十余种，一千八百份，加上下面翻印的则数量更多。如果再加上村剧团的创作和自己从大剧团搜集的，那种类也会更多的。而且今年发下的材料，被下面采用的较往年多，《二黑站岗》等并相当流行，这也为往年所不及。

在干部训练上，涞水、易、满、唐、曲、阜、平、灵、行、井、平定等十一县均开办了短训班，由文救主持，甚至如唐、阜均"自拉自唱"，自己组织，自己讲课。不计五专区各县，其他六县共训练了四百余人，五专区更由铁血剧社训练了二千一百八十七名，加上文联及西战团训练的，共二千三百五十七名。同时，今年训练的可贵处，在于均是从实际排演、教歌、化装中讲授，时间比过去几个月的专门训练短得多，但收效却并不少；流行的歌子是他们传播的，排剧、布景、化装……艺术上的提高，也是他们的功绩。☐群☐☐☐☐☐☐喜☐☐☐☐☐☐ 不 ☐☐☐☐☐☐ 立 ☐☐☐☐☐☐ 剧团☐☐☐☐☐☐且在☐☐☐☐☐☐范围内☐☐☐☐☐团、宣传队排舞台剧八十三个，街头剧三十个，教霸王鞭一百三十五村，秧歌舞十八村，舞蹈八村，教歌六百一十三次，帮助演出三十三次！很多村剧团没见过演话剧，不懂话剧，不肯背台辞，一天要排四五幕，只说"告给意思就行"；但铁血剧社却不，他们为了群众艺术水平的提高，他们耐心解释说服，抄台词、口授，一定争取排出个样子。这些功绩不都是令人振奋的吗？至于阜平的传霸王鞭，其他各地的发动小学教员开训练班、排演、教歌等，自然同样也是意义重大的。

这就是空前辉耀的乡村文艺！这就是我们民主风光下天才的群众们的创造！

一九四三年四月二十日午

（《晋察冀日报》1943 年 5 月 4 日）

三分区民运部成立文艺小组

沈重

【本报讯】三分区民运部诸文艺爱好者，于四月五日晚间召开了文艺小组的成立会。在会上，诸同志均以高度的热情纵谈了小组的任务、方向、抱负与希望，文艺工作与学习的重点诸问题，信心与情绪极高，特别是刘杰同志的报名参加，予小组以极大兴奋。会至夜深始散。这个小组包括小说、诗、报告、木刻、音乐等方面的爱好者八人，过去只是各自努力，缺乏集体的研究与组织。此次接文协的催询，乃开始成立组织。经过热烈讨论，决定小组任务的两方面：对内，是加强文艺理论上的学习和努力创作，提倡集体研究的精神；对外，帮助开展三分区（特别是地方上）的文艺运动，联络一切文艺爱好者，引导人们爱好文艺和正视文艺运动。最后决定：（一）加入边区文协为会员，受文协的领导。（二）每月例会一次，会议内容以集体讨论文艺创作及理论为中心。（三）每人要定出自己的创作及学习计划，多多创作。把各人的创作按期订成小册子，轮流传阅，大家提出具体意见来。（四）每月集体学习一种文艺理论的材料或创作作品，由一人做中心报告后，大家讨论。最后，拟讨论三月十日中共中央文委与中央组织部召开延安党的文艺工作者会议的决定及所指示的方向。

(《晋察冀日报》1943年5月5日）

中共西北局宣传部及文委指示各地剧团改进工作

【新华社延安一日电】根据党中央文委确定目前剧运的总方针，西北局宣传部及文委联名于四月二十五日向各地剧团发出指示，切实改进今后工作。其指示原文如下：

"党中央文委已确定目前戏剧运动的总方针，就是为战争、生产及教育服务。各地党的宣传部门，应根据这一方针于最近期内（五卅前）召集有关人员的会议，检讨当地剧团最近一年来的活动情形，检查所演剧本内容是否符合上述方针，并根据下列意见切实改进今后剧团工作：（一）各地党的宣传部门应即协助党的组织部门，对各剧团负责人均加以政治上的审查，并派好的党员去担任剧团的政治领导。对于有艺术素养的旧艺人应予优待，但必须使得他们的艺术能为边区服务，而不是'为艺术而艺术'的盲目崇拜。（二）各地晚会节目，均应根据观众对象加以适当的选择。在我们还没有更好更多的新剧本的情况下，旧剧本是很难一律废除的，剧应选演其中内容较好的（如《四进士》《宋江》之类），并可在演出之前向观众做简明的批判介绍。某些内容太坏的旧剧（如《四郎探母》《铁公鸡》《乾坤带》之类）则应当禁演。（三）党的宣传部门应注意帮助和指导各地从事戏剧工作的同志了解边区情形，鼓励他们创作反映边区现实，且有艺术价值的新剧本，并在干部及群众中介绍和提倡这样的剧本。如曾在延安及前方演过的《突击》《佃户》《闲话江南》等话剧，战斗剧社的《晋察冀乡村》活报剧，民众剧团的《十二把镰刀》《查路条》等秦腔、郿鄠剧，以及本年春节鲁艺、西北文艺工作团等所演出的秧歌剧等，都是值得介绍和学习的。以上指示执行情形，应由各地委宣传部负责向西北局做报告。"

（《晋察冀日报》1943 年 5 月 5 日）

延安平剧研究院根据党中央文委指示检讨过去，确定新方向

【新华社延安四月廿五日电】三月廿七日，中央文委所公布的剧运方向，在延安平剧研究院已得到响应。自该消息发表后，平剧院的同志即开始检讨过去平剧的缺点，研究今后平剧新的任务。本月十九日，该院副院长柯仲平同志复到院传达中央文委的决定及院长张经武同志关于改进平剧院的指示，更使这一方针的实现入于行动阶段。柯仲平同志除在全院大会上指出改造旧平剧、创作新平剧的必要外，并专门召集了该院研究室开会，进一步检讨过去的平剧工作。会上各同志均踊跃发言，指出过去的偏向及其影响是：（一）单纯从艺术上着眼，不顾及内容的好坏及其影响，把演出看成了单纯的娱乐活动，忽视了戏剧应为政治服务。（二）只看重整套的最定型的平剧（这是比

较更脱离群众、不易注入新内容的），对于平剧中附属部分的小形式戏剧，如《打花鼓》《小放牛》《纺棉花》及其各种地方戏（这是比较更接近群众、易于注入新内容的），没有给以必要的改造和利用这些东西，以它们来反映今天的现实生活，直接为抗战服务。（三）这种不正确的做法，还影响了延安的业余平剧活动。各平剧分会和平剧小组，也都把平剧工作看成了单纯的娱乐活动，对影响不注意。（四）由于延安对于平剧的批判工作不够，影响所及，边区各地以及某些抗日根据地，也在提倡平剧，不经审查、不经批判、不经改造，就向地方群众演出，甚至也在部队中演出。其结果对群众教育对部队教育，是不能起积极作用的。经过了这次会议，平剧院同志已开始达到这样的认识，决定坚决无条件地执行中央文委的指示，使平剧面向工农兵，为战争、生产、教育服务。至于该院今年的工作方向，亦经确定为：（一）审查和修改已经演出过的旧剧本；（二）创造直接、间接能为战争、生产、教育服务的新的历史剧本；（三）以民间形式的戏剧（不限于平剧）来反映今天的现实，表现今天老百姓的生活，创作直接为战争、生产、教育服务的民间形式剧本。

（《晋察冀日报》1943年5月5日）

苏联影片大批运渝

【中央社重庆九日电】经理发行苏联影片之亚洲影片公司，近运到大批纪录影片。该项影片内容，包括最近苏联抗战新闻及苏联联邦共和国之一般风土人情特写，并配以各民族独特之歌唱及舞蹈等。

（《晋察冀日报》1943年5月13日）

延安新华书店一年发行书、报达百万份

【新华社延安电】二日为边区新华书店成立一周年纪念日。该店于过去一年中，对边区文化教育事业贡献极大，备受各界爱戴。现该店除延安门市部外，散布在边区各地的分支及推销处共有二十二处。经过上列的发行网，该店一年间曾发行了《解放日报》×××万份、《边区群众报》×××万份、《新文字报》××万份、《新华日报》×千份。在书籍方面，共发行了十一万三千册，其中有理论、文艺、自然科学、新文字、外国文等一百余种。在杂志方面，共发行了四千六百份，各地分支店发行数目尚不在其内。书报共计百万份。

（《晋察冀日报》1943年5月13日）

冀东军分区组织科长雷烨同志壮烈殉国

夷

【本报特讯】八路军总政前线记者、冀东军分区组织科长雷烨同志，于此次敌寇进犯我军区南线时，壮烈牺牲。雷烨同志深入敌后，挺进最前线之冀东，转战数年。此次回军区述职，曾把他在冀东、热河之亲身经历，于百忙中抽暇写成通讯，在本报披露；并将亲在冀东摄制的许多珍贵照片一部分交由《晋察冀画报》出版。此次敌寇奔袭我军区南线，雷烨同志仍在前方坚持工作，于四月二十日晨在平山某地不幸与敌遭遇，当即拔枪向敌抗击，身中数弹，自知不免，乃将摄影机、望远镜等全部用石头砸毁后壮烈自尽，为民族流尽最后一滴血。惊耗传出，闻者无不万分痛惜！雷烨同志的牺牲，不仅是我晋察冀敌后新闻战线上的一大损失，还使我部队丧失一优秀的政治工作者。

(《晋察冀日报》1943年5月14日)

教部、剧教二队公演名剧

【中央社赣州十一日电】教部、剧教二队十一日起在赣举行五周年纪念公演，并演出《天国春秋》《大雷雨》《李秀成之死》三大名剧，盛况空前。该队曾往鄂、湘、赣、浙、闽、粤等省，巡回演出凡三百一十三次，观众达四十余万人，成绩斐然。

(《晋察冀日报》1943年5月14日)

苏联战时文化动态

教育和其他

战争并不曾妨碍了苏联的一切文化活动和进步。今年苏联政府拨给、添设学校、博物馆和其他文化机关的经费，较之去年同时，在两倍以上。苏俄人民教育委员伏勒地格尔·泡特金告诉记者说："从今年一月起，所有战前活动的苏联高级文化机关都已经恢复了经常的工作。"从战争爆发以后，一共增设了专门学校二十九所，初级、高级小学校增设一万五千多所。在专门学校中，包括有吉尔吉兹、卡隆吉斯坦、乌兹伯克斯坦和土耳克美尼亚各地的飞行学校两所、工专三所、自然科学院三所、生物院三所等。战事刚一爆发时，从前线撤退的高级研究院，现在在遥远的后方都已恢复活动。基辅、卡尔科夫和罗斯多夫各大学，都已迁到中央亚细亚托木斯克各地复校。托木斯克这一城市，差不多是苏联境内大部方言集中使用的地区，故大学和其他高级学府，迁到这里来的独多。

在北方，今年可望增设初、高级小学校两百所，教师大半都受过特别适宜于北方教育的训练，儿童完全用他们的方言文字来进行学习。

收复区里的文化活动，最近也全面地恢复起来了。在今年头三个月里，在各个收复区所恢复了的文化机关，计有初、高级小学校八千多所，学院十二所，俱乐部八百多所。和各个博物院、教育机关的恢复同时进行的，还有许多个博物院的展览会，差不多是全国性的在此起彼伏地举办着。从战争开始以来，这种富有意义的展览会已举行的有三百次以上。在莫斯科的更有地理、考古及其他关于某一专门学科的展览会多个。这对于抗战中国民教育的增进工作，有着莫大的裨益，也的确获得了许多具体的成果。

关系中、英、苏、美四国文化关系的展览会，一共前后在不同的地区里举行了二十六次，每次都给苏联人民以最大的鼓舞。而其中最特殊的一次，要算在苏联建筑学院所举办的英国的建筑学展览会。（根据莫斯科十四、六日塔斯电稿编写的——编者）

音乐和文学

对于艺术的不断的追求，俄罗斯人民永远是有生气的和蓬勃的。从战事发动以来，几十次的关于东西斯拉夫民族的艺术的讲演、展览会，都在莫斯科、列宁格勒和其他各城里举行过。每一次的这样艺术集会，参加的人，总是户限为穿□许多捷克、波兰或其他斯拉夫民族的作曲家，都在全苏各地的剧场里赢得了最高的荣誉。捷克作曲家苏塔那名作《出卖了的新嫁娘》在基辅歌剧院获得了空前的成功，其后由苏名作家亚历克赛·托尔斯泰译成俄文在列宁格勒玛丽歌剧院上演，连演了两个多月。

长篇小说家伊拉塞克的悲剧作品《日耳曼人》，引起了全苏联文坛的骚动,所有著名的文学批评家参加了对这一伟著的热烈的批评和论战。

波兰世界作曲家肖邦的作品,目前在苏联各地成为被热烈欢迎的对象。差不多每一个音乐会,都有肖氏的作品被演奏,其盛况为战前所未有。

乌克兰、白俄罗斯的作曲家和剧作家的作品,在莫斯科各大剧场的演奏,已成为经常的事情。对这两地的风土情调,是莫斯科人士所最乐于欣赏的。

(根据前布拉格大学教授、现任莫斯科国立大学教授兹登尼克·尼德来氏报道改写——编者。)

(《晋察冀日报》1943年5月20日)

鲁中文艺界联系实际反省工作

【新华社鲁中电】延安文艺界面向工农兵的新方向与如何实行党的文艺政策传抵此间后,引起了此间文化艺术界极大重视。曾经深入区村进行了八个月群众工作的文协文工团同志,当他们在开展农村文化运动的岗位上看到了这个文件和电讯时,立即展开热烈地讨论和阅读。每个同志深入农村面向工农的思想和信心,都更加提高。一一五师政治部战士剧社于整编完毕后,即以《如何实现党的文艺政策》及《艺术教育改造问题》两文件为中心,深入钻研讨论,并联系实际反省自己的工作。在讨论中,大家深刻揭发了过去空喊"面向部队,面向群众"的口号,而实际上却存有留恋大剧、单纯追求技术的错误观点。在作风和意识上,则痛切反省了某些剧团之间的门户之见,及某些同志的特殊、散漫、怪癖等不良习气。目前该剧团在生活上已建立了劳动工作制度,与部队生活真正打成一片。在工作上,强调互相研究集体创作，研究民间形式。同时，并于最近期内出发赴某团，真正到连队中战士中去进行工作，丰富自己，具体为战争、生产、教育服务。

(《晋察冀日报》1943年5月20日)

北岳区区党委召开党的文艺工作者会议

聂伯

【本报特讯】根据中共中央文委和组织部召开的党的文艺工作者会议的精神和指示，中共北岳区党委于四月二十四日召开了党的文艺工作者会议。

到会者三十余人，有文、音、美、剧各文艺工作部门的一些主要干部，有文化界及宣传部门的一些党的工作者，有成仿吾同志及区党委诸负责同志。几年来党的文艺工作者的思想、文艺运动和文艺创作的图画，明亮地摆在到会的人们的面前：让我们细密地审视党的文艺工作者和文艺运动的真实的面貌吧。

在整个会议的过程中，以布尔什维克的自我批评精神，以整风的精神，对几年来特别是近一年以来文艺工作中所发生的偏向与各种缺点，无论是表现在艺术思想上的，或创作活动上的，又无论是小说、诗歌、戏剧、音乐、美术或文艺批评中的，都做了较深刻的检查。认为过分强调与夸大艺术的特殊性与能动性及文艺对政治的不正确态度，脱离实际斗争，脱离群众，强调艺术形式的完整而忽略政治内容，提高与普及脱节等，都是艺术至上主义的倾向的严重恶果。

成仿吾同志在发言中，中肯地、全面地估计了边区文艺运动的成绩和缺点。在指出成绩以后，特别指出了从一九四〇年以来，由于文艺工作者与实际斗争脱离而发生了缺乏作品的恐慌，现在中共中央提出的文艺运动方针,正是克服这种现象的最好办法,是当前文艺工作干部的唯一出路。邓拓同志在发言中,特别从边区文艺运动的发展历史上,指出了今天所存在的艺术至上主义倾向的悠久的历史根源。如一九三九年讨论利用旧形式问题时,就有某些文艺刊物提出"中国大众是没有艺术的",以及"化大众"的不正确的观点,这种思想就阻碍了文艺工作者进一步与大众结合。潘自力同志在发言中,特别指出今天边区文艺运动中所存在的一种严重偏向是艺术至上主义,所谓"政治主义"和"功利主义"是不存在的,提出这种名称就是从艺术至上主义思想出发的。张春桥同志在发言中,从强调艺术的特殊性与能动性,文艺工作者对政治学习的态度,与政治工作人员、党务工作人员的关系,文艺创作中脱离实际、脱离群众的表现,以及文艺批评工作等各方面,以各种实际材料证明艺术至上主义倾向的普遍严重存在,并严正地批评了《诗建设》社论《加强诗的宣传》的错误。姚依林同志发言中特别指出:艺术至上主义倾向在我们文艺工作者中还是相当普遍的存在,还不是个别的,还不仅是残余。由于这种倾向的存在,自己高高在上,不顾群众批评,认为艺术工作"是最光荣的",就使文艺与工农兵结合上做得很差。朱良才同志因时间关系,未能及时在会上发言,会后曾对记者表示了他对边区文艺运动的意见。首先,指出了几年来边区文艺运动的成绩,这些成绩是在党的正确方针与领导之下,文艺工作者积极工作中获得的;其次,指出边区的文艺运动在其与政治的关系上发生了艺术至上主义倾向,这是主观主义的一种,由于这种倾向的妨碍,就使我们的文艺工作与工农兵及实际斗争的结合做得不够。——总之,整个会议上发言的火力是针对着艺术至上主义这一思想倾向给以揭发与批判的。

但不是从开始大家的意见就完全一致的,整个会议是在两种不同的思想原则尖锐的斗争中进行的:一种是党的马列主义的思想原则,即文艺是服务于政治的;一种是非党的资产阶级小资产阶级的思想原则，即艺术至上主义的思想倾向。而在争辩中，在毛泽东同志指示的文艺的新方向，"文艺应为工农兵服务"的光芒闪耀的火把照耀和引导下，许多存在着艺术至上主义思想倾向的同志，在对自己的缺点的认识上，在对整个边区文艺运动中所存在的这种倾向的认识上，逐渐地有了显著的进步。如某文化工作的领导同志在历次发言中，充分表现了一种布尔什维克的严正的自我批评精神。最初，他只一般地提出关于艺术至上主义这一思想倾向问题，还只是当作一个理论上的问题，而不是当作一个现实存在着的一个最基本的问题。在他后来更进一步地思考各方面的问题之后，便清楚地认识到这种倾向是严重存在于边区文艺运动中的，必须做彻底地揭发与纠正才能展开今后的文艺工作。他这种敢于自我批评及正视现实问题的精神，影响了一些同志进一步反省和认识自己的缺点和错误，并为到会同志所欢迎。

会议进行的第四日，两个不同的思想原则在党的马列主义的原则上，基本上是一致了。只是关于是否一定要用"艺术至上主义"这一名词尚有些出入的意见。关于这一点，主席胡锡奎同志在结论中已有明确的解释。

这次会议是在非常紧张的战斗情况下召开的，因此，最后的结论未能在当时宣布，到三十日胡锡奎同志始于××地做了结论。其中对边区几年来党的文艺工作的成绩和缺点做了正确的估计，指出了在我们文艺工作中艺术至上主义倾向的普遍严重地存在，但在各个时期各个部门各个同志在程度上是不相同的。同时，他着重指出：在党中央的正确的文艺政策与领导之下，经过这一次的下乡运动，边区的文艺工作一定会以新的面貌出现，党的文艺工作与文艺工作者的前途是光明的。

北岳区党的文艺工作者会议，这是第一次，他表现出中国共产党对文艺运动的无限关心和热情的爱护，他沿着中共中央和毛泽东同志所指示的"文艺应为工农兵服务"的方向，率领着党的文艺工作者前进。现在，会议已圆满结束了，但只是改造的开始，把会议的精神在自己的工作中贯彻起来，这就是当前党的文艺工作者的战斗任务。

（本文内记述的许多同志的发言，及成仿吾、朱良才诸同志的意见，均未经诸同志最后详细审阅，如有出入，由记者负责——聂伯。）

（《晋察冀日报》1943 年 5 月 21 日）

文联二代大会中"抗敌"演出《开渠放水》

【本报讯】大会期间抗敌剧社曾为大会演出四幕话剧《开渠放水》，这是抗敌剧社同志分散下乡回来后的创作，已开始较深入地反映了根据地人民的实际生活。闭幕时并有音协主持的音乐晚会，由抗敌、西战团、铁血剧社演奏演唱，节目甚为丰富，颇受代表欢迎。

（《晋察冀日报》1943 年 5 月 26 日）

美展及音乐晚会为大会生色不少

夷

【又讯】在文联二代大会期间，各协会都有很多活动。除抗敌剧社出演《开渠放水》四幕话剧外，文协展览短篇小说创作运动征文三十余篇，美协亦举行一小规模的美术展览会，有又人的四幅油画，徐灵、古塞、李黑、凌风诸人近作。音协举行一音乐晚会，十分热闹，会后各协都举行座谈会，继续交换今后工作意见。

（《晋察冀日报》1943 年 5 月 26 日）

严正检讨过去确定今后方向

文联举行二代大会

产生二届常委沙可夫当选主任　来宾踊跃提出宝贵意见甚多

【本报特讯】边区文联第二届代表大会在五月六日上午开幕，至十日晚闭幕。这是一次对边区新文化运动的进一步开展上有异常重要意义的会议。出席代表之多，讨论问题的广泛深刻，都是空前的。而其最生动丰富的收获，就是根据中共中央文委与中共北岳区党委党的文艺工作者会议关于文艺工作的指示做了严正的检讨，决定了新的方向。五日晨，虽在敌机肆虐与东线敌情十分紧张的环境下，各地代表仍陆续到会了。文、音、美、剧、新文字各协会，自然科学、青年记者、新哲学各学会，北岳区文救会和各分区剧社，以及冀中、平西文化团体的代表，一共到了六十人。成仿吾、于力、邓拓、潘自立、王纪新诸先生也在百忙中到会。来宾有朱良才（军区和中共北岳区党委代表）、袁直（边区国民党联办处代表）、林迈可、班威廉、杨耕田、郭任之诸先生。而教育处刘皑风处长，实业处刘奠基处长，高等法院王斐然院长，虽然因公务不能亲自到会，但也都亲自写了意见书，献与大会。代表们都围观这些意见书，有的还笔记这些意见书的要点。刘皑风先生的意见书里谈到他对于延安党的文艺工作者会议的感想，并对边区的文化文艺工作提出：一、文艺工作者下乡，实在是必要的。他举冀中的新世纪剧社为例，因为他们深入到农村去，所以演出很受民众欢迎。二、大家对许多文艺作品看不懂（如最近接到的一期《诗建设》□□）。他具体建议：作品的形式与内容应适合于大众的要求。三、今天边区的小学生及校外儿童很少适合的歌子唱，缺少课外的读物，希望同志们在这方面多多创作。同时，他主张儿童歌曲应当是：形式文字要通俗，音节要简单、活泼、愉快，以齐唱为主，也可以轮唱的或二部合唱的。内容包括边区儿童的进步生活和各个时期的政治任务的宣传教育。刘奠基先生则主张"文艺创作必须以群众文化水平为基础，力求真实平易"，并提议应多创作歌曲和图画。王斐然先生意见有几点和上述的相同，并建议应将妇女本身奋斗的事迹，很好地吸收到作品中去。另一篇用很劲健的毛笔字写的，是于力先生的《野人献芹》。他首先拥护延安中央文委对于文艺工作的指示，并提出：（一）希望更多编制新歌剧；（二）新诗要防备内容空虚广泛，情趣不够浓烈，声节不顺，陷于公式主义，并指出新诗有光明的前途，因为有丰富的生活背景，有情绪的解放，有音乐家的合作等。国际友人班威廉先生英文写的意见书也贴在这里，他的意见与另一国际友人林迈可先生在大会讲话时所讲的精神是一样的，给我们很多鼓励。并着重指出：我们的文艺作品如美术作品、戏剧、音乐，都是西洋风调，而看不到中国的风格，要我们不要一味洋化，应保持中国的民族传统，同时吸收西洋好的东西，缺少了哪一方面都是不成的。词意恳切，受到全体代表热烈欢迎。会场正中挂着鲁迅先生的画像，旁边有一幅巨大的白布幔，上面题着："把光辉更亮地射向乡村！"这是北岳区抗联的祝词，每个代表们都被那红亮的大字吸引住视线。

六日上午九时，天气晴和。隆重的开幕式开始了。依序唱歌，向边区殉难文化界烈士致哀，选举主席团后，即由罗东先生报告大会准备经过。主席沙可夫先生致开幕辞，他说："大会主要是总结两年来的工作，发扬优点，揭发缺点及其来源，研究克服的办法。两年来我们工作是有很多的成绩与经验教训的，这次会上都要总结出来，这样才能使我们的工作向前进步。"继有杨耕田、袁直、郭任之、丁里、崔嵬诸先生讲话。并由大会临时动议发表宣言，表示这次大会的精神与期望。

朱良才同志号召全面开展文化运动

下午,军区政治部朱代主任代表军区与中共北岳区党委莅场讲演。他在热烈的鼓掌声中走到台上,先向大会代表致敬,并简洁地叙述了边区文艺工作对于抗战的伟大贡献:"边区的许多可歌可泣的斗争事迹,经过了我们文艺工作者宣扬到全世界、全中国,起了很大的作用。我们的文艺工作者艰苦奋斗、英勇牺牲、艰苦耐劳的作风需要更好的发扬。但是我们的斗争还没有全面地反映出去。首先,我们的文艺工作者对于文艺与政治、文艺与实际斗争的密切配合还不够,发生了艺术至上主义的倾向,这是过去文艺工作中的主要缺点。其次,是在现在普及与提高上认识不清。最后,作品的严肃性不够,写作时还没有经过很好的考虑、研究、审查,甚至有些作品的内容还搞错了,这就不合于我们的要求了。"对于今后文艺工作问题,朱代主任提出:(一)今后要把边区文化运动全面地开展起来,目前生产是边区的全面的斗争,文艺工作对这方面要很好地配合。在对敌斗争中,要进行全面地对敌政治攻势,和敌人的"政治队""宣抚队"尖锐地对立起来。在武装斗争上,文艺工作者要深入到武装队伍中去,鼓舞战士们的斗争意志,反映他们的英勇斗争的事迹。在提高人民的文化教育上,要多多地灌输民众以大□的自然科学的常识与生产斗争的知识。同时应把重点放在民兵的身上,民兵是我们人民的精华,无论在生产或战斗上,都是他们为主,所以这个重点要好好地抓紧。要实现如上的任务,我们的文艺工作者就要下乡,要深入到斗争中去,才能很好地完成这个任务。(二)对文艺工作者本身的修养上,应继续进行整风。整风不仅是共产党员所需要的,全国人民也都觉得需要,整风应是我们今后的战斗任务之一。(三)要继续加强文化界工作的联系和思想上、政治上的团结,要互相帮助互相批评。朱代主任并以"祝大会胜利,把我们文化战线的军队锻炼成为一支铁军,更进一步地开展新文化运动"等语相勉。

沙可夫同志报告文联两年来的工作

大会的第二、第三日，由文联主任沙可夫同志报告文联两年来的工作，并有政治部潘部长做《边区子弟兵的文化生活》的副报告。沙主任报告中，谈到两年来边区文化工作者辛勤的劳绩。如在数次的政治攻势中，在军民誓约运动中，在完成各种政治任务的工作中，都有着显著的成绩，开展了部队的与乡村的文艺运动。这都是由于他是处在民主的抗日根据地，由于我们有正确的文化政策的指导，由于共产党、八路军和边区政府直接的扶植与帮助，同时也由于边区广大群众的关心与爱护的结果。当然，这些成绩更离不开我们的文化文艺工作者本身的努力的。如我们有不少的同志像雷烨、叶正萱（都是文联一届执委）等，都是为了新文化事业流尽了最后一滴血，有的在与敌人的搏斗中英勇牺牲，有的积劳成疾溘然长逝。这些同志的模范行为都是被我们永志不忘的。在缺点方面，则着重指出"边区文艺工作中，尚存在着相当严重与普遍的艺术至上主义的倾向"，我们的文艺工作者的思想感情与创作，还没有达到和工农兵打成一片的地步。并提出今后的一般任务为："全面地深入地开展边区的新文化运动。"其具体任务是：（一）开展大众文化的新启蒙运动；（二）巩固与扩大文化界的统一战线；（三）加强文化理论战线的斗争；（四）继续整顿三风；（五）实行文艺工作者下乡；（六）加强文联的领导。

各协代表小组深刻批评检讨

第四日小组讨论，在各协代表小组的讨论中，也都引起了广泛的深刻的批评与检讨，一致表示完全接受沙可夫同志这个报告的全部内容。在文协小组中，对过去文艺工作者思想上、创作上的缺点都加以检讨，并指出了过去文艺批评上的偏向，做了反省。音乐小组在大会讨论中发言，说："我们虽然都知道艺术是为政治服务的，但在具体的工作中就把握不住了。有些同志把精力都放到创作大的作品上，广大群众没有歌子唱却没有及时得到解决；有些同志则害怕今天要不努力'提高'，抗战胜利后到城市里去恐怕会落后。这充分表现了我们有些同志还有不愿和群众在一起的偏向，和将'提高'与'普及'对立起来的错误观念。"戏剧小组检讨时，也发觉了"过去剧作上多是注意形式与技巧的完整，忽略了群众的需要。对一些配合政治攻势的剧本则认为是应时的，因此也就草率写作。在普及与提高上，则严重地脱了节"。美术小组则检讨出："美术工作者还没有在思想上、认识上来和工农兵高度的结合。有些同志尚把小资产阶级的趣味灌输到作品中去，有的还凭着自己的主观的好恶来进行创作，有些同志把'杰作'与今天所需要的作品对立起来，对政策与政治原则不肯进行深入的研究，创作上对西洋技巧的偏爱，如写鸽子象征'和平之神'，'十字架'象征死亡，老百姓是不会了解的，并且还缺乏深入工农兵中去调查研究的热情。"

第五日大会讨论总结，并向大会提出各种提案。文协提：（一）出版通俗的文艺刊物；（二）巩固和发展文艺小组。音协提：（一）加强辅导小学教员进行歌咏工作；（二）文协应多创作歌词以便利作曲；（三）如何更进一步地开展部队的音乐工作。美协提：为使边区美术工作更切实地为工农兵服务，必须使现有创作主题更加扩大，工作方式更加面向连队、面向农村、面向工厂。剧协提：（一）剧运应更加面向群众；（二）要克服普遍上演旧剧的偏向，加强接受旧剧遗产的工作。自然科学界协会提出：（一）应如何普及自然科学常识。医学会提出：预防疟疾。社会科学学会提出：进行边区农村社会调查。文救提出：更进一步加强农村文化建设，使文化密切地与战争、生产、教育结合，为工农兵大众服务。均展开了热烈的讨论。大会并选出成仿吾、沙可夫、邓拓、于力、常青、潘自力、陈凤桐、刘皑风、王承周、阮慕韩、段希鹏、张珍、沃渣、田间、王林、沙飞等二十三人为第二届执委，选出沙可夫（主任）、邓拓、王纪新、周巍峙、丁里、崔嵬、张春桥、罗东、冯宿海等九人为常委。第五日晚上由沙主任做讨论的结论并举行闭幕式。初夏的晚风有些凉意，麦场上整齐地坐着代表与来宾和抗敌剧社、西战团、铁血剧社全体同志，月亮与星星的清辉照射着大地，给经过几天紧张的会议的代表与来宾以舒适和愉快。典礼在顺序地进行着，首先通过了三项决议：（一）大会一致同意沙可夫同志关于边区两年来文化工作的报告与结论，认为全边区的文化团体与文化工作者应把这个报告与结论作为整风文件，根据这一报告和结论来检查自己的思想，并在今后工作中贯彻这样的精神。（二）大会各种提案中除少数有关组织与干部调整的提案尚须和有关方面商讨解决外，一致通过交执委会执行。（三）通过修正章程。

于力先生等对大会十分赞许

继有于力先生讲话，他感到这次大会开得很好。他回忆起五四时代，他正如在座的许多青年一样的年轻、热情，参加了那次的新文化运动。过了二十三年后的今日，仍能为新文化服务，高兴得很。他希望到会的代表们，一定能够完成大会的决议，把大会的精神贯彻到工作中去。其次，边区自然科学界的工作者不少，但是代表来的不多，和别部门的人数比较相差太远，为完成伟大的抗战建国的事业，希望在下回开会时，边区能产生更多的科学家，并且有更多的代表来参加这个会议才好。陈凤桐先生则以有趣的生动的语言，向在座的代表们谈"下乡"问题，以在推广农业中的许多例子说明下乡应有准备、有计划、有重点的必要。新任常委王纪新先生对大会的自我批评的精神，表示十分赞许。他说："我在敌占区待了几年，刚一到边区，看见边区文化建设上有如此的建树，非常兴奋。参加了这次大会后，更觉得你们的伟大，你们辛苦地工作着，有了成绩，也不自骄，反而这样严厉地鞭策着自己，这实在使我惭愧，足见诸位对人民大众的负责精神和建设新文化的苦心。"最后沙主任代表新任执委宣誓就职。在大会闭幕时，正好传来北非盟军攻下比塞大、突尼斯两港的捷音，代表兴奋之余即一致决议通电向盟国致贺，并希望英美迅速实行更重要的东西夹击，迅速打败希特勒匪首，这一隆重的会议到此宣布闭幕。各代表亦返回岗位，大会的精神和指示就要传达给各地文化工作者，新的斗争就要开始了。

（《晋察冀日报》1943年5月26日）

晋察冀北岳区各界抗日救国会联合会第一次代表大会宣言

民国三十二年四月二十五日，晋察冀北岳区各团体之联合代表大会，在反对敌寇"扫荡""清剿"与敌机狂炸肆虐的斗争中开幕了。出席代表一百九十二人，代表工人、农民、妇女、文化人、知识分子、士绅、商人等各级会员一百多万，聚首一堂。首先听取了六年来北岳区群众运动的简明总结，通过了各界抗日救国联合会的建立，决定了当前群运的三大任务：战争、生产和教育，并选举了统一的领导机关。大会共进行了八日，团结、紧张、民主、战斗，一致本着合力对敌的精神，于五月二日胜利闭幕了。

追溯我北岳区群众运动的发展，伴着敌后整个抗战形势的变化，从抗战初期的动委会，到各团体的建立、壮大、巩固，直到今天，随着敌后形势而进行各团体的统一领导，都证明我北岳区广大群众已经基本上发动起来，不少地区且已充分发动起来了。然而我们广大群众的发动，绝不是偶然的：首先，由于我广大群众在抗战中获得了民主，参加了政权，只一九四〇年的民主大选举中，从村代表到参议员，我们当选的会员就以五万计；假如没有这种民主权利的获得，我们群众运动的开展将是不可想象的。其次，我们广大群众的发动，也由于与武装斗争的正确结合，我们从组织上动员自己的会员，踊跃参军，站在民族解放斗争的最前线。此外，更在民兵中，特别是农民、青年，起着骨干作用；假如不与武装结合，则不但我们的生命、财产、家乡、祖国将无以保卫，即我群众运动的开展，也会软弱无能。再次，我广大群众的发动，更由于我们改善了群众生活，照顾到各阶层利益，团结一致，共同建设边区；特别在生产战线上，我广大会员且直接起着保证和推动作用，以今年来说，就有三万多妇救会员投入纺织战场；假如离开了领导生产，那我们就谈不到改善群众生活，谈不到团结全民，更谈不到发展群众运动了。最后，我广大群众运动的发动，还由于我们首先发动了占全人口总数百分之九十以上的农民大众，才使我们在团结全民上有了依据。同时由于广大农民大众抗战积极性的不断提高，把国家民族利益放在第一位，才能照顾到各方面各阶层，才能团结全民，因此，才巩固和扩大了我们的农村统一战线。

基于上面这些原因，更赖共产党、八路军的积极扶植，抗日民主政府的多方帮助，我们领导机构和组织形式能够依据敌后抗战形势的发展适时正确地转变斗争方式与领导方式。再加上我成千干部和百万会员的日夜积虑，不少干部会员把自己宝贵的生命献给了民族解放事业，才使我们广大群众，在坚持全民抗战、保卫民主抗日根据地的斗争中奉献出自己的全部力量——人力、物力、财力与智力，贯彻各种政策，执行政府法令，援助前线，协助军队作战，而且在斗争中更获得了自身的解放与生活的改善。正因为这样，我们北岳区的广大群众，始终坚持与敌斗争，与子弟兵在一起，粉碎了五年来敌寇对北岳区的"扫荡"、"蚕食"、封锁、分割的各种进攻，永远保卫着我们的抗日民主根据地——晋察冀边区。

目前，敌后抗战形势正处在黎明快要到来之前的黑暗时期，胜利之光虽确已在望，但斗争却更加残酷尖锐。我们的群众运动，面临在这样的艰苦的形势里面，我们当前的任务，就是要继续发扬六年来我群众运动的艰苦奋斗的光荣传统，坚决保卫我们的既得利益，前仆后继，再接再厉，以团结、坚定、刻苦的精神加强根据地建设，深入敌后之敌后，加强对敌斗争，保护一切中国人的利益，组织全民，积蓄力量，准备反攻，争取最后胜利的到来。

现当大会闭幕之时，谨以大会团结、紧张、民主、战斗的精神，向我全体会员和全体同胞宣言，我们要坚决完成大会付与我们当前群运斗争的三大任务：

第一，团结一切反抗日寇的同胞，加强对敌各种斗争：反对敌寇奴役我青年壮丁，不当伪军，不参加伪青少年团；反对敌寇的"增产"、抢粮、勒索、压榨等暴行，不供给敌寇以粮食物资；反对敌寇的欺骗宣传和奴化教育，猛烈地开展政治攻势，巩固我们的思想阵地，从各方面配合子弟兵，拿起武器来，开展群众游击战争！

第二，发展边区的生产建设事业。我们要建立新的劳动观念，很好的组织劳动力，改良技术，提高劳动热忱，创造劳动英雄，增加生产，充裕边区，援助前线，改善我们的生活。

第三，同时我们更要加强战争、生产及民主建设的教育，以提高自己，巩固我们的组织，并将我们的教育组织与生产组织结合起来，使学与用完全统一。

大会□宣告我全体会员与全体同胞，我们要集中意志，齐一步调，在统一的领导下，充分发挥我们各□群众的特殊作用，使工人、农民、妇女、文化人、知识分子、士绅、商人等都能为战争、生产、教育三大任务而供献自己全部力量。用坚定刚毅的精神，用百倍的胜利信心，继续六年来我们光荣的斗争历史，充分发挥我群众的伟大力量，冲破胜利前的困难！给日寇以千百倍的打击，以最后消灭日寇法西斯,迎接我们的新中国!

(《晋察冀日报》1943年5月26日)

农民社会的文化建设

班威廉

班威廉先生在文联二次代表大会期间,向大会提出这一篇论文,原文用打字机打出,约五千字,兹把该文大意节述于后。

人们曾认为创造地利用空间便是文化,但是空间是一个可以伸缩的概念,而并不严格地倚赖于经济条件。一个富有的美国工业大王也许比一个阜平的农民更少空间,而实际的农民可以比一个工业大王成为更真实的具有文化的人,在于当代贫穷的社会,空间实在是一个重大的社会问题,旧的封建的社会机构使一小部分人获得大量的空间,而这一小部分人就是统治阶级。这个阶级把文化发展到相当的高度,古代的东方文明和欧洲中世纪的伟大的艺术的成果,完全是由于封建的统治阶级,以被压迫群众的牺牲而换得来的空间……自然科学基础也是由这些人建立的,但是,这是某些个人违反阶级利益而进行的叛逆的活动的结果。另一个亲切的例子,就是在我们眼前的这样多的出身于旧的统治阶级的封建家庭的儿女,为着中国的民主革命而热心工作着。

抗战以前,华北的农民被遗弃于没有任何文化武器来抵抗敌寇奴役他们的阴谋的情况。因此,摆在抗日根据地的组织者面前的任务,就是供给人民以具有足够的力量来抵抗敌寇进攻的文化生活。根据地文化工作的重心应该从仅为向农民进行文化的进攻而转变到在农民本身当中建立起民主政治的文化。由特殊的文化工作者所进行文化上的进攻和一个文化运动是有显著的区别的,在文化的攻势中,凡是足以适应目前反对日寇的紧急需要和提高人民的积极性,以唤起人民抗战的兴趣与情绪的方法,我们都可以运用。但是人民的文化建设是一个完全不同,而且是一个极复杂的问题,五四运动的重大意义并不是在于许多领导的知识分子的参加,而是在于这个运动刺激了哪些知识分子更加努力于群众的文化建设运动。

目前边区学校教育的方针完全适合于这些要求,教学方法和教育内容是和儿童的家庭日常生活密切相联结着的。这不只建立了固有的文化的基础,而且救济了经济的困苦,因而有能力来过文化生活。这个问题包括着过去六年来已经很好地做过了的伟大的扫除文盲运动。所以我们不能把农村的文化建设当作牺牲农民的经济生活,而以艺术的创造来互相赏玩,也不能只当作有过特别训练的人们所进行的文化娱乐,我们应该把农民社会引导到能从他们日常生活之中吸取最大的文化价值,我们必须帮助农民使其具有文化的意识,正如他们有政治意识一样。

成年教育应该集中在使农民对于他们自己从土地上所获得的是生活技能感到骄傲,对于他们生活中的风景与美丽感到热爱,对于他们耕耘的土地的整齐能够欣赏。这个运动可以县与县、村与村的展览、竞赛和奖励来进行,看谁家庄稼种得好,菜种得好,牲畜喂得好,鸡蛋下得多,羊毛出得多,奖励纺棉纺毛纺得快的,鞋做得坚实的,养羊有特别技能的,等等。

这样的一种文化运动,我们可以把他看作和俄国工业中的斯达哈诺夫运动一样,农民的整个精神都可使用在日常的斗争之中,同时日常的斗争也可有助于人民的精神、文化的生活,以乡村的清洁与整齐而感到光荣会有助于卫生与公共健康,以乡村的美丽而感到光荣会有助于植林运动,奖励技能与力量会提高工作效率与反对散漫与马虎。这样的一个文化运动不但不会消耗社会的经济资源,而且实际上会有助于根据地的经济力量,而且对将来和平时期也会有重大意义。

(《晋察冀日报》1943年5月26日)

林迈可先生在文联二次代表大会讲话

在一个社会的文化提高以前,必须使每人都受过大学教育,能奏梵亚铃或者懂得牛顿运动定律,或者封建时代的知识阶层所认为必需的一些特质,这是一种错误的想法,我们应该把农民从那种错误的想法里解放出来。

自从抗战以来,文化运动已大大地改变了华北农民的生活,为了实现文化运动伟大的期望,这样的一个文化运动是必须的。

据我所知道和看到的,边区的文艺作品大多是用西洋形式表现出来的,特别在绘画上,虽然主题是中国的,但表现却是西洋的,音乐也有这种倾向,这或者是一个兴趣问题,但它的发展前途,是很值得讨论的。

任何别的国家,艺术都包含了前代传统的形式,如在欧洲资本主义发展初期和以后,北欧各个国家和意大利,虽然时代不同了,但在艺术上仍有很多相同的地方。中国传统的艺术在欧洲都是很有名的,这说明了历史传统的艺术的影响很大。欧洲文艺复兴时代,不少成功的艺术作品都是接受了外国的东西,同时又接受了传统的艺术的东西。单纯抄袭外来的东西和抄袭传统的东西,都不会收得良好的效果。再举一个例:中世纪时代罗马帝国征服了不列颠,英国单纯想学罗马的东西和欧洲各国纯抄袭外来的东西,都不能收到良好的艺术成果。

中国的社会有很大变化，中国艺术不可免地要受到一些外国的影响，如边区的绘画，接受西洋的东西也是很多的。在外面，我看到过这样的画：一方面有西洋的优点，一方面又保留了中国民族艺术历史传统的特点。这是我觉得很亲切和喜爱的，是很成功的作品。但在边区，我没有看到。

据我的了解，完全利用西洋建筑的形式和方法是不合适的。譬如拿气候来说，英国在冬天的气候很阴湿，而中国却是晴朗，中国的房子都是北房，这才能冬暖夏凉。协和医院照西洋建筑方法，盖的全是东房西房，所以住起来，夏天很热，冬天必须多加煤火，是不很舒服的。这是我说的一个例，说明完全接受外国东西是不合适的。

我的话就是这些。

（《晋察冀日报》1943年5月26日）

边区朝鲜义勇军深入敌占区宣传

蔡野火

【本报讯】朝鲜义勇军华北支队第二队，为参加春季政治攻势，一部分队员特组织一突击队随军进行宣传战。三月下旬，这一支既能打又能讲的队伍，迎着早春的和风，望着战斗的片野，沿着滹沱河岸，一直挺进到炮楼林立的五台和定襄的腹地去。战斗从三月二十八日开始，延续到四月二十日左右，二十多天。其中，召开群众大会十七次；演出十三次，节目计有话剧《华北不是日本的》《生小小人》《回心抗日》，歌曲《咱们永远在一起》《自由之光》《朝鲜青年进行曲》《朝鲜民谣》，日本歌《樱音头》《反战音头》《月光下的战壕》

及大鼓、相声等。每次听众均在六七百人，前后到会听众不下万余人。此外更召集当地士绅、教员、村干部等举行座谈会多次，展览照片、画报、墙报等十一次，对炮楼敌伪进行电话宣传五次，写信十一次，写标语四百九十余条，张贴其他宣传品七百五十余件，并配合定襄基游队□袭敌寇重要据点中霍镇，夺回粮食三百五十石，突入五台河边村白天召开群众大会，达四个钟头之久。几年来备受敌寇蹂躏的老百姓，莫不兴奋万分，异口同声地说："快了，胜利快了！"

（《晋察冀日报》1943 年 5 月 27 日）

国际宣传多一劲军

英文《晋察冀杂志》出版

【本报特讯】 为了报导边区的各种斗争与建设事迹给国际人士，一种英文的《晋察冀杂志》出版了。创刊号的内容，除该刊编辑部的序言外，有班威廉先生的《介绍语》、王君的《边区战斗简史》。《五年来边区八路军战绩》《民兵战绩》《纪念连》（节译）及于力先生前在本报发表之《在魔鬼掌握中的地区里》的译文等。本期用报纸十六开本，印刷精致，封面及扉页并有边区简图。闻，第二期也已付印，内有"双十"纲领及边委会宋主任在参议会关于五年来政府工作报告之节译等重要文献。

（《晋察冀日报》1943 年 5 月 28 日）

深入下层参加实际工作

文艺工作者纷纷下乡

【文协讯】文联二次代表大会后，边区文协机构及工作方式有所变动，原驻会各常务理事，分头下乡，或赴新的工作岗位。其新的分工为：组织兼编辑孙犁，研究张春桥，辅导田间、邵子南、邓康。下乡各理事分头作战，又是集体领导。为加强对各地区的领导，常务理事会并决议在各分区专区指派代表，代表协会组织领导该地区文学活动。一分区代表为钱丹辉（部队）、于六洲（地方），二分区为葛文（部队）、李淑民（地方），三分区为陈陇（部队）、沈重（地方），四分区为江波（部队）、陈冷（地方），冀中为沈云、许白天、张青季，平西为陈辉。而抗敌剧社、西战团文学队下乡同志亦负有推动各该地区文学活动之责。今后文协工作重心为广大工农兵通讯员的培养教育、巩固和发展文艺小组，开展批评运动，街头、集市、庙会的文艺活动和朗诵运动。文协并注意读物的供给，将编辑一通俗文学刊物，面对工农兵、小学教师、高小学生读者，文协号召全体会员抱着彻底的下乡精神，为工农兵服务，并实验各种通俗化的文学活动，文协并将按期总结这些实验。（力编）

【又讯】目前已有一批文艺工作者下乡或准备下乡。诗工作者田间、邵子南、林采、方冰等均已分配到县、区工作；散文小说写作者孙犁、丁克辛、邓康亦已下乡担任一定实际工作；美术工作者沃渣、钟惦棐、李黑、徐灵、劫夫、李又人等均已分配到各宣传出版机关工作。并闻音协、剧协脱离生产干部亦各分配到剧社工作。西北战地服务团文学组和美术组均行取消。（罗东）

【又讯】为了适应今后工作环境，文、音、美、剧四协常务理事会均在商讨今后工作新的方式方法，加强各常务理事会和理事的作用，把工作重心放在对文艺工作思想上和运动上的领导，以及深入地展开文艺大众化通俗化工作，以适应文运新时期的任务和达到真正为工农兵服务。（罗东）

（《晋察冀日报》1943年5月28日）

晋西北文艺工作者深入群众斗争已获初步成绩

【新华社晋西北二十四日电】晋西北根据地文艺工作者，自去年九月文联组织改造后，即转变工作作风，深入群众，参加实际的群众斗争。在文联领导下组成一个文艺工作团，加入者有青年文艺工作者二十余人，现分三组，参加各县区群众团体中工作。在写作上，对于根据地反"蚕食"斗争，以及公粮、换约、农贷、春耕等建设工作均有直接反映，这将是文艺工作者改造自己创造新的大众文艺的开始。在剧本的创作上，半年来产生了不少好作品，如林杉的《买卖》（以婚姻问题为主题）、《父子三人》（以爱护抗日军为主题），陶剑心的《母女行》（以纺织为主题），白紫池的《以义为利》（以根据地内租佃关系为主题），莫耶的《一家人》（以拥政爱民为主题）及常功正在改写中的《佃权》，陶剑心的《老少夫妻》，这些剧作是以各种不同的新形式写出的。此外，梆子、秧歌、郿鄠剧等，已在民间戏剧研究会领导下加以改造。

（《晋察冀日报》1943年5月28日）